ロジスティクスホーネット
R&Cオカルティクスが保有している全12機の巨大な空中式宇宙機発射台。地上から気球や小型機で受け取った貨物コンテナを、内蔵のマスドライバーを使って空気抵抗のない大気圏外まで射出する事で、地球上のどんな地域でも20分以内に貨物を届ける事ができる。
創約
とある魔術の
禁
鎌池和
イラスト／
はいむらきよ

CONTENTS

大寒波に襲われたロスで暮らす女性
メルザベス＝グローサリー
大寒波に襲われたロスで暮らす少女
ヘルカリア＝グローサリー

Designed by Hirokazu Watanabe (2725 Inc.)

創約 とある魔術の禁書目録《インデックス》 4

鎌池和馬

イラスト・はいむらきよたか

デザイン・渡邊宏一（2725 Inc.）

ハーヴァス＝スプリングは当初、緊張感を持っていなかった。クリスマスにかこつけたイタズラだと考えたのだ。でなければ、いくら仕事でも無警戒にのこのことやってくるものか。

「一体何だってんだ、くそ……」

作業バンのハンドルを太い指先で神経質に叩《たた》きながら彼は呟《つぶや》く。

ロサンゼルス一帯と連絡が取れなくなった。光ファイバーや高速無線インターネットはもちろん、衛星通信、空港管制、とうに寂れて久しくなった固定電話やアマチュア無線まで。

SNSに返信はなく、通話もメールも応じない。

スマホの位置情報をリモートで探ってみても、全く動きのない放置された光点が分かるだけ。

……たったこれだけで、ロサンゼルス三〇〇〇万人は行方不明扱いとなってしまう。

(どこぞの笛吹きが泣いてるぜ。人間の存在なんてのもヘリウム並みに軽くなったもんだ……)

深夜二時。こんな時間に無骨な作業服を纏《まと》う大柄な彼は、通信設備の設置や修理を請け負うプロバイダ会社の作業員だ。いつもいつも、朝から急にネットが繋《つな》がらなくなっただのナントカチューバー様にとってネット環境は生命線だのと理不尽な出動に駆り出され、自分のミスでもない不具合を金切り声で怒られるのにも慣れているが、そんな彼でも今回のは特大だ。

ロスの誰とも連絡がつかないから、ちょっと様子を見てきてほしい。

本当にこれが通信機器敷設作業員《つうしんききふせつさぎょういん》の正しい業務内容なのか。

普通は警察だろう、こういうご迷惑案件の出番は。昔からこんな役回りばっかりだった。こっちは大柄な黒人だからって別にダンクシュートが得意な訳じゃないし、ダンスもヒップホップも興味はないし、心の中までマッチョでタフネスという話でもないのに。

(……何が地上基地の故障だよ。全部の通信会社が同時にイカれるなんて話あってたまるか)

終電も過ぎたこんな深夜なら金融取引市場も終了しているが、それはあくまでアメリカ本土の話だ。ユーロやアジアの取引所は今も一〇億分の一秒で億ドル単位の巨額を動かす高速プログラム取引を繰り返しているし、同じアメリカ国内にも日付変更線をまたいだグアム市場という抜け穴もある。つまり、セレブな投資家サマと連絡がつかないでは困るのだ。ただ今営業時間外ですのでカスタマーサービスは明日の朝まで待ってください、は通じない。

とはいえ、そもそも世界中どこの街の景色でも自由自在に検索できるストリートアイを使えばロサンゼルスの街並みは普通に映るのだ。つまり、回線自体は生きている。それでも連絡がつかないとしたら、機材の問題ではない。

古き良き居留守だ。それも最大三〇〇〇万人が行き来する米国第二の人口密集地全体が。

「……いつまでクリスマス気分を引きずってやがるんだ、まったく」

ロサンゼルス全人口の消失。

街を挙げての華やかなクリスマスパーティの終了と同時に、まるで夢から覚めるように市民全体が謎の失踪を遂げる。いかにもセレブな映画人どもが企画しそうな『イベント』ではあった。ひょっとしたら、そういうネットドラマの前フリ宣伝なのかもしれない。何かと話題をさらうR&Cオカルティクスに限った話ではない、ここ最近の巨大ITなら何をやっても不思議じゃないとハーヴァスは考えていた。一社のタガが外れれば競合他社も次々と対抗していく。モラルやルールは二の次で、とにかく名前を残せば勝ちという風潮ができつつあった。その内、民間初の核保有企業の座を巡って開発競争でも始めるのではないか、いいや、どころではない。現実に、ブラウザやネット通販の大手が世界最強と称するアメリカ全軍の戦闘支援を担う戦略AIや大型コンピュータの入札をかけてしのぎを削る時代なのだ。

(二五日明けだぞ。そもそも俺の仕事場はラスベガス支店だ、州をまたいでる！ ……禁酒家だってのを会社側に知られたのは明らかに失敗だ、まったく。パーティが終わった直後の今は俺しかハンドル握れない事が出退勤リクエストのプログラムにまですっかりバレてやがる……)

苛立《いらだ》ち紛《まぎ》れに音量を上げる。何事も経費削減な社用車にラジオやステレオなんてオプションはないので、スタンドに挿した自前のスマートフォンだが。何やら日本の学園都市で重大な裁判が始まるらしい、とかいうろくでもないニュースが流れていた。どうも湿っぽくていけない。

「へいセリ、とにかく気分のアガる音楽のリストを！　このままじゃついうっかりで人でも殺しちまいそうだッ‼」

『一度深呼吸して故郷のお母さんを思い出しましょう？　甘ったるいアップルパイの味を』

ここ最近のＡＩは柔軟だ。そのウィットに富んだ小粋なトークに、長々とした分割払いでなければパパより娘に愛されている高級なスマホ様を毟《むし》って窓から放り投げていたところだ。

当然ながら、ロサンゼルスにはプロバイダ会社の支社があるはずだった。つまりロス市内で問題が起きればそっちの作業員が叩《たた》き起《お》こされて駆り出されなければおかしい。にも拘《かかわ》らずハーヴァスが呼び出された。その、ロス支社のクソ野郎まで居留守イタズラに関わっているらしい。手の届かない異世界で暮らしている貴族気取りのクソセレブどもの所業ならともかく、同じ給料をもらっている社員の『からかい』で終電後の深夜二時に州の境を越えて三〇〇キロ以上も会社の作業バンを走らせてロサンゼルスまで出勤させられたかと考えると感動もひとしおだ。思わずダッシュボードに突っ込んだままの四五口径を意識してしまう。

ともあれ、ハーヴァス＝スプリングの仕事は自社通信インフラの保守点検だ。実際のところ、三〇〇〇万人が消えたのか否かなんて正直どうでも良い。とにかく広大な市内に三〇ヶ所ある自販機サイズの地上通信基地の通電と送受信状況を調べ、機材が適切に稼働《かどう》しているかを確認すれば目的達成。タブレット端末に表示したチェック項目を異常なしで埋め尽くしたら、さっさとモハーヴェ砂漠を抜け、州境を越えて、地元ネヴァダの電飾がない方の地味な街に帰るだけだ。つまり今来た道を全部。遊ぶなら都会だが、暮らすのは静かな田舎の方が良い。

が。

「何だ、こりゃあ……」

大都会の入り組んだジャンクションに四苦八苦してハイウェイから一般道へ降りるのにちょっと苦戦したせいでもある。つまり街に入った瞬間、ではなかった。ロサンゼルス市内にかなり深く切り込んでから、運転席のハーヴァスは思わず呟《つぶや》いていたのだ。

びし、ビキ、びしり、と。作業バンのフロントガラスの一点に白い汚れが浮かんだと思ったら、あっという間に広がっていく。最初、ガラスの亀裂かと考えてぎょっとしたが、違う。

視界を封じられて反射的にブレーキを踏んだハーヴァスは、一人でポツリと呟《つぶや》く。

「……凍ったってのか？　今の一瞬で」

ワイパーを動かしたり、車内のヒーターを入れた程度では分厚い霜のような凍結は落ちない。

気がつけばため息が白い事に驚きつつ、ハーヴァスは路肩に停《と》めた四角いバンの外に出る。

切り裂くようであった。

外にいたら身の危険を感じる。目元を擦《こす》ってベッドを出たら雪山のど真ん中だった。それくらいの極寒環境に放り出されていたのだ。

ガードレールや、街灯、それに豪快に笑うロベルト大統領の看板まで。スーパーのアイスクリームコーナーの内壁みたいに真っ白な霜で覆われている。

無音。

黙っていると耳が痛くなるくらいの静寂が人の意識を崩しにかかる。

ちょっと不安になるとすぐスマホに目をやる癖が裏目に出た。天気系のアプリから知りたくもない悪いニュースが飛び込んできて、顔をしかめる羽目になったからだ。

華氏マイナス四度。このスマホに買い替えて以来、見た事もない数値だった。摂氏に変換すると氷点下二〇度辺りだ。一瞬、モバイルが壊れたかと思ったハーヴァスだが、作業服を貫いて全身に突き刺さってくる猛烈な寒さは本物だ。

スマホのバックライトの中に、キラキラした小さな粒が輝いていた。

空気中の水分が凍りついているのかもしれない、と気づいていよいよ絶句する。

(寒波って……マジか?　ここはロサンゼルスだぞ)

ニューヨークやワシントンD.C.ならともかく、ロスは緯度で言ったらニホンの九州と同程度なのだ。空気中の水分を丸ごと凍らせる大寒波に襲われるなんて話は聞いたためしがない。

ざらざらと、肌や髪に何かが絡《から》みついた。

思わず手をやって、顔の前で自分の指先を揉《も》み込《こ》みながらハーヴァスは呟《つぶや》く。

「……砂？」

人はどこへ行った？　これは本当にイタズラなのか？

ぶるりと、今さらのようにハーヴァスは体を震わせる。寒さのせいだけではない。白々しい街灯では拭いきれない四方八方の闇が急に害意を剝《む》き出《だ》しにしたような錯覚。作業バンを降りたのは間違いだったかもしれない。フロントガラスは防弾じゃあるまいし、こんな四角い箱では籠城《ろうじょう》にならないが、それでもここの空気に地肌をさらしておくのは危険な気がしたのだ。

寒さから身を守るため……としておきたかった。恐怖を認めた瞬間に得体の知れない何かが襲いかかってくる。馬鹿馬鹿しいと思いながらも、そんな妄想を振り払えないのだ。

そして舌打ちする。

作業バンのドアが開かない。どうやらわずかな間に凍結してしまったらしい。

「くそっ!!」

このまま職務を全うするにせよ放棄して逃げ出すにせよ、車は必需品だ。実際のところ、ロサンゼルスは一〇以上の街を統合した巨大な連接大都市圏で、生活用水を中心地まで引く水路を遠方から三七五キロ引いてでも発展させる価値ありと判断されたほどだ。彼はそのど真ん中にいた。徒歩で全エリアをカバーする地上基地を全て見て回るなど到底不可能。もちろんそんなデカい街から歩いて立ち去るのも以下略である。

とにかく一瞬でも凍ったドアを溶かせれば、開閉はできるのだ。

一回できれば後は固まったって構わない。思わずハーヴァスは辺りを見回した。

(何かお湯の代わりになるものはっ、何だったらコーヒーの自販機でも何でも良《い》いから……)

その首が、不自然な角度のままビタリと止まる。見てはならないものを頭で処理できずに、そのまま固まってしまったのだ。

最初から『それ』はそこにあった。

ようやくハーヴァスが『それ』に気づいたのは、あまりに不自然な位置にあったからだろう。普通、人は車を探すなら道路を見るし、電車を探すなら線路に目をやるはずだ。だから思わぬ場所に思わぬモノがあると、目の前にあっても素通りしてしまう事がある。

刺さっていた。

四五階建ての小洒落《こじやれ》た高層ビルのド真ん中に、ブーメランに似た漆黒の爆撃機が。

それだけではない。一つ『見え方』が分かると、騙《だま》し絵《え》のように風景全体から異物が浮かび上がってくる。街路樹を薙《な》ぎ倒《たお》す格好で武装したヘリコプターが転がっていた。地下鉄の階段から無理矢理這《は》い上《あ》がろうとした八輪の装甲車がそのまま動きを止めている。高層ビルの隙間にあるバスケットコートを埋めているのは、耐水布の軍用テントの群れか。

ロス住人の私物のはずがない。

かと言って、さほど詳しい訳でもないハーヴァスでもはっきり言える。これは、ここ最近メキシコ経由の麻薬対策でゴテゴテに武装したアメリカ警察や、本職も本職である軍隊のものでもない。なんていうか、アメリカ人から見て違和感がある。普通のハンバーガーを頼んだのにテリヤキがやってきたような場違い感。米軍兵器の系統から明らかに外れているのだ。

しかし、だとすれば何なんだ？

そもそもこれは誰のもので、しかも、何故《なぜ》謎の武装勢力まで奇麗サッパリ消えている？？？

まだしも、『彼ら』がやったと言われれば納得のしようもあったものを。

爆発しそうで怖いから迂闊《うかつ》に事故車や墜落機には近づけないが、遠巻きに見ても中に誰もいないのが分かる。この寒さの中、ヒーターも点《つ》けずハッチを開けたままじっと息を潜めていたら、それだけで凍死してしまうだろう。わざわざ自分から車内を真っ白な霜だらけにする理由なんて頭に浮かばない。武装の乗っ取りと技術解析の可能性だけは潰すべし。そういった基本中の基本すら忘れ最低限コックピットも焼かずに逃げていったのか、あるいはそんな暇さえなく『消された』のか……。

事件。

事故。

あるいは、災害？

異変は隠す気もなく目一杯広げるくせに、知れば知るほど混乱が極まっていく。ハーヴァスは未《いま》だにこの事態を頭のどこの引き出しに入れれば良いのかも判断がつかなかった。

誰もいない無人の街で、何かが大男の頭の上を横切っていった。すでに終わった世界をのんびり飛んでいるのは、巨大ＩＴ・Ｒ＆Ｃオカルティクスの宅配ドローンだ。

特大の異常の中、平穏なものが一つだけ。それが逆に怖いのか、怖いと思ってしまうハーヴァス自身が呑《の》まれつつあるのか。

「一体、何が……？」

事態はもはや一個人の正常な危機感知能力を超えていた。あまりにも多くの疑問にさらされ過ぎて、まず自分が何をすべきかを見失ったのだ。どこに向かって盾を構えるべきかを忘れたハーヴァスは、のろのろとした動きでスマートフォンを両手で持ち直し、構えていた。日頃の癖が表に出ている。画面を横に倒して、カメラで爆撃機を捉えようとしたのだ。

しかしそこで彼は気づいた。画面の端。本来なら通信状況をアンテナの数で示すアイコンが、おかしなものに切り替わっていたのだ。それも今だけは絶対に見たくもない表示に。

圏外。

「……、」

しばらくそのまま動けなかった。

ざざざざざ、というさざなみに似た音がハーヴァスの耳に響く。

象徴的だった。彼はまだ画面を通して安全なリビングから事態を眺めている気分だったのだ。

もしもここが本当に誰もいないロサンゼルスで、害意を持つ何かがこの状況を作ったのだとすれば、すでに見えない魔手はハーヴァスの喉笛に届く位置まで迫っているだろうに。

ざざざ。ザザザザザザザザ。

ああ、と今さらのようにハーヴァス＝スプリングはぼんやりと思い至った。

この音は。ザザザざざ、一面に響くノイズの正体は……。

しかし気づいたとして、だから一体何なのか。

正解とやらは、渦中《かちゅう》にいる人を助けてくれるほど絶大な力を発揮してくれるとでも？

現実から目を背けて小さな画面に意識を割き、無防備に丸めた背中をすぐ近くの『何か』にさらし続けたという自殺モノの失敗《こたえ》を思い知らされたとして。そこから一体何ができる？

三〇〇〇万人を消失させたロサンゼルスの闇が。

当然の帰結として、全方向からハーヴァス＝スプリングの意識を呑《の》み込《こ》んでいく。

ざざざザザザザザざざざざザザザザザザザザザザザザザザザザザザザザザザざざザざざざザ
ザザざざざざざざザザザざざザザザざざザザザザザザざざざざざざざざざざざざざざざざざざ
ざざざざざザザザザざざざざざざざざざざざざざざざざざざざざざざざざざざざざザザザ!!!!!!

序　章　隙間に落ちた絵本　Magic_Side,Open.

「……むーる……」

　深夜の病院。

　消灯時間も過ぎて真っ暗闇、あらゆる恐怖の源泉たる病院のまさに一室、女子六人部屋の病室で地の底から湧き上がるような声が響き渡っていたのであった。

　白井《しらい》黒子《くろこ》である。紫色のすけすけネグリジェを装備したツインテールの一三歳はそろりそろりと自分のベッドから床へ足を下ろし、同じ空間にある別のベッドへと接近しながら、

「アムールですわあお姉様ッッッ!!!!!!　環境が人を作る。いつもの寮部屋とはまた違った夜の病院というシチュエーション、何かとエロスで淫靡《いんび》なウワサに事欠かないこのロケーションであれば状況は好転する事必至！　クリスマスが終わった二六日、大晦日《おおみそか》やお正月にはまだ早い二六日。それは誰もが腑《ふ》抜《ぬ》けて思わず隙を見せてしまう冬休みの死角。うえっへっへ騒いでもベッドから起き上がる気配を見せない辺り、今回は本当にお疲れのようですわねお姉様。油断大敵とはこの事ですのよぉぉぉおおおおおおおおおおおおおおおおおおおおおおおお

おおおおおおおおおおおおおおおおおおおおおおおおおおおおおおおお!!!!!!」

　いったんわざわざ空間移動《テレポート》でベッドの上へ跳躍してから、改めて水泳の飛び込みスタイルで膨らんだ布団《ふとん》の上に突撃していく名門女子校のお嬢様。

　しかし彼女は即座に気づいた。

「なっ、いない!?　これは……ッ!　ベッドの膨らみは丸めた毛布を詰めただけっ。道理でお姉様にしてはお胸の辺りがふくよかだとブゴアッッッ!!!?!??」

　ベッドの上で犬のように這《は》い、布団《ふとん》をめくって確認する黒子《くろこ》の後頭部を激しい衝撃が襲う。

「深夜二時!!　ちょっとは大人しくしていなさい、まったく……」

　いつの間にかベッドを抜けていた御坂美琴《みさかみこと》が、パジャマ姿のまま頭にカカトを落としていたからだ。配慮である。今ではもう特別な医療機器が持ち込まれていない病室ならケータイくらい使っても問題ないが、それにしたって室内で一〇億ボルトもの高圧電流をばら撒《ま》いたら雷サージなどで周辺にどんな影響が出るか分かったものではない。強過ぎる能力というのも考えものだ。

　そもそも普段から『あの』白井黒子《しらいくろこ》と一対一の相部屋で寝泊まりしている美琴《みこと》なのだ。常在戦場。寝込みを襲われるほどやわなセンサーはしていない。

　それにしても、

（……慣れない入院生活で興奮しているとはいえ、別の意味で『あの』黒子《くろこ》が夜中に我を忘れて大騒ぎっていうのもそれはそれで違うような？）

自他共に認める変態の白井黒子《しらいくろこ》だが、同時に治安維持組織『風紀委員《ジャッジメント》』としての顔も違和感なく併せ持つ不思議な人物でもある。そんな黒子《くろこ》がただ単純に自分の欲望に負けて公共のルールやマナーを丸ごと放り投げてしまうのはどうにもしっくりこない。

不自然な事が起きたからには、不自然な事が起きる原因がある。

御坂美琴《みさかみこと》は大体の予測をつけた。お嬢は二人だけではない、同じ病室にはそういうのが滅法得意な極悪お嬢様がもう一人入院している。

「食蜂《しょくほう》ッ!! アンタまた一〇〇均感覚でかるぅーく『心理掌握《メンタルアウト》』でも使って黒子《くろこ》を私にけしかけたんじゃ……ッ!!」

叫び。

膨らんだ布団《ふとん》を掴《つか》んで闘牛士みたいに大きくめくり上げ、美琴《みこと》の両目がまん丸になった。

「いっ、いない……？」

空っぽである。ベッドの中には丸めた毛布の太巻きが押し込まれているだけだった。

「あの野郎っ、この騒ぎに乗じて一体どこへ消えた!? ヤツはそういう女だけど！」

「ふん、ふん、ふふんっ」

深夜の病院、真っ暗な廊下には不釣り合いな鼻歌が響いていた。

食蜂操祈《しょくほうみさき》。長い金髪を左右に揺らす常盤台《ときわだい》の女王は、うっすーいベビードールの上から雑にカーディガンを羽織っただけの格好で目的地へ歩を進めている。

御坂美琴《みさかみこと》は無意識的に自分の体から全方位へ微弱なマイクロ波をばら撒《ま》き、電磁波の反射で三六〇度全方位の動体チェックを瞬時に完全な形で行うほどのゲテモノだ。完全。その感度は『爆弾で砕けて飛んできた無数の陶器片を全て把握し正確に撃ち落とす』レベルに達しているが、あれだけドタバタしていれば流石《さすが》に感度も鈍るというものだろう。

(……自分は正義のカードが一枚あれば平気力でルールを破るくせに、周りには滅法うるさい御坂《みさか》さんのご都合風紀チェックなんていちいち付き合っていられないんダゾ☆)

単に窮屈な入院生活を抜け出して自由を満喫したい、のではない。

食蜂操祈《しょくほうみさき》には明確な『目的地』がある。いつもの癖でエレベーターに向かおうとして、流石《さすが》に目立つかな、と躊躇《ちゅうちょ》。無骨な非常階段に足を向けて一段一段上がっていく。

この病院にいる知り合いは、御坂美琴《みさかみこと》や白井黒子《しらいくろこ》といった常盤台《ときわだい》メンバーだけではない。

(ドリー……の妹も、こっちの病院に遊びに来られたら良かったんでしょうけど)

一瞬、蜂蜜色の女王の脳裏に全く同じ顔した少女達の顔が浮かぶが、まあ、そちらはもう自分の領分ではない。どこぞの『ハンドカフス』以降お目付け役の少女との連絡は取れていないが、助けを求めなかったという事は自力で切り抜けたのだろうと判断する。本当の本当に消息不明になった場合は、逆にアラートが届くように『設定』する方法はいくらでもある。例えば老人の孤独死を防ぐためのアイデア電気ポットのような、だ。

こういうのは、下手に騒ぐと余計にいらないヒントを誰彼構わずばら撒《ま》いてしまう事にもなりかねない。治りかけのかさぶたをイメージ。沈黙を守るクイーンは敢《あ》えてそちらには触れないよう心理的に努力して、

「ふう、ふう、はあー。やっぱり階段ってしんど……」

甘い吐息をちょっと整え、額の汗を拭って目的階に到着。階段側からそっと廊下を覗《のぞ》き込《こ》む。

作りは先ほどと全く変わらないはずだが、何か目には見えない特別な圧を少女は感じる。率直に言えば、緊張。あらゆる精神系を網羅する第五位の超能力《レベル5》『心理掌握《メンタルアウト》』を持つ食蜂《しよくほう》だが、この感覚には逆らわなかった。自分の能力で塗り潰してしまうには、あまりに儚《はかな》く、惜しい。

同じ病院には『彼』がいる。

正真正銘の無能力者《レベル0》。そのくせ誰よりも早く死地のど真ん中へ飛び込み、負けたら彼は死んでしまうのに行動理由の中心に『自分の利害』という基本的な言葉がない。

馬鹿げている、と思う。

個人と集団を自由自在に操り、自分にとっての最大利益を己の指先よりも簡単に操作する。そんな第五位の女王からすれば、特に。

だけど、自分で作れる権力のピラミッドの外に存在するからこそ、操作は叶《かな》わず手も届かな

い何かであるからこそ、女王もまた焦がれるのかもしれない。

「……。何もない、っていうのは、流石《さすが》にナシよねえ。やっぱり」

ぽつりと呟《つぶや》く。あれだけボロボロになったのだ。アンナ＝シュプレンゲルという化け物と命懸けで戦い、二人の少女と大きな街をギリギリで守り抜いた。彼は笑って言うだろう。自分が悲劇に耐えられないだけだと。別に誰かに貸し借りを押しつけるようなものじゃないと。

でも、だから無尽蔵に寄りかかるのは違う。

精一杯頑張った人には、それ以上の幸せが到来するべきだ。

たとえ、食蜂操祈の渡したものなど端から順に忘れてしまう運命だとしても。

ドアの前で胸の真ん中に手を当てて、そっと深呼吸。

大丈夫、喉は震えていない。

常盤台《ときわだい》の女王だろうが最大派閥の長だろうが、彼の前でだけはただの年下の少女に戻ってしまう自分がもどかしい。

でも行く。

ハプニングを楽しめ。

「か、かみじょうさあーん……？」

扉をうっすらと開け、食蜂操祈《しょくほうみさき》は中にそっと声を掛ける。

そのまますると中へ忍び込んだ。こちらも個室ではなく男だらけの相部屋のはずだが、食《しょく》蜂《ほう》は特に気にしなかった。もしもまだ起きている者がいたら、その時は順次リモコンを向けて記憶と認識を飛ばしていく。この辺り、私利私欲であっても食蜂操祈《しょくほうみさき》は全く躊躇《ちゅうちょ》しない。

リサーチ済みであった。

彼が眠っているベッドくらい心得ている。

「……さあ、台無しになってしまったクリスマスをやり直しましょう？　大丈夫、今日という今日こそはありとあらゆる障害力を排除してあげるからあ☆」

しかし反応がない。

おっかなびっくり布団《ふとん》をめくってみると、

「いっ、いない……？」

毛布で作った太巻きを見て、瞬《まばた》きを三回。

バッ!!　とそれから思わず食蜂《しょくほう》は窓の方へ目をやった。もう全力で。

ここからでは何も見えないが、おそらく彼は暗闇のどこかにいる。黙って出ていかなくてはならないという事は、黙って出ていかなくてはできない事をするために。

そう、年中無休の上条当麻《かみじょうとうま》は二六日だからといって腑《ふ》抜けて隙を見せるような事もない。

食蜂操祈《しょくほうみさき》、もはや両手で頭を抱えて叫ぶしかなかった。

「ああっもう!!　彼はそういう人だった!!!!!!」

そしてまだあちこちに包帯やガーゼをつけたまま、ツンツン頭の高校生、上条当麻《かみじょうとうま》は病院近くにある公園へ足を運んでいた。

「上条《かみじょう》」

呼びかけられ、振り返ると見知った顔があった。クラスメイトの女の子、吹寄制理《ふきよせせいり》と姫神秋沙《ひめがみあいさ》だ。両方とも長い黒髪の少女だが、雰囲気は結構違う。姫神《ひめがみ》が大人しそうな純和風なのに対し、吹寄《ふきよせ》はおでこを大きく出した活発委員長仕様である。

冬休みだからか、時間帯のせいか、女の子は二人とも私服だった。吹寄《ふきよせ》はダウンジャケットにパーカー、それから細いジーンズ。姫神《ひめがみ》はダッフルコートにニットセーターとロングスカート。いつもの制服姿と違って何だか新鮮だ。入院着のまま表に出てきたツンツン頭と違ってこういう所でセンスの良さを感じさせる。

吹寄《ふきよせ》は何やら不満げな顔で脱走者の不審極まりない格好を眺め、それでも大きな紙袋を少年に押しつけるようにして、

「なに、貴様本気で病院抜け出してここまでやってきたって訳？　まあこんな夜中に着替えを持ってきてなんて頼まれた時点で相当ヤバそうな香りは漂っていたけど……」

「助かる」

紙袋の中を覗《のぞ》き込《こ》んで、上条《かみじょう》はパッと顔を明るくした。

「何だか悪いな、使い走りみたいな真似《まね》させちゃって。三毛猫の世話まで……」

「良いけど」

吹寄《ふきよせ》はぶっきらぼうに答えてから、

「(……実は猫ちゃん興味ありだったのよね。何がペット禁止の女子寮よ、ルールには従う派だけど合理性のないルールは嫌いだわ！　ううーっ、今年の冬休みは楽しくなりそうね。三毛の子猫ちゃんかあ……☆)」

「(まあ。これで合鍵の隠し場所が判明しちゃった訳だし)」

手元の紙袋に集中しているツンツン頭は少女達のわずかな変化には気づいていないようだ。

特に大事な物だったらしく、少年がごそごそ紙袋に手を突っ込んでまず確かめたのは、

「そうそうこれだよこれっ、トランスペン！　今後も何かと縁があるんじゃないかと思って買っておいたんだ、使わずじまいに終わるのはあまりにもったいない!!」

二人の少女は首を傾《かし》げていた。

スマホと連動するアクセサリだが、学園都市のディスカウントストアならワゴンで投げ売りされている程度の『オモチャ』だ。本体はペン型デバイスで、ペンの頭のマイクが聞き取った外国語を日本語に通訳し、書類や看板の英文をペン先でなぞればやはり日本語に翻訳してくれる。今や通販教材のおまけにだってついてくる、その程度の品だった。

姫神《ひめがみ》は首をひねったまま、

「そんなのが必要って事は。海外にでも用があるの？」

「ああ、つか俺も詳しい話は知らないんだけど……」

上条《かみじょう》が曖昧に答えようとした時だった。

ばた、ばた、ばた!!　と空気を叩《たた》く連続的な音が少年の言葉を遮った。猛烈な突風に公園の黒々とした木々が軋《きし》んだ音を立て、吹寄《ふきよせ》はほとんど反射で自分の髪を片手で押さえる。

ヘリコプター、ではない。

広い公園の真ん中を見定めてゆっくり降りてきたのは、翼やエンジンの角度を大きく変えたティルトローター機。しかも学園都市製にも拘《かかわ》らず側面に別の国旗を急遽《きゅうきょ》プリントしてある。パンクでロックなお洒落《しゃれ》でなければ、おそらく車の外交官ナンバー的な扱いなのだろう。

ユニオンジャック。

どこの国旗かなど今さら説明する必要はないだろう。

上条当麻《かみじょうとうま》は着陸した汎用中型輸送機を背に、肩を落としてこう答えたものだった。

「多分、今回もまた不幸な話になるんじゃない？」

第一章　ロサンゼルス全人口、消失　26_the_West_Coast_Warfare.

1

スカイバス550、英国政府専用機仕様。

元々一二〇〇人を一度に運ぶ天空の豪華客船だが、一般の客席を全て取り払って政府要人の執務やオンライン会議に集中できるようレイアウトを徹底的にカスタムした正真正銘の『空飛ぶお城』。一般空港管制から無条件で光点が消える『情報的ステルス保護』設定機で、お値段は一機六七億ユーロ。ブーメラン型のステルス爆撃機を超える超高級品だ。

「あのう」

上条当麻《かみじょうとうま》は中途半端《ちゅうとはんぱ》に突っ立ったまま、そう切り出した。飛行機と言えば映画館みたいにずらりと座席が並ぶと思っていたので、円卓を丸く囲む革張りソファには近寄《ちかよ》り難《がた》い。

分厚い防音ガラスで遮られた会議室の一つだ。実は壁にかかった七〇インチの薄型モニタから核発射の命令も出せると聞いてしまうと、ますます近寄《ちかよ》り難《がた》い。

「イギリス王家の円卓とか、何なのこの異世界？　ティルトローター機だけで絵日記が書けるのに、乗り換えがおかしい……。次の戦いは地球儀をぐるりと回して世界中の軍隊を指揮して戦うRTSなの？？？」

「そんな危なっかしい戦いだとしたら、単細胞の君を女王の席になど近づけさせるか」

忌々《いまいま》しげな呟《つぶや》きに、ニコチンの香りが混ざる。相手は二メートルに届くかという神父だった。しかも長い髪は真っ赤に染め、目元にバーコードの刺青《タトゥー》、口の端には煙草《タバコ》まで咥《くわ》えている。

ステイル＝マグヌスは呆《あき》れたように片手で自分の前髪をかき上げて、

「君はあくまであの子の『お目付け役』でしかない。ま、ウチの最大主教《アークビショップ》もそっちの統括理事長も代替わりした今となっては、魔術と科学の『協定』など意味があるのかも謎だけどね」

「……代替わり、か」

「そっちの統括理事長は、早くも社会的な自殺でもしたがっているようだけど？」

こいつが皮肉げなのはデフォルトだ。特に誰かが憎いという訳ではないのだろう。

そして今重要なのは、『あの子』という言葉。

「インデックスをどう使う気だよ？」

「本来ならこちらの方が正しい用法だ。君の元にいる方が異常なんだよ。それでも勝手についてくるなら、君はただ、あの子のために使い捨ての盾にでもなれば良い。何しろチケットはこっち持ちだ、せめて払った分だけすり減ってくれ」

神父は分厚いガラスで密閉された会議室をガス室にでも変えたがるかのように紫煙を吐き、

「……ロサンゼルス全人口が消失した」

一言。

それだけで、上条《かみじょう》は胸の真ん中に太い杭《くい》でも刺されたような気分だった。魔術。ごくごく普通の世界を強固に縛る物理法則をあっさり覆《くつがえ》す存在。だがそれにしても、いきなりこう来るか。

「厳密には街そのものではなく、そこで暮らす人達が消えた訳だけどね」

「ええと……ロサンゼルスって、人口何万人くらい？」

「米国第二の大都市だよ？　公的には一五〇〇万人程度かな。だが不法移民や路上生活者といった役所の記録にない人達も合わせれば住人は二〇〇〇万人以上いるだろう。加えて、さらに旅行者や出張宿泊者などの一時滞在者を含めるとプラス一〇〇〇万人程度は見積もって構わない。何しろ広い意味でのロサンゼルスには映画の街ハリウッドや世界一有名な遊園地の総本山まであるからね」

それが、消えた。

悲鳴を上げる事も何かを伝える事もできずに、その全員が。

聞いた話では、一度は倒したはずのアンナ＝シュプレンゲルは学園都市の拘置所から脱獄したらしい。消息は不明だが、直接にせよ間接にせよ、彼女が指示を出した可能性は非常に高い。

命を弄ぶ瞬間を、上条《かみじょう》は確かに見ている。

彼は静かに自分の胸の真ん中に掌《てのひら》を押し当てた。

あの女は殴って倒してもそこで終わらない。そして一度でも取り逃がせば、自分の与《あずか》り知《し》らない所でミスがあっただけで、世界はこうなる。ならどうする、自分には一体何ができる？

（サンジェルマン……）

「……当時、イギリス清教《せいきょう》と学園都市はアメリカ政府から行動の許可をもぎ取って、海岸線からロス市内に向けて大規模な共同作戦を展開していたんだ。オペレーション・オーバーロードリベンジ。だからかろうじて、異変に気づく事ができた」

ステイルは改めて、そう切り出した。

「共同作戦の目的はR&Cオカルティクス本社ビルへの総攻撃だ。今の今までどこの国に属しているかも分からなかった巨大ITだけど、ケイマン諸島にある特殊な銀行の記録を漁《あさ》っている中でようやく見つけた尻尾……のはずだった」

「じゃあロスの消失っていうのは、魔術的な何かで確定なのか？」

「R&Cオカルティクスが海から押し寄せる魔術と科学の混成部隊《オーバーロードリベンジ》に対抗した。結果の、軍民問わずの大消失。僕達はそう踏んでいる」

ステイルは短くなった煙草《タバコ》の先をガラスの灰皿に押しつけながら、

「ロス市民の状況は不明だ。普通に考えれば死んでいると思うがね。一応、生きてキープするためのメリットもない事はない。例えば生存者と寄り添って無人機の空爆を躊躇《ちゅうちょ》させるとか、大量の人質を手元に置いて交渉カードにするとか……」

「……妙に弱気だな?」

理屈は間違っていない気もする。しかしステイルは即座にこう返したのだ。

「これまでR&Cオカルティクス側はネットに魔術儀式の詳細な手順をばら撒《ま》いて世界を混乱させる方法を好んでいた。つまり見も知らない無数の実行犯に攻撃は任せておいて、自分で直接手を下す悪目立ち展開を避けていたはずなんだよ。……それが、ヤツらは今回ルールを曲げた。イギリス清教《せいきょう》と学園都市の混成部隊は、大変ありがたい事にそれなり以上の脅威として映っていたって訳さ。R&Cオカルティクスは、本気だった。本気じゃなければ二〇〇〇万人なり三〇〇〇万人なりを一度に消失させるなんて手を使うか?」

「……、」

「余裕がなかったんだよ、ヤツらも。そんな余裕がない状態で『非致死性限定』なんて自分縛りを保てるかね。僕は悲観的だと思う。それに、ついうっかりで皆殺しにしてしまっても死体が見つからなければ人質作戦はある程度の効果が出るんだ。沈黙を守るR&Cオカルティクス側の狙いがあくまでも本社死守か、あるいは手荷物を抱えての雲隠れかは知らないけど」

「えっ?　もう逃げる準備???」

「忌々《いまいま》しい科学信仰が蔓延《はびこ》るこの現代、『黄金』系の魔術結社だって札束は電子ロックの金庫に収めているよ」

「あー、ははは……」

「冷戦時代にはブードゥーの呪いで政敵を排除する事まで組み込んだ独裁制度なんかもあったんだけどね。ただ魔術は日陰のアウトローであるべきなんだ。最低でもそこを弁《わきま》えているとしたら、R&Cオカルティクスは一時の勝利なんて結果に固執しない。王として君臨するより、顔と名前を消して闇に紛れた方が安心すると思うはずだ」

　ステイルはつまらなそうに舌打ちしてから、

「……まだ逃げずに本社ビルを守るか、もう逃げて安全を確保するか。結局アウトローの思考でこの二択にまとまるだろうが、ヤツらの天秤《てんびん》については流石《さすが》に不明。ただし次の目的が何にせよ、その達成において『生きた人質の存在』はマストな条件にならない」

「確認したい」

　上条当麻《かみじょうとうま》はそっと言葉を置く。強く、ステイルの目を見据えて尋ねる。

「俺達の目的は、じゃあ何だ?」

「R&Cオカルティクスの撃滅。そのために大規模人員消失術式のカラクリを解く魔道書図書館の力がいる。いるかどうかもはっきりしない人質の存在は脇道だよ。そもそもイギリス清《せい》教所属《きょうしょぞく》の禁書目録の使用に際し、後から決めた『お目付け役』の君に許可を取る必要もない」

「っ」

「ただし」

くだらなそうに、だった。ステイルは新しい煙草《タバコ》を口に咥《くわ》えてこう言ったものだった。

「……こちらは部外者のお目付け役の行動などいちいちチェックしない。自分の事は自分でやれ。君が勝手に脇道へ逸《そ》れて不毛な空回りを続ける分には、僕達は特に関与も妨害もしない」

上条当麻《かみじょうとうま》は思わず笑ってしまった。

「なるほど」

「おい、勘違いするなよ。状況は九九％悲観的だ。何度も繰り返すけど、R＆Cオカルティクス側が手心を加える理由はない。人質作戦すら生存者の存在はマストじゃないんだからね」

「なら、残りの一％を何とか拾えるように努力するよ。脱線できないアンタ達の代わりにさ」

咥《くわ》えた煙草《タバコ》に火も点《つ》けず指先を使って口元から離し、目つきの悪い神父は舌打ちした。

ざっくりした作戦会議は終わった。

上条《かみじょう》が透明なドアを開けて防音の会議室を出ると、大音響が上条《かみじょう》の頭を揺さぶってきた。

執務やオンライン会議などの設備が充実した政府専用機だが、それだけではない。場合によっては空中給油機を使って何日でも空中待機をするためシャワー、ベッド、キッチンなどの宿泊施設やホームシアター、パターゴルフ、バーカウンターなどの娯楽設備にも事欠かない。

しかもその一つ一つに合理性以外の『趣味』の香りが漂う。例えばテレビやステレオなど家電関係は全部日本製で揃《そろ》えてある。どうやらロックの国の女王様のおめがねに適《かな》ったらしい。

(すげえ話だ……。女王様にとっては自家用車くらいの感覚なのかな？)

カラオケボックスにあるでっかいモニタよりも数段巨大な壁掛けディスプレイにはニュース番組が映っていた。どうやら太平洋地域で放送されている日本人向け放送局らしい。深夜も深夜なので、すでにやった報道の繰り返しのようだが。

『続いてのトピックスです。学園都市統括理事長・通称「一方通行《アクセラレータ》」を被告人とする前代未聞《ぜんだいみもん》の裁判が開廷される見通しになりました。学園都市の個人情報クリーニング制度により本名や年齢は追跡不能。関係筋によりますと医師団は少年法や同人物の精神鑑定を利用した引き延ばしを図っていたようですが、統括理事長自身が工作を拒否したとの事です。これで通常通りの開廷はほぼ確定と言える状況が整いました。同人物はクローン人間二万人の殺害を前提とした異様な「実験」へ自らの意思で参加していたと主張しており……』

「……、」

上条当麻《かみじょうとうま》はわずかに沈黙する。すでに観《み》たニュースでも、それでも思わず立ち止まる。

振り切るようにして、大画面から視線を外す。

しかしまあ、日本人向けのニュース番組とはいえ、ヘッドラインはそっちか。ロスの話題はなさそうだ。まだ本当に三〇〇〇万人が消失したのか、大規模なイタズラなのかもはっきりしていないから原稿にしにくかったのかもしれない。本当の本当にまずい問題は、テレビよりもネットの方が先にざわざわし始めるという話も耳にするし。

　インデックスがいるのは当然のようにバーカウンターだった。

　四〇度以上の火酒を口にしないと指先の震えが止まらない、という訳ではなく、

「あっ、とうま!!　見て見て、ここのフィッシュアンドチップスは絶品なんだよ!!」

「……お前の言う『美味《おい》しい』はあてにならないだろ。何食っても星五つ評価しかしないし」

　上条《かみじょう》は苦笑してそっちに近づいた。人を幸せにする才能、という意味では確かにシスターらしい。これで勘違いしてしまうと自分は料理自慢だとか持ち上げられそうになってしまう。

　カウンターテーブルの向かい側、普通はバーテンダーが居座る仕事場には黒髪ポニーテールの美女が収まっていた。神裂《かんざき》火織《おり》。イギリス清教関係者《せいきようかんけいしゃ》ではあるが、名前の字面《じづら》で分かる通り純和風の剣術お姉ちゃんである。裾を縛っておへそを出したTシャツに、片足だけ太股《ふともも》の付け根でバッサリ切った特殊なジーンズ。一応夏シーズンではないからかデニムのジャケットを羽織っているが、それでも色々と目のやり場に困る一八歳でもあった。一言で言うと肌が多いし、もしも二言目が許されるなら隠れている所も色々かき立てられてタイヘンだ。

「何か必要なものはありますか？」

「ママー、水割り一杯。……何でもありません冗談ですはい」

静かに睨《にら》まれて上条《かみじょう》は小さくなった。お酒そのものには興味がないのだが、色とりどりの瓶がずらっと並んでいるとなんかオトナな雰囲気に見えてくる。ラベルが英語とかだとオシャレ感のマシマシがすごい。……まあ、歌詞も知らずに洋楽を耳にしているのと一緒で『理解できていない』からこそ脳が勝手に格好良い変換をしているだけかもしれないが。

ものも知らないのに目をキラキラさせる上条《かみじょう》の視線の先を見て、神裂《かんざき》は呆《あき》れて言う。

「ドランブイにアブサン、それからスピリタス、日本の泡盛。冷蔵庫には古代エジプトのビールなんかもありますね。いずれも手を出さないように。……この尖《とが》り切ったラインナップを見るに、どうもエリザード陛下は自国のスコッチやシェリー酒を呑《の》み飽《あ》きているのかもしれませんね。というか、そもそも女王陛下のコレクションへ勝手に手を出したら外交問題にまで発展しますよ」

「アンタも一八なんだから呑《の》んだ事ないだ、うえーん」

もう一回睨《にら》まれた。仏の顔も三度まで、なる言葉が上条《かみじょう》の脳裏を掠《かす》める。まだ残機があるのにこうならゲームオーバーで何が待つのか想像もつかない。多分コンティニューはない。

「……何時から行動開始だっけ？　それ次第で。バカ舌だから反射でハンバーグとかオムライスとか言いたいけど、ここ逃げ場のない雲の上だから乗り物酔いとかも怖いんだよな……」

何とも庶民な言い方に、神裂《かんざき》はくすりと笑ったようだった。

「ロサンゼルス入りは二六日午前三時からですよ。到着後は即行動開始となります」

「はい？？？　えっ、あの、だって学園都市から飛び立った時はもう二時だったぞ。途中でご飯食べたし、眠ったりしなかったっけ？　じゃあかれこれ映画五本分以上じっとしてるこの感覚は何なの？　俺達のスーパー魔術飛行機は一体マッハいくつで飛んでいるんだよっ、ひょっとして過去に向かって飛んだりしてる⁉」

「そんな物騒でメルヘンな魔術は使っていません。もっとシンプルで便利なマジックがありますよ。太平洋には日付変更線が引いてあるという基本的事実をお忘れですか？　飛行機は日本から東へ海を渡ると見かけの日数が巻き戻っていくのです」

あれ？　とツンツン頭はちょっと頭をひねる。あれがああなってこうなって、あれ？　ちょっと考えて、そして上条当麻《かみじょうとうま》は思考を放棄した。地球の仕組みは難し過ぎる。

「もう結構飛行機に乗ってると思うんだけど、つまり後どれくらいなの？」

「一時間もありません。体を大きく動かす事を考慮するに、軽食程度をオススメしますよ」

ふうん、と適当に呟《つぶや》きながら上条《かみじょう》は隣の席のインデックスの皿からフィッシュアンドチップスのフライドポテトを摘《つま》んで取った。

がちんっ‼　と。なんかの罠《わな》が作動したかと思ったら、すでに上条《かみじょう》の手の中からフライドポテトが消えていた。そして隣のインデックスが口をもぐもぐ動かしている。

速すぎて冷や汗が出るのが遅れた。

「あの、あれ、インデックスさん、ひょっとして今、あの、」

「ここのフィッシュアンドチップスは絶品なんだよ！　……このお皿は私のだけど」

どうやらびた一文渡すつもりはないらしい。

元々空腹というより手持無沙汰といった方が強かったので、あまりこだわりもないのだが。

ががが、

「……、」

「か、神裂《かんざき》さん？　かんざきさぁーん……？　その、本当に一口も食べないんですか的な顔は良くないと思うよ？　しゅーんとしたまま上目遣いはだめっ、むしろ逆に脅迫かよ！　だってあの皿には手を出せないよ、下手したら指先どころか手首の骨の太いトコを丸ごと持っていかれる空気じゃん！　いやええと、手料理？　ほんとに？　レンジでチンした訳じゃなくて、その、姉さんが一から頑張って？　～～っ、あぁあッもう仕方がね痛ッてぇ!!!?!??」

最後まで言わせてもらえなかった。無謀な挑戦または大変アオハルな度胸試しに挑んだ結果少女型トラバサミに掌をやられてのた打ち回る上条《かみじょう》が回復するまでしばしの時間が必要だ。

「くっ、くそ、だから嫌だったんだ。にしても少数精鋭の特殊任務か。映画みたいだな」

ただまあ頼みの綱がムキムキマッチョの元特殊部隊員ではなく、細腕の食いしん坊シスターでは世界の命運とやらが不安過ぎて全米が泣き出しそうだが。

「何しろ推定三〇〇〇万人以上を一度に消し去る術式が使われましたからね。数にものを言わせる人海戦術は通じません。R&Cオカルティクス側に察知されにくい少人数で懐深《ふところふか》くまで潜り込み、消失術式の構造を調べて破壊する。大部隊を呼び込むのはその後です」

「……そんなそこまでして、R&Cオカルティクス側は一体何を守ろうとしているんだ？」

まさか鉄筋コンクリートの高層ビルを守るために核爆弾クラスの魔術をポンと放り投げたとは思えない。それは、アンナ＝シュプレンゲルの像とはあまりに違う。そもそもお金を払って何かを買うところすらイメージしにくい。

神裂側《かんざきがわ》もそこまでの確信は得ていないようだったが、

「R&Cオカルティクスは単なる魔術結社ではなく、現代の時流に合わせた仮面組織として、巨大ITという皮を被る事にしているようです」

「それが？」

検索エンジン、ネット通販、SNS、スマホメーカー……。生活の何にでも関わる巨大企業の実態が意外と誰も理解できてない事くらい、日本の高校生ならみんな知っている話だ。実は世界全人口にタグをつけて管理したがっているとか、AIスピーカーや個人広告を駆使して新しいデジタル宗教《そうだんやく》を作ろうとしているとか、大抵の与太話が与太の域を出ない事だって。

「つまりR&Cオカルティクスは、お金や情報という『極めて俗っぽい力』を馬鹿にせず真っ向から自分の切り札として研究し尽くした、全く新しい価値観の魔術結社です。地味なようですが、大した発明ですよ。普通、この手の結社や教団といったオカルト組織は傾倒すれば傾倒するほど、そういった『俗っぽい力』を嫌って遠ざけようとする風潮がありますからね」

「えっ？　いんちきカルトってお金儲《かねもう》けのイメージあるけど」

「いんちきはもう魔術サイドとすら呼べません」

「でもほらええと、何だっけ？　ほら、そうだ、バードウェイの『明け色の陽射し』とかは？　なんかあのチビお金持ちっぽい香りを漂わせていなかったっけ」

「（……その話の繋げ方だと『明け色の陽射し』がいんちき宗教のように聞こえてしまいそうですが、まあ、狩る側が本職の魔術結社のケアまでする必要はありませんか）」

「？」

眉をひそめている上条《かみじょう》に神裂《かんざき》はそっと息を吐いて、

「有力魔術結社の場合は、確かに豊富な資金を有しているケースもあります。ですがそれはギャングに近い、裏のお金です。つまりお金はあっても不正を暴かれてしまえば没収される、葉っぱのお金に過ぎません。ですが表の事業できちんと稼ぐR&Cオカルティクスは違う」

告発された魔女の財産は没収されますからね、と神裂《かんざき》は小さく呟《つぶや》いた。

彼女はちょっと高いバーカウンターにもたれかかり、そして上条《かみじょう》は思わず目を逸《そ》らした。

「？？？」

正面のお姉さんはきょとんとしている。おそらくカウンターに大きな胸を乗っけちゃっている事には気づいていない。

「清貧である事は美徳ですが、敵を倒すための力にはならない。悪徳を受け入れてかき集めた汚いお金などかえって自分の首を絞めるだけです。だから、武器として使う金はむしろ真っ当に稼ぐ。R&Cオカルティクスはそこの所をひどく現実的に理解した、本物《オカルト》です」

「……じゃあつまり、馬鹿正直に『金のため』の戦いもありえるって？」

「ニュアンスに齟齬《そご》を感じます……。少なくとも、あのレベルの大物。単純にお金が惜しくて抵抗、とは違うのでは。シュプレンゲル嬢にとっては、いったんコンプリートしたはずのコレクションを外からつつかれて歯抜けにされるのを嫌う、程度の感覚かもしれませんね」

「横取り嫌い？」

「……あの怪物、遊びのゲームだと言っているのに一人だけ金切り声を上げてのめり込みそうな人間には見えませんか？」

確かに。ネトゲでゲームパッドを叩《たた》きつけて罵詈雑言《ばりぞうごん》を撒《ま》き散《ち》らしそうには見える。誰がボスにトドメを刺したとか、レアアイテムの取り分がどうだとかで。

威風堂々としたミステリアスな歴史的人物のくせに全体からすれば取るに足らない細かいところを妙にこだわり、一つでも自分の思い通りにならないと異常なまでの癇癪《かんしゃく》を起こす。その解消のためなら、魔術師以外の『素人《しろうと》』相手でも大人気《おとなげ》ゼロの極大術式を平気な顔して振りかざし、跡形もなく叩《たた》き潰《つぶ》そうとする。『魔術サイドは個人主義が多い』のはもはや部外者の上《かみ》条《じょう》さえ勝手知ったる事実だが、それにしたってアンナの『子供っぽさ』はあのクロウリーやメイザースをも上回るほどだ。……だからこそ、次の行動が全く読めない怖さもあるのだが。

「アンナ＝シュプレンゲルからすれば、わざとだったのでしょうね」

「わざ、と」

「捕まってから抜け出すまでで予定通りだったんです。どこでも自由に出入りできる、誰にも止められないから諦めろ。そういう、学園都市への示威行為ですね」

……だとすると、上条《かみじょう》とサンジェルマンが死力を尽くしたあの戦いも、アンナ側は本気で戦っていなかった可能性まである訳か。逆に実力差があり過ぎる場合、どうすれば不自然さを見せずに負けられるかで苦労したかもしれない。

神裂《かんざき》はカウンターにもたれかかり、静かに続けた。一口サイズの白身魚のフライを幸せそうに頬張るインデックスを微笑《ほほえ》ましく眺めつつ、整った唇の隙間から滑り出る言葉は鋭利だ。

「R&Cオカルティクスは個人のモバイルから巨大なインフラまで、ネット事業に関わる全てを自分の武器としています。必要な専門技術はそれを得意とする会社を傘下《さんか》に押し込んででも。その柱の一つとして、ネット通販にも軸足を置いているようですね。ただし当然、集配所や輸送ルートから自分達の本拠地が割れてしまっては意味がない。ですからR&Cオカルティクスはドローン宅配を特に重視していたらしいのです」

「ドローンって、無人機の？」

「捕まっても拷問されてもお構いなし、買収も脅迫も通じない、後ろ暗い危険な仕事であっても人間よりも真面目にこなして暴力でも口を割らない労働力。……まあ、私も洗濯機などで感心した経験がありますが、ここ最近の機械というのは本当に良くできているものです」

ドローンの発着場や貨物倉庫なら全世界にある。R&Cオカルティクスのロゴや看板はそれこそ街中では信号機や温泉マークよりも溢《あふ》れ返《かえ》っている。だけど空を飛ぶドローンがR&Cオカルティクス本社との間を行ったり来たりする訳ではない。いくらでも捨てられる簡素な倉庫ばかりだとしたら、どれだけ無人機を追い回しても巨大ITの本拠地は見つからない。

滑らかな頬を人差し指でかきつつも、神裂《かんざき》はそっと息を吐いて、

「ただ、欠点が全くないとも言えないようで。光ファイバーや高速衛星通信を使えばデータが地球をぐるりと一周回るのに〇・一秒かかりませんが、それでも多種多様な情報経路を逆に辿《たど》ると、やがてロスの一点に集約される。これが、R&Cオカルティクスの本社ビルです。……例のケイマン諸島に埋もれていた金融データとも一致するのでまず間違いないでしょう」

魔術の専門家はそんなデジタル分野まで細かく調べるのか？　と上条《かみじょう》は疑問だったが、即座に自分で氷解した。学園都市との混成部隊だったか。適材適所で働いているのだろう。

敵の敵は味方。

そこまで『例外』を認めないと、R&Cオカルティクスは追い詰められないのだ。

「バスケットコートより巨大なドローン管理サーバーはそうそう簡単に持ち出せるとも思えません。一〇〇％無理とも言いませんが、ぶどうの房のような並列演算機器を粒ごとのユニット単位で細かくばらして大量のトラックやヘリコプターで運び出すには相当の時間稼ぎが必要に

なるでしょう。そう。ド派手で悪目立ちしても構わないほどの時間稼ぎが、です」

「……、」

「『呪詛《じゅそ》』、『護符』、『召喚』、『調合』、『憑依《ひょうい》』などと同様に、R&Cオカルティクスでは『資金』や『情報』が切り札として認識されています」

「神裂《かんざき》が腰に差してる、その刀みたいに？」

「ええ。ですから、守る。魔術の霊装や神殿と同じように、浅ましいお金の力を躍起になってでも。つまり逆に言えば、ここで脱出を阻止できれば彼らの手足をもぎ取れるんです。……このように馬鹿げた事を繰り返す『力』を、永遠に奪う事ができる」

きんこーん、と柔らかい電子音が空間を淡く満たした。庶民な上条《かみじょう》が思わず天井に視線を投げると、合成音声ではない、しっとりとしたキャビンアテンダントさんの声が後に続く。

『当機は間もなくロサンゼルス国際空港へ着陸いたします。ランディング体勢へ入る前に着席し、シートベルトの着用にご協力ください』

「揺れますよ」

神裂《かんざき》はしれっと涼しい顔でそう注意してきた。特殊なストッパーで守られた酒瓶やグラスの固定を確認し、棚自体のガラス戸にロックを掛けながら、

「地上管制も空港職員も『消失』していますからね。スカイバス550はとにかく巨大ですからコックピットから下方視野は確保できずにカメラ頼み。それも真夜中、地上からのレーダー

や誘導灯《ゆうどうとう》の案内もない真っ暗闇での緊急着陸となります。プロの空挺部隊でも事故を起こしかねない悪条件です、衝撃で胴体真っ二つにならないよう我らが神に祈りましょう」

「いっ、インデックス‼」


そして煙草《タバコ》を三本吸って分厚いガラスの会議室を出たステイル＝マグヌスは、目の前いっぱいに広がる光景に冷たく呟《つぶや》いていた。

「……そこで何してる？」

か、かんじゃきしゃん……？　と上条《かみじょう》は上条《かみじょう》で涙目だった。とっさに隣の席にいたインデックスを押し倒して庇《かば》ったのだが、蓋を開ければ何も起こらない。実に滑らかな着陸。そして黒髪ポニーテールのお姉さんは片手を口元に当ててくすくすと笑っているだけだった。

「良《い》い事だと思いますよ。私達もこんな風だったではないですか、ステイル」

2

英国政府専用機は無事にロサンゼルスの空港に着陸した。

しかし降りるだけでも一苦労だ。まず分厚い扉を開けた途端、特価一二〇〇円の合成繊維のジャケットをもろに寒さが貫いた。さらに言えば地上からタラップ車がやってくる訳ではないので、扉からアスファルトまでかなり高低差がある。結局、緊急脱出用の風船でできた滑り台みたいな設備を引っ張り出して、ようやく上条達《かみじょうたち》は飛行機から降りる段取りを整える。

上条《かみじょう》、インデックス、ステイル、神裂《かんざき》の四人が足をつけると、もう次の動きがあった。

バルーン滑り台（？）を切り離した専用機は内側から気密扉を閉めると、着陸用の滑走路からゆっくりとよそへ移っていったのだ。危うく巨大な車輪の列に踏み潰されそうになった上条《かみじょう》は慌ててその場を離れようとして、神裂《かんざき》に片手で首根っこを掴《つか》まれた。そっちは主翼からぶら下がったターボファンエンジンの排気口だと遅れて気づく。デカい専用機はぐるりと方向転換し、離陸用の滑走路に場所を変えようとしているのだ。

爆音にかき消されないよう、少年は間近のポニテお姉さんに怒鳴り散らした。

「なに⁉　何で飛行機ッ飛び立っちゃうの‼⁉⁇」

「地上にいる人間は官民問わず『消失』してしまったんですよ。パイロットやキャビンアテンダントをここに残しておいても危険です。ロスの外、海上で待っていてもらった方がまだしも脱出手段としてキープできるでしょう。給油機を使えば永久空中待機もできますからね」

それにしたってあんなにデカい塊がレッカー車みたいな補助なしの自力で方向転換できるのは驚きだった。神裂《かんざき》の話だと、外交交渉の結果『関係が悪くなった』国の飛行場から自力で飛び立つために、そういう機能を敢《あ》えてつけているらしい。

ともあれ、これでロサンゼルスには四人だけだ。

三〇〇〇万人が消えた街。しんと静まり返った夜の闇は、いっそ耳が痛くなるほどだった。ここが日本の東京以上に発達した巨大都市である事を、注意しないと忘れそうになる。

一一〇だか九一一だかをプッシュしても警察が来ない、基本の消失した静かな戦場。改めて頭に浮かべ、上条《かみじょう》はぶるりと背筋を震わせた。何が起きても止めてくれる人はいないのだ。

少なくとも、これは単なる自然現象ではない。

悪意を持った何者かが仕掛けた結果としての、異常な状況。そこへ飛び込んでいるのだ。

そして排熱と爆音でお忙しい飛行機の下から出ると、改めて気づく事がある。

「うわっ、寒いな……。吐く息が白いよ」

「猛烈な吹雪やホワイトアウトで視界が封じられていないだけまだマシですよ。氷点下二〇度、不自然な大寒波の中にあるようですからね。今はその程度で済んでいるかもしれませんが、すぐに指先や耳の心配をするようになりますよ」

「……、」

絞ったTシャツの下からチラリと覗《のぞ》く縦長のおへそに片足だけ太股《ふともも》の付け根辺りからばっさり切ったジーンズ。グラマラスお姉さんは自分の格好が気にならないのか？　昔気質《むかしかたぎ》なサムライガールだし、意外とクラスに一人はいる冬でも半ズボンな風の子なのかもしれない。あるいは、真面目な修行できちんと滝に打たれてすっけすけ系の無自覚せくすぃーお姉さんか。

いつまでも広々とした滑走路にいても仕方がない。

「てかどうすんだこれ。空港って、歩いて外に出られるもんなのか……？」

「辺りの給油車やトーイングトラクターでも盗んで外周のフェンスを破るつもりなのかい。人が通る施設なんだから空港のターミナルに向かうのが近道に決まっているだろう、愚鈍め」

イライラ神父さんから吐き捨てられて上条《かみじょう》は小さくなった。とーいんぐって何の話だ？

ちなみにその給油車、全部の面に冷凍庫の白い霜みたいなのがびっしりついていた。エンジンオイルがー、とか、バッテリー液がー、なんて話以前にあの状態でまともに運転席のドアが開くとは思えない。下手に触ったらそのまま手がくっつきそうだ。ステイルの莫大《ばくだい》な炎の魔術で給油車の解凍なんか試したら、それはそれで大爆発でも起こりそうで怖いし。

どっちみち車なんて高校生には未知過ぎる。せかせかと神父の後をついていきながら、

「どこから見て回るの？」

「もちろんR&Cオカルティクス本社が最優先だけど、馬鹿正直に直進しただけで安全に近づけるなら三〇〇〇万人はこうなってはいないだろうね」

本来なら給油車の通り道なのか。ステイルは英語で火気厳禁《no fire》と書かれた滑走路の表示を踏みつけ、新しい煙草《タバコ》に指先で火を点《つ》けた。

「となると、ここで何が起きたのかの痕跡を追って下調べをしたい。どこまでが安全で、何を踏んだら『消失』が発動するのか。本社ビルに近づくための『ルール』を知っておきたいんだ

よ。警察署、病院、それからイギリス・学園都市混成部隊の上陸野戦基地。為《な》す術《すべ》もなく人が消えたとしても、必ず記録はどこかに残っている。彼らのダイイングメッセージを掘り当てれば、僕達の生存のチャンスは広がるはずだ」

ダイイングメッセージ。

ステイルはもう『ロス市民は全滅し、帰ってこない』で話をまとめようとしているようだ。あのR&Cオカルティクス、CEOアンナ＝シュプレンゲル相手に楽観的に見る理由が特に何もないのだから、ある意味では当然なのかもしれない。……ただ一方で、ステイルはそういった『順当な道《シビア》』から外れるイレギュラーな展開を上条《かみじょう》に望んでいる節もあるようなのだが。

「(……野郎のツンデレは分かりにくいな、まったく)」

「うわっオティヌス⁉」

自分の襟元から女の子の声が聞こえ、上条《かみじょう》は慌ててコソコソした。身長一五センチの神は特に隠れるつもりもないようだ。少年の上着からもそもそ出てきながら、

「(何だ、この私が大人しく留守番なんぞ務めると思ったか？　ふんっ、貴様の周りの女どもはこういう所が全くヌルい。立ち位置は待つものではなく自ら創るものだと知るがよい)」

自信満々なのは良いが、このバカ神様はパスポートや入国管理という言葉を知っているのだろうか。神は人間の法律に囚《とら》われないとか得意げに返ってきそうで、むしろ尋ねるのが怖い。

「あれっ？」

そして空港のターミナルビルに辿《たど》り着《つ》いた辺りで、上条《かみじょう》がおかしな声を出した。

「何だこれ……ガムテ？？？」

「ダクトテープでしょう、日本ではあまり馴染《なじ》みはないかもしれませんが」

両開きのガラス扉を固めるように、耐水性っぽい分厚いテープが貼りつけてあったのだ。ド真ん中。ドアの隙間を塞ぐ形で、縦になが～く一本。いいやそれだけではない。よくよく見れば上も下も、そして蝶番側《ちょうつがいがわ》まで、全部徹底的に目張りがしてある。

「……なんかが入ってくるのを防ごうとした、とか？」

「何かって具体的に何が？」

べりべりと頑丈なテープを剝がし、インデックスが呆気《あっけ》なくドアを開けてしまう。そう、ノブを摑《つか》んだだけであっさりと。特に施錠《せじょう》されている訳ではないし、奥側にテーブルや椅子を敷き詰めてバリケードで塞いだり、といった事もない。

しかしそうなると、結構念入りなイメージだったテープの存在が謎だ。ひとまず普通ではない。が、わざわざあんな作業をした割に基本の施錠《せじょう》をしていないのはどういう事だろう？

「？？？」

首を傾《かし》げながらも、上条《かみじょう》は中に入る。それだけで世界が変わった。外にいる時はあんまり意識していなかったが、温かい空気に包まれるとじんわりとした不思議な安堵感《あんどかん》が強制的に上《かみ》条《じょう》の心を摑《つか》んでくる。最終便が出た後の午前三時だ。当然のように明かりはないが、それでも暖房は点《つ》いているらしい。元々は、深夜点検や清掃の職員さんのための配慮だろうか？

ターミナルビルに入ったのは、空港から街に出るためだ。今や無人の施設でどこをどう移動しても怒られないとはいえ、元からある順路をなぞるのが最短だからである。

びびーっ!! といきなり電子ブザーが鳴り響いた。

「ひゃあああっ⁉ なっ、なに何ナニ⁉」

「あっはっは大丈夫だインデックス、ただのゲートのブザーだよ。あれ？ ゲート？？？」

一通り笑ってから、笑顔のまんま上条《かみじょう》の動きが止まった。

受付に誰もおらず照明も落ちて暗いから分からなかったが、自分は今一体何のゲートを無断で越えてしまったのだ。先を行くステイルや神裂《かんざき》は最初から気にする素振りもない。すたすた先を行く背中と自分が抜けてしまったゲートを交互に見ながら上条《かみじょう》は急におどおどしてきた。

「あっあれ、オティヌスさん、そこの文字ってもしや嘘《うそ》だと言って欲しいんですけど……」

「旅に出るなら言葉くらい勉強しろよ、ほら、出入国管理ゲートとあるな。ようこそ密入国者、自由の国は何でもありだ」

「あうあうわんわん!!」

「諦めろ。食べ物三秒ルールじゃないんだ、慌てて引き返したところで犯した罪は消えないぞ」

もうどうにもならなかった。これで一五センチの密入国神の同類だ。上条《かみじょう》はめそめそしながらインデックスの背中を両手で押して、戦闘職の魔術師達の後を追う。

しかし、イギリスの魔術師達はこの時点ですでにちょっと気になる事があるらしい。

神裂《かんざき》は注意深く暗がりの通路を見回しながら、

「ネズミもゴキブリもいない……。どうやら消えたのは人間だけではないようですね」

びくっと上条《かみじょう》は思わず震える。いないと言われたのに、名前を出された事でかえって身近な隣人ちゃんの存在を強く意識してしまう。特に根拠はないけど、何となくアメリカのGは色々デカくて強そうなイメージがあった。ほら、諸々《もろもろ》の耐性とか。

一方、ステイルは窓のステンレスサッシに人差し指の腹を押し当てていた。まるで小姑《こじゅうと》さんのように汚れをチェックしながら、ぽつりと呟《つぶや》く。

「……、砂？」

「しっかし、三〇〇〇万人ってのはこれまた執拗《しつよう》だよな……」

門外漢の上条《かみじょう》は、だからこそストレートに気づいた事をそのまま口に出した。

あまりにも数が多過ぎるからか。あるいはナマの死体やド派手な血痕をまだ見ていないからか。ツンツン頭はどこかふわふわした実感の伴わない調子で、

「だって、不法移民だの路上生活者だのでロスの市役所だって本当に正確な人口は把握していないんだろ？　観光客とか、トラックで別の街に向かう途中だった長距離ドライバーとか、アメリカンなヒッチハイカーとか、まあとにかく書類の統計には出てこない人だってたくさんいたはずだ。それをこんなに広い街の中、物陰に隠れてデータにも表れない一人一人まで全部正

確に捉えてくまなく連れ去るだなんてよっぽどだぞ。逆に手間がかかりそうなもんだけど」

というか、そこまで徹底する意味は？

R&Cオカルティクスは押し寄せるイギリス清教《せいきょう》・学園都市混成部隊へ反撃するためにるのか？『何か』をしたという。……でもそれなら、馬鹿デカいロサンゼルス全体を攻撃する意味はあるのか？　混成部隊の近くにいた人達が大雑把にごっそり巻き込まれるくらいなら分かるが、地図の隅から隅まで丁寧に人を消すまでやるだろうか？　だとしたら、何故《なぜ》？　地図の端にいる人達を消したって、本社に真《ま》っ直《す》ぐ向かってくる混成部隊にダメージが入る訳でもないのに。

「必要ないのかもな」

オティヌスがあっさりと言った。

上条《かみじょう》がきょとんとしていると、隣を歩いているインデックスがこう補足を加えてきた。

「狙う必要がないって事じゃない？　つまり意識のない犠牲者を担《かつ》いで連れ去る必要もないんだよ。うーん、そうだね。例えば『ロス中心で極大の爆弾が炸裂《さくれつ》して、目には見えない光を浴びた者は例外なく消滅する』術式の場合は物陰を捜す必要がない。でしょ？　でも、一方向へ的を絞れない。発動したら最後、ロス全体が無慈悲に呑《の》み込《こ》まれる羽目になるかも」

「……、」

シビアなのは状況であってインデックス本人ではないはずだ。そして彼女の頭の中には一〇万三〇〇〇一冊以上のこうした魔道書の知識が丸ごと詰まっているはずなのだ。インデックスはお箸の持ち方と同じ引き出しにこれを収めている。

肩の上のオティヌスは呆《あき》れたように肩をすくめて、

「そもそも、『三〇〇〇万人が死亡する術式』ではなく、『三〇〇〇万人が消失する術式』というのも妙な話だ。……まず前提の確認だが、アンナは筋金入りの悪女だ。そして死体がどれだけ重くて厄介な代物かを知っているクソ野郎なら、人間一人分の肉塊を消し去るのがどんなに面倒で手間のかかる作業かについても骨身に沁みるほど良く分かるはずだというのに」

「へーへへへへえ……」

「何だ、この程度で思考停止のパンク状態か？　善人め、ピンとこないようならネット通販で冷凍牛肉の塊を六〇キロか七〇キロほど注文してみろ、骨つきでな。バスルームに引きずって、手袋、ゴーグル、マスク、帽子、レインコート、床や壁にはビニールシート、とにかく思いつく限りの方法でケアをしたら作業開始だ。使うのは包丁、ノコギリ、金槌《かなづち》、ジューサー、まあお好みで。肉も骨も全部分解して袋に小分けし、後はどこぞに捨てるだけで完全に消し去れるつもりになってから、鉄分に反応する試薬を霧吹きに詰めて壁や床に吹きつけてみると良い。ルミノール試薬なんてクリック一つ、一万円ちょっとで手に入るよ。……作業が終わった頃には全身汗だくで疲労困憊《ひろうこんばい》、真面目にやったら翌日は普段使わない筋肉の悲鳴で筋肉痛の嵐だろう。そして自分では完璧だったつもりでも、たった一滴の血痕がどれだけ厄介で致命的かが良く分かるはずだ。シャワーで洗い流した程度で誤魔化せるだなんて思うなよ」

オティヌスの噛《か》み砕《くだ》いた話が進むほどむしろ上条《かみじょう》にはチンプンカンプンになってくる。

「それを、三〇〇〇万人分だぞ？　工場で空き缶やペットボトルを潰して再利用じゃない、扱うのは本物の人間だ。死体の処理だけでも大変だし、生きたまま管理するならもっと大変だろ。あまりに作業コストが莫大過《ばくだいす》ぎる。大体、用済みの犠牲者は一体どこへ行ったんだ？」

「つまり、その、何だ……。ええと、わざわざ誰にも見つからない『捨て場』や『保管庫』を用意するのも大変って事？」

「それもある。どっちみち、これだけの異変は外に伝わってしまうんだ。倒した敵なんて野ざらしでも構わないだろうに。『こっそり忍び込むためにドアを派手に蹴破る』並みに不自然で無価値な努力だよ。夜逃げにせよ突然の一人旅にせよ、目の前の状況に事件性はないと見せかけられない限りは人体を丸ごと消す作業にメリットが生まれない」

　確か、日本一有名なドーム球場の収容人数が大体五万人か、もうちょっと多いくらいだったはず。その六〇〇個分。しかも地図や画像を検索できるこの時代に、絶対誰にもバレない秘密の花園でなければならない。……その辺の薬局で売ってる歯磨き粉からグランドキャニオンまで何でもビッグサイズなアメリカ合衆国でも、そんな秘密基地は調達できないと思う。

　隣のインデックスは指を一本立てて、

「つまり『自分で選んでこうやった』のではなく、『そもそもこれしかできない』魔術。スケールに惑わされがちになるけど、状況は案外シンプルかも。問題なのは、その頻度かな」

「頻度って……」

「例の『爆弾』」

注意を促すためか、オティヌスは短く区切ってから、

「一千年に一回レベルのミレニアムな大技ならもう心配はいらない。だが時報よろしく一時間に一回レベルで何度でも繰り返せるとしたらかなり危険だ。放っておくと、私達も同じ手でやられる。ベトナム戦争で当事者を置いて勇敢に撤退した自称世界最強のアメリカ軍がまず制空権と兵站輸送路《へいたんゆそうろ》を確保したがるのは何故《なぜ》？　手始めに分厚いサイバー攻撃で敵国の防衛機能を徹底的に攪乱《かくらん》しつつ沖から巡航ミサイルを何百発も撃ち込みたがるのはどうして？　戦争の勝敗なんて歩兵同士が派手にぶつかるより前の段階で決まってしまうと、過去の経験からしっかり学んでいるからだ。これで勝てると分かり切っている手札に限って言えば、同じ戦術の繰り返しで敵軍を削り殺すのは常勝の基本なんだよ。というか……」

オティヌスはそこで言葉を切った。

自分自身でも仮説の域を出ないからだろう。あるいは話すかどうか迷った可能性もある。

だから。

あっけらかんと言ってしまったのは、やはりインデックスだった。

「そもそも一回目の攻撃は、本当に終わったのかな？　……週単位月単位で長期間継続する術式なら私達は熱々のオーブンの扉を開けて自分から頭を突っ込んだようなものなんだよ」

外から中に入る時は大した感慨もなかったが、中から外に出る時は大変だった。

3

『消失』は確かな結果としてそこにあるのに謎だらけ。

だから、どこまでが安全で何をやったらアウトなのか、『ルール』を先に知りたい。それもできれば本社ビルへ突入するより前に、R&Cオカルティクス側には気づかれない形で。

「うわ寒ッッッ!!⁉??」

体の表面が、というより心臓が締めつけられるようだ。エアコンに慣れるんじゃなかった。ぺらぺら合成繊維のジャケットだと寒さが直接貫いてくる。結構本気で元来た屋内へ後ずさりしようとした上条《かみじょう》の背中をステイルが鬱陶しそうに蹴飛ばす。

誰もいない街。片側四車線の大きな道路が縦横に結びつく交差点。なのに、信号の色に関係なく上条《かみじょう》はぽつんとその真ん中に立っている。こうなるとまるで異世界だ。

「どうしたの、とうま?」

「いや……」

吐く息も白く、耳が痛い。濡《ぬ》れたタオルを振り回したら凍りつきそうなくらいの極寒の環境だが、印象はそれだけではない。入ってはいけない場所を覗《のぞ》いた。そんなばつの悪さがある。

片側四車線の道路は信号の色が何色だろうが人や車の往来は全くなく、ビルの壁面に張りついた大画面は今や誰に向けているのかもサッパリな化粧品の広告をガンガン垂れ流している。ヘッドラインのニュースで懐《なつ》かしい顔が映った。ひげ面《づら》の大統領が四方八方からマイクを向けられて何かわあわあ言っている。目一杯の英語が押し寄せてきたので、上条《かみじょう》はついついトランスペンを取り出してマイク部分で英語のやり取りを吸わせてみた。

『私は一つ、フリーな恋愛が構わない契約。アンドここは……』

上条《かみじょう》は不思議な顔をして首をひねった。

「？？？　なにこれ設定合ってる？　なあインデックス、あいつ何言ってるか分かるか？」

「えっとねえ、ごほん……『俺は独身だしい？　あらゆる恋愛とその表現方法は自由を保障されて良いはずだ。だから敢《あ》えて胸を張って言おう、ばーぶーママーっ!!』だって」

ぼわっ!!　と炎が酸素を呑《の》み込む音が響き渡った。とっさに上条《かみじょう》が右手を振り回していなければ、ステイルが取り出した炎の剣がツンツン頭を消し炭にしていたところだ。

「……あの子に何を言わせているんだ本当に殺されたいのか君は……？」

「あぼすっ!?　あばしべ!!　なん、もう、ちょっどこに地雷があるんだこの国は!?」

……それにしてもあいつあの大統領は相変わらず過ぎる。怖いモノはないのだろうか？　聞いても饅頭《まんじゅう》とか返ってきそうなのでわざわざ尋ねたくもないが。

なんていうか世界が違った。あの笑顔と同じ国にいるという感覚がない。画面のこっちと向こう、まるで地球と火星で交信でもしているようだ。

電気がある方が、逆に寒々しい。

いっそ完全に停電した死んだ街であれば、受け止め方も違ったかもしれないのに。

「火事がないだけマシですね」

「まあ、最近はIoTに制御を預けたAI家電やスマートハウスも増えたからね」

神裂《かんざき》やステイルの言葉を耳にして、今さらのように上条《かみじょう》も気づいた。

そうだ、人間だけが消失して街並みがそのままだとしたら、家々の台所はどうなっているのだろう。今は消防も動かないのだから、ちょっとしたきっかけで大都市が丸ごと炎に包まれていたかもしれない。でもそうなってはいなかった。機械が自動的に火を消しているからだ。

素直に上条《かみじょう》は感心していた。

「……すげえーなロサンゼルス。学園都市でもここまで普及なんかしてないのに」

「ふん。忘れていないか人間、貴様がいる学園都市は外と比べ二、三〇年進む特殊環境だぞ」

「?」

「つまり安易に普及させる前に、立ち止まって考えてみる方が時代的には先取りなのだ。ネットで繋がった大電力？　家が丸ごとオンライン？　この手のサービスを提供する側は、大抵リスクについては説明しようともしない。パソコンやスマホを見れば分かるが、メーカー側が把握もしていない脆弱性なんぞいくらでもある。ネットに強いR&Cオカルティクス側の技術チームが悪用すればどこの家でも自由に発火できるし、地球の裏側から全室覗き放題だな」

「あうう……」

「何だ、萌《も》え袖《そで》でアピールでもしたいのか？　そうだな、顔も見えない不特定多数にガスの元栓と玄関の鍵を預けても構わないと考えるなら安心して飛びつけば良い。あるいは運が悪くなければ、快適な生活が楽しめるかもな。私は運任せなど真っ平だが」

魔術野郎の疑心暗鬼にいっそ感心するかどうか、上条《かみじょう》はちょっと悩んだ。

何にしてもこの街は中途半端《ちゅうとはんぱ》な生活感がすごい。まるでゴシップに出てくる幽霊船だ。おそらく近くのオフィスでも覗《のぞ》けばコーヒーポットの中身はすっかり煮立っているだろうし、通販のドローンだって誰も待っていない荷物を運ぶために夜の街を飛び回っているかもしれない。

それにしても、だ。

「……まただ」

自分の体を抱き、上条《かみじょう》は近くのビルの一階テナントに目をやる。彼が見ているのは日本でもチェーン展開しているハンバーガーショップだ。スラングだらけの英語はひとまず全部ぶん投げるとして。学園都市では見かけない牛、豚、鶏の全部乗せバーガーをオススメしているのがウィンドウのでっかい写真で分かる。地域限定商品か、後で日本に上陸するかもしれない。

ただ注目すべきはそっちではなく、出入口の方だ。ガラスのドアは分厚いダクトテープとやらでしっかりと目張りされている。明らかに拒絶の意思が感じられるのだが、一方で、ドア自体は防弾でもない普通のガラスなのだ。その辺の石を拾って殴りかかっただけで簡単に砕けてしまうはず。空港でも感じたチグハグな違和感が再び上条《かみじょう》の脳裏をよぎる。

「これ、何なんだろう？　目張りなんぞする前に、金属のシャッターを下ろせば良いのに」

「別に人の出入りを封じるためとは限らんぞ、人間。あるいはこういう線もある。学園都市側が『ハンドカフス』の混乱で身内の監視の目が緩くなっている間に、海外の市街地で勝利に焦って毒ガス兵器でもばら撒いたとかな」

ハンドカフス『とやら』も謎だが、それどころではない。

ぎょっとして己の肩に目をやると、腰を下ろして細い脚を組んだ神は呆《あき》れたように、

「あくまでも根拠のない可能性の一つだ。ただそれならR＆Cオカルティクス側が沈黙を守り、汚染されたロス市民の遺体が徹底的に回収されているのもある程度は納得できてしまう訳だが。住人を消しているのは何も巨大ＩＴ側だけとも限らん」

オティヌス自身も本気で言っているのではない、はずだ。もしガチで疑っているのであれば、そもそもその辺の物を無暗《むやみ》に触るな、口に入れるなと警告してくれると思う。

しかし、事は三〇〇〇万人の消失。

荒唐無稽な仮説が顔を出し、ある程度の恐怖が付き纏《つ　まと》うほどの異常事態なのは確かか。

「さっ、さむいー」

インデックスが自分の体を抱いて震えていた。そういえば、修道服って夏服と冬服の違いと

かあるのだろうか？　どっちみち、あちこち安全ピンで留《と》めて風通しの良くなったあの服だと隙間風がすごそうだが。全校集会で誰かが咳払《せきばら》いすると、に似ていた。自分の体のはずなのに外からいったん気づかされると上条《かみじょう》もまた感覚を全部支配されていく。寒さでぶるぶる震えながら、改めてチーム全体に向けてこう尋ねた。

「じゃあ、どこから見て回るんだ？　警察とか病院とかでトラブル発生時の記録を見たいなんて事を言ってたけど……」

「すぐそこにありそうだ」

無人の街だからか、禁煙エリアでもこうなのか。ステイルは火の点《つ》いた煙草《タバコ》の先で指す。

高層ビルと高層ビルの合間。

そこそこ開けた空間は、元々バスケットコートだったのだろう。

だが今はモスグリーンの分厚いテントがいくつも空間を埋めていた。それもキャンプ用の小さな三角形ではない、かまぼこ形のガレージみたいなテントがずらりと並べられている。

「オーバーロードリベンジは西海岸から上陸してロスの繁華街、ダウンタウンにあるR&Cオカルティクスの本社ビルへ攻め込む算段だった。時間が勝負の電撃戦だったはずだよ」

ステイルはゆっくりと紫煙を吐いて、

「……でも一方で、イギリス清教《せいきょう》や学園都市にとってロス全域はアウェイと化していた。西海岸最大の都市はアメリカ政府も気づかない内に、薔薇十字《ローゼンクロイツ》の巣に作り変えられていたんだ。だから一気に本社ビルを目指しつつも、通り道の途中に小さな野戦中継基地を設営していったんだろう。陣取りゲームで支配エリアを稼がないと、正面の本社ビル防衛部隊と背後から切り込む巨大ITの別働隊に挟まれて集中攻撃……なんて目に遭わないとも限らないからね」

上条《かみじょう》はホッとしていた。先ほども空港の建物を抜けて派手にブザーを撒《ま》き散《ち》らしてきたばかりだが、公共交通機関と普通の私有地では踏み込むための力がまるで違う。どの道、本人不在の家探しになるのは同じ。だけど目張りされたロスの建物に押し入るよりは野ざらしのテントの方が抵抗感は少ない。この感覚は大切だ。今や無人となった家やビルは、だけど何百年越しの古代遺跡ではない。勝手に入って物色して良いものではないのだ。

「ほんとに大丈夫だろうな……。無人制御の機銃がいきなり首振りを始めないと良いんだが」

ぼそっとオティヌスが呟《つぶや》き上条《かみじょう》がまた小さくなった。あのぐったりしてる三脚動くのか。

しかし気づかないインデックスはさっさと敷地《しきち》に踏み込んでしまう。止める暇もなかった。

「さて」

ステイルは簡単に言うと、分厚いテントの一つに向かってしまった。

神裂《かんざき》はもうちょっとだけ思いやりの心があるらしい。一度だけこちらを振り返り、

「ここにある何を調べても構いませんが、念のため銃器や爆発物に類するものには触らないように。デンジャー、コーション、ウォーニング。そうですね、ひとまずこの三つの表示がある箱や袋には絶対近づかないとだけ覚えておいてください」

「……軍事基地だろ、それ多分何も触るなって意味になるぞ」

長いポニーテールを左右に揺らして手早く調査対象へ向かうマジメな神裂《かんざき》の背中に、オティヌスが呆《あき》れたように白い息を吐いていた。上条《かみじょう》とインデックスは顔を見合わせ、

「俺達どうする？」

「さばいばるの基本はご飯の確保なんだよとうま」

インデックスもインデックスで通常運転だ。放っておくと基地中のレーションをとにかく携行食を片っ端から貪りかねないので、ひとまずこいつと一緒に行動して首根っこは押さえておく事にする。何しろ上条当麻《かみじょうとうま》は魔道書図書館・禁書目録の『お目付け役』なのだ。

「しかしすごいな……。何だこりゃ？」

「がるる！　何だかメカっぽいんだよ。ご飯ってがそりんーしかないのかなー？」

ガレージというか、トンネルというか。とにかくかまぼこ状のでっかいテントの一つを覗《のぞ》き込《こ》みながら、上条《かみじょう》は呻《うめ》くように言った。

お久しぶりの日本語が並んでいるのに、かえって異世界感が強い。

学園都市側の野戦中継基地。そういう触れ込みだったが、実際に見てみればまるで資料動画に出てくるハイテク自動車工場だ。ジャッキで上げ下げする大きな作業台と、それをぐるりと取り囲む無数のロボットアーム。頭上には機材を運ぶための金属レールやクレーンなども見て取れる。こうなると生身の兵の運用よりも大型機械のための歯医者さんといった感じだ。

しかしまあ、その割に足元はなんかじゃりじゃりしている。半導体の取り扱いなんて下手したら人間を取り扱う手術室より無菌・無塵の環境が求められそうなものだが、この辺りは所詮『野戦』基地か。ある程度は汚れとの同居を覚悟しなくてはならないのかもしれない。

一応はテントの中だというのに、金属製のコンテナがいくつか積んである。並びは雑で、何だか引っ越しの開封作業がいつまでも終わらない部屋のようになっていた。

「デンジャー、コーション、ウォーニング……」

「全部ついてるな」

オティヌスからの指摘に後ずさりしそうになった上条《かみじょう》だが、それどころではなかった。

鉄の扉には、荷札のようなシールが貼りつけてあった。そこにはこうあったのだ。

『Five_Over,Modelcase"RAIL_GUN"』

『Five_Over,Modelcase"MELT_DOWNER"』

「おいおい。おいおいおいおいおいおい……」

何気なく取り出したトランスペンがそのまま宙を泳いだ。

この文字は……ちょっと……ペン先でなぞって日本語で『確定』を取りたくない。一つ一つも驚愕《きょうがく》だが、それが雑に積んである事実はもっと怖い。

しかもこれで終わりではなかった。

奥の奥。

これだけたくさんの鉄の箱がある中、一つだけ別枠が存在した。そのコンテナには斜めに、禍々《まがまが》しい荷札が貼りつけてある。

何かの呪符のようにべったりとついた荷札には、確かにこうあった。

Five_Over OS
Modelcase"ACCELERATOR"

「あっ、あの、おてぃぬすさん、あの、この英語、ぇへへ、冗談ですよね、あのこれ……」

「トランスペン」

「無理むりムリだってこれだってうっかり文字のトコをペンでなぞってつまりアレ、、、、、ですって無慈悲な日本語が出てきたらほんと受け止めらんないよ！　怖いっっっ!!」

中を開けてみたいとは思えなかった。こんなものが無人の街にいない事を祈るしかない。

それにしても、と肩の上のオティヌスはそっと息を吐いた。

「……学園都市は外と比べて技術レベルが二、三〇年は進んでいる、だったな」

「？」

「となると今後も軍事の流れは機械化や無人化の戦争の方向性で加速する訳だな。ちょっと見ない間にアップグレードされたこいつらみたいな有人・無人で切り替えられるハイブリッド兵器が主流になるのかもしれんが。夢がなく、つまらない、効率と計算が支配する冷たい戦争だ。……そしてこの場合、ちょっとまずいかもしれない」

「何が？」

「R&Cオカルティクスは世界に名だたる巨大ITだぞ？　それも科学技術だけじゃない、魔術側も普通に併用して世界の壁を崩しにかかるウルトラブラック企業だ。実際のところ、ネットワークや無人兵器の分野で科学一辺倒『しか』使えない学園都市が本当に戦場のイニシアチブを取れていたかどうかは怪しいもんだろ。おいそこの」

なに？　とインデックスが振り返った。

肩の上のオティヌスは尊大な感じで腕組みしながら顎で適当な機材を指し示した。

「その辺のコンピュータのファイアウォールを越えてみろ、と言われたら貴様はどうする？」

「うーん……なにそれ？？？」

「ようは数字の暗号だよ」

「ならひとまず星の並びを見てみるか、神様にお祈りしてみるかも！」

「……、」

上条《かみじょう》は絶句した。

荒唐無稽だったから、ではない。

「思い出したな？」

　オティヌスは小さく笑った。上条《かみじょう》はごくりと喉を鳴らし、恐る恐るインデックスを見る。

「二四日だ……。なんかお前、電気に強い御坂《みさか》や妹達《シスターズ》より早くスマホのパスロックを解いていなかったっけ？？？」

「乱数表と数字の並べ替えでしょ。魔術の世界にだって暗号くらいあるんだよ、そのまま読める魔道書の方が珍しいくらいだし」

「魔力がなくてもここまでできる。じゃあ本当の本当に魔術を使える輩《やから》なら？　星の並びからパスワードを解いて、神に祈って量子暗号の中身を外からまさぐる。こんなメチャクチャな攻撃に科学一辺倒でどう対抗できる？」

　もう言葉もない上条《かみじょう》。ただそもそも今時の実戦なら、本当に危険な場所にいきなり人は送らない。衛星やドローンで空撮して徹底的に映像を精査する。イレギュラーな事が起きたからって、そうしないのは何故《なぜ》？　今は魔術サイド主導でリカバリーしているから……以前に、信用できないのだ。国家も科学も超える巨大ＩＴ相手に電子戦を挑むという馬鹿げた状況を。

「これもまた、あくまでも根拠のない可能性の一つだよ。所詮はフラッシュアイデアだから本気にする必要はない。だがそいつが事実なら、困った事に学園都市は自前の兵器を乗っ取られて襲われた可能性も皆無じゃなくなるんだよな。先ほどの毒ガス仮説と組み合わせると、また一つ、この不可解な消失状況を説明しやすくなってしまう訳だが」

　そこらじゅう得体の知れないコンピュータだらけだが、ハッキングとかコンピュータウィルスなんて話になると、流石《さすが》に上条《かみじょう》には調べようがない。一瞬、日本の病院にいる第三位のビリビリ少女が頭に浮かんでしまうが、ないものねだりをしても仕方がないのだ。

「見つけたっ、ハンバーグ!! ……でもカチコチなんだよ。これじゃあ食べられない」

「冷凍食品じゃねえぞそれ。おいおい、普通のレトルトがそんなになる世界なのかよ……」

別にステイルのやる事を手伝う義理は特にないのだが、上条《かみじょう》としても寒々しい無人の街を見ているとここで暮らしてきた人達が心配になってくる。

得体の知れないプログラムとかスクリプトではない。せめて『普通の人が目で見て分かるような何か』がないか見て回ると、ガレージみたいに広いテントの片隅に乾燥機より小さな四角い塊があった。金庫だ。不用心な事に、何か分厚い紙が挟まっていてきちんとロックされていない。……何かそれが、逆にこの地であった混乱の度合いを示すようで不気味でもあったが。

「……何だこりゃ?」

上条《かみじょう》は頭のてっぺんから声を出していた。半開きの分厚い金庫の中に入っていたのは、札束でも金塊でもない。腕時計だった。それもスイス製で文字盤は宝石だらけなんて話ではなく、基本はガラスとプラスチック。バンド部分もカラフルなゴム製だ。妙にデジタルで、言ってしまえば安っぽい。取り出してみて、上条《かみじょう》は改めて首を傾《かし》げてしまう。思わず呟《つぶや》いていた。

「スマートウォッチ???」

確か、スマホと連動して装着者の健康状態を調べたりいくつかのモバイル操作を簡略化するアクセサリー、だった気がする。ダイエットの必要性より日々の食費の方が心配な貧乏学生にはとことんまで縁のない贅沢《ぜいたく》ガジェットだが。しかし、上条《かみじょう》が疑問を持ったのには訳がある。

「この機種って……時計単体でまともに動くモデルじゃないよな？　スマホとリンクさせないと役に立たないスマートウォッチが、何で単品で分厚い金庫に入ってるんだ？？？」

「違和感を信じろよ人間。三〇〇〇万人の消失と一緒だ、不自然な状況が発生したからには不自然な理由が必ずついて回るはず。……その時計、何かあるぞ。他から分けて金庫に入れる事自体が実行者のメッセージとして機能している。これは、重要な品だとな」

側面にある竜頭状のボタンを押すが、ロック画面にもならず、接続エラーのメッセージが出る。『本体』のスマホがなければそうなるか。ワイヤレスのイヤホンだけぽつんとあっても音楽を流せないのと同じだ。ただ文字盤全体にユーザーらしき名前だけが表示されていた。

Melzabeth=Grocery。

無防備に頬と頬を近づけ横から覗《のぞ》き込《こ》むインデックスが、きょとんとしたまま読み上げた。

「めるざべす、ぐろーさりー？」

「おい、こっちだ!!」

外からの大声に、上条《かみじょう》の思考が寸断される。

ステイルに呼ばれて上条達《かみじょうたち》がテントの外に出てみると、彼は分厚い紙束を手にしていた。

忌々《いまいま》しげに紫煙を吐きながら神父は言う。

「……とりあえず残されていた報告はあてにならない。混乱下でまともな記録が取られていないようなんだ、これ以上ここのデータにこだわっても何もないね」

「あちこち無人兵器だらけだったんだろ？　カメラの映像記録とかは」

「認証画面を超えてデータを見る方法に心当たりは？　筋繊維の不随意運動アナログ識別、つまり小脳と連動した『嘘のつけない指先《こっくりさん》』の無意識的な震えを読み取る方式だけど」

上条《かみじょう》はたじろいだ。一瞬、先ほどのインデックスが脳裏に浮かぶが、魔道書の暗号が解けるからと言ってコンピュータなら何でも自由自在という訳でもないのだろう。もしそうなら御坂《みさか》美琴《みこと》のように、別の付加価値がついているはずだ。ステイルや神裂《かんざき》は、ある意味で上条《かみじょう》以上にインデックスのスペックを熟知している。頼れるものならとっくに力を借りていないとおかしい。そのために日本の学園都市から連れ出しているのだから。

ツンツン頭は首をひねって、

「じゃあ次は何だ？　警察か、病院か？」

「やれる事は他にもありますよ。あなた達学園都市の学生からすれば、あまりに原始的かもしれませんけどね」

言いながら、神裂《かんざき》は何か液体をばしゃりと足元に振りかけた。

上条《かみじょう》はしばらくそのまま待つが、

「？」

何も起きない。パキパキと水分は凍りついていくが、今は氷点下二〇度なのでこれ自体は特に不思議な現象ではないだろう。しかしこれで正解らしい。神裂《かんざき》はこう続けたのだ。

「今振《ふ》り撒《ま》いたのはタンニンですよ」

「たん？」

「お茶の成分に含まれているアレです。そしてご存知ですか？　タンニンは鉄分と反応しやすく、黒く変色する素にもなると。紅茶の茶器は陶器製が多い理由の一つです」

つまり何なのだろう？

何でも聞きたがる癖がつきかけた上条《かみじょう》だが、そこで気づいた。

「鉄分って、つまり血か？」

「イギリス清教《せいきょう》と学園都市の混成部隊がR&Cオカルティクスの返り討ちに遭い、そのとばっちりでロス市民三〇〇〇万人まで巻き込まれた」

もちろんタンニンだけでなく、お茶を利用した術式だろう。神裂《かんざき》は滑らかに言葉を続け、

「その割にはご覧の通り、一番の標的だった基地の敷地《しきち》内部《ないぶ》に流血の痕跡は全くありません。これは、ここで何があったのか状況を知る上で大きなヒントになるはずです」

とりあえず『R&Cオカルティクス側が学園都市の人員を刃物や銃で皆殺しにした後、死体を引きずっていった』という訳ではないのか。しかしそれならどういう状況なのだろう。

血が流れないような攻撃手段があった？

ここから学園都市の人間をよそに連れ出してから始末した？

あるいは、『消失』は学園都市側が仕掛けたものだから味方に被害はなかった？

ステイルは口の端の煙草《タバコ》をゆっくり上下させながら、

「……元々デジタル方面は僕達魔術師の領分じゃないからね。残留思念を浮き彫りにする術式にでも頼った方がまだしも有益な情報が手に入る。おい、だからちょっと離れていろ。これから魔道書図書館の力を借りて魔術を使う。君の右手に邪魔されたら敵《かな》わない」

「へいへい、そっちが勝手に仕事を終わらせてくれるなら俺も楽ができて万々歳だ。インデックス、お前もちゃんと良い子でできるよな？　……っておい、神裂《かんざき》？？？」

神裂火織《かんざきかおり》から合いの手がなかった。

彼女はじっと、どこか遠い場所へ目をやっていたのだ。

「？」

ぴりついた空気に、疑問に思って上条《かみじよう》が彼女の視線の先を自分の目で追いかけてみると、そこは夜空に突き刺さる高層ビルの群れの、その一つだった。バスケットコートを取り囲むビル群の、さらに向こう。よくもまああんなビルとビルの隙間の奥まで観察しているものだが、神裂火織《かんざきかおり》の注意力に感心している場合ではない。

何かある。

屋上。いかにも人工物らしい奇麗な直線だけで構成された建築物のシルエットをわずかに乱

す、小さな黒い点のようなものの正体は……人影⁉

「来ます」

神裂火織《かんざきかおり》が静かに囁《ささや》いた時だった。

ズヴォアッツ‼‼‼　と。

その瞬間、上条《かみじょう》の目には何かが光ったように見えた。

青白い閃光《せんこう》の刃がどこまでも伸びて、夜のロサンゼルスをまとめて切り裂いていったと。

しかし現実には違った。

「すっ砂だ‼　大量の砂を超高圧で飛ばしてきたんだっ、工業用のカッターみたいに‼」

砂だ、と上条《かみじょう》が叫んだ時には決着がついていた。何しろ光の攻撃と見誤るくらいの勢いだったのだ。気づいて叫んでから行動するのではあまりにも遅すぎる。

ただし、

「ふむ」

神裂火織《かんざきかおり》は、二メートル近い腰の刀を抜いてもいなかった。

「イギリス清教《せいきょう》の与り知《あずかし》らない形で魔術が使用されたという事は、これがR&Cオカルティクス側の守り手……？　しかし派手に血を撒《ま》き散《ち》らす切断芸では、三〇〇〇万人の消失という語感とはそぐわない気もしますが」

　タンカーすら横から輪切りにしかねないほどの、恐るべき勢い。しかしベルトから外した鞘《さや》を片手で水平に構えただけで鋼鉄をも引き裂く莫大《ばくだい》な砂の魔術を吹き散らしていたのだ。

　ギラリ!!　と。後から遅れて空間にいくつもの青白い光が走る。それは七本のワイヤーだった。上条《かみじょう》に魔術の心得はない、今はもうサンジェルマンも力を貸してくれない。それでも空間を埋める輝きには、あやとりに似た法則性を感じられた。彼女の術式に必要な何か、なのだろう。

　聖人。

　世界で二〇人といない、『神の子』そのものと身体的特徴が酷似するが故にその力の一端を引き出す事に成功した規格外の魔術師。

　だが脅威は、直撃だけではない。上条《かみじょう》は狼狽《うろた》えた声を出した。

「まっ、まだ終わってない……」

　高層ビルの屋上から一直線に放たれた砂の魔術？　カッター？？？　は神裂《かんざき》が抑え込んだ。が、間にあった大型ショッピングセンターや立体駐車場がまとめて切断されている。

「来るぞっ、こっちに！　神裂《かんざき》、今はクールに考え事をしてる場合じゃねえ!!」

　敵は、崩れ落ちる方向まで計算に入れていたのだろうか。

　よりまずいのは、どうやらショッピングセンターには大型のジムなどが入っていたらしい事。

つまり暖房や水温管理ボイラーで適温に整えられた屋内プールの水が巨大な水風船でも破裂したような白い大爆発を起こし、氷点下二〇度の世界へと撒《ま》き散《ち》らされたのだ。

地面に叩《たた》きつけられ、ビキビキバキバキと凍りつきながら、何トンあるかも分からないそれは勢い良くこちらへ迫り来る。

舌打ちして、ステイルが言い捨てた。

「近くの建物へ走れ」

「えっ、あ？」

うろたえる上条《かみじょう》など神父はいちいち気にかけなかった。

ひょいっと、だ。インデックスの首根っこを掴《つか》むとさっさと立ち去ってしまう。

「テントくらいでは防げません。呑《の》み込《こ》まれれば氷漬けのマンモスになりますよ！」

誰も見捨てられない神裂《かんざき》がそう補足してから、後ろへ下がる。あとはもう上条《かみじょう》だけだ。置いていかれないようにとにかく走り出すしかない。ジタバタするインデックスを掴《つか》んだまま、ステイルはすでにコートを囲む背の高いフェンスを炎の剣で切り裂いて外へ飛び出している。

「神裂《かんざき》っ、表面積だ!!」

「整えはしますが、確定で凍結させられるかは保証できませんよ！」

魔術師同士の叫びと共に、ビュン!!　と細かいワイヤーに切り裂かれ、水の壁が白く泡立つ。

だが一瞬だ、ブロック状に切り取られた塊は再びぶつかり合って一つの濁流になる。

私有地だから、なんて気にしている場合ではなかった。

上条達《かみじょうたち》は大きなビルの一階部分、高級そうなグラップルのモバイルショップの店内に飛び込む。

(階段はっ、ない⁉　エレベーターなんか待ってられねえ‼)

「うわあああああッッッ‼⁉⁇」

灰色に汚れた膨大なシャーベットが猛烈な勢いで迫ってきた。コンクリート粉塵《ふんじん》とガラス片と砂粒と、とにかく灰色に汚れた膨大なシャーベットが猛烈な勢いで迫ってきた。ステイルは窓ガラスにルーンのカードを貼りつけようとし、途中で諦めて物陰に引っ込む。魔術の詳しい手順は知らないが、間に合わないと判断したのか。

上条《かみじょう》は慌てて近くにいたインデックスの体をひっ摑《つか》み、ミリフォンの商品見本がずらりと並べられた宝石店みたいな台の裏へと飛び込んだ。

爆音が炸裂《さくれつ》した。

壁が揺れる。

ばき、ばき、びし‼　という甲高い音が鳴り響く。鋭い氷の槍《やり》のような塊が砕けた窓という窓から突き込まれる。ウィンドウ近くのソファやマガジンラックを薙《な》ぎ倒《たお》していく。

い、い、逆に助かった、と上条《かみじょう》は氷点下二〇度に感謝した。

破れた屋内プールからここまで一〇〇メートルはあった。その間に完全に冷えて固まっていなければ、今頃上条達《かみじょうたち》は地獄の氷水を浴びて心臓が止まっていたかもしれない。

引き寄せたインデックスを抱き締めたままガタガタと震え、上条《かみじょう》は必死で不幸中の幸いポイントを探していく。そうでもしないと心が折れてしまいそうだ。

(同じ巨大ITでも容赦なしかよ、R&Cオカルティクス！　ちょっとはグラップルと仲良くすれば良いものを……っ‼)

「どうやら、水の塊を切って表面積を広げたおかげで凍結時間を早める事に成功したようですね。それだけ冷たい外気に直接触れる場所が増える訳ですから」

「偶然の産物じゃないのかよ……。ま、運に助けられるなんて俺らしくないけど」

ひとまず生き残ったようだが、緊張が解けない。今のはあくまで二次的な、副次効果。顔も見えない魔術師はいくらでも同じ事を繰り返せるし、そもそも神裂《かんざき》みたいな音速で動いて弾丸を撃ち落とす魔術師でもない限り、遠方から狙撃されただけで即死だ。上条《かみじょう》の右手に宿るあらゆる魔術を打ち消す幻想殺《イマジンブレイカー》しも、そもそも反応できなければ意味がない。

実際にショッピングセンターや立体駐車場が丸ごと切り裂かれたのだ。建物の壁なんか盾にならない。屋内プールの分厚い水でもダメージを吸収しきれない。壁なんて視界を遮る効果くらい、それも狙撃手の位置次第で頭隠して尻隠さずだ。恐怖に背中を押されて上条《かみじょう》は叫ぶ。

「そうだ、あの野郎はっ⁉　どこ行ったか誰か確認してるか⁉」

「立ち去ったようですね」

涼しい顔の神裂火織《かんざきかおり》だった。見られた瞬間に真《ま》っ直《す》ぐぶち抜かれる狙撃の危機の真っ最中だが、こんな中でも彼女は遠方の人の動きに気を配っていたらしい。色々と規格外過ぎる。

そもそも、プロの魔術師の論点は違った。

ステイル＝マグヌスは謎の襲撃者についてより前に、まずこう尋ねてきたのだ。

「……何故《なぜ》分かった？」

「は？」

「音速以上の速度で飛んでくる魔術の攻撃を、どうして初見で『砂』だと認識できた？　実際に神裂《かんざき》が弾《はじ》いて速度が落ちるまで、判断するための材料はどこにもなかったはずだよ」

それか。

確かに今のはちょっと反則だったかもしれない。

「こいつ拾った」

言って、上条《かみじょう》が見せびらかしたのはスマートウォッチ。スマホと連動して機能サポートをするアクセサリーなので、これだけでは時計や血圧を見る程度で、何のデータも閲覧できない。

ただし、だ。

文字盤をひっくり返し、裏面を上条《かみじょう》は別の器具の先でなぞる。トランスペン。頭のマイクで外国語を聞き取り、ペン先でなぞる事で英文を日本語に翻訳する程度の投げ売り商品だ。

そして文字盤裏側の規則的な傷をなぞった結果、こんな合成音声が流れてきた。

『注意《caution》、砂《sand》』

「消滅した基地の金庫の中に、これみよがしにスマホ『本体』から切り離してでも保管してあったスマートウォッチだ……」

上条《かみじょう》は言って、側面にある竜頭状のボタンを押す。ロック画面より先に、接続エラーのメッセージが重なる。そして元の持ち主らしき人名が出てきた。

メルザベス＝グローサリー。

「……文字盤、枠組み、バンド、留め具、色の組み合わせに小さな傷や何気ない汚れまで。絶対まだまだ何かあるぞ、この時計」

4

さっきも言ったが、建物の壁など盾にならない。あの砂の魔術なら獲物の場所さえ分かれば壁ごと真《ま》っ直《す》ぐぶち抜いてくるはずだ。なのでいつまでも同じモバイルショップにいられなかった。捕捉されたら移動、が基本。神裂《かんざき》はすでに立ち去ったと言っていたが、それでも念には念を入れて、上条達《かみじょうたち》は裏口から外に出て狭い路地をまたぎ、隣の建物に移っていく。

たとえ距離一メートルの移動でも、見えなければ狙われない。

何の硬さもない煙幕だって身を守る武器になるのだ。脆《もろ》い壁にも使い道はある。

「インデックス、あの砂の魔術って何なんだ？　弱点とかあると助かるけど……」

「うーん」

上条《かみじょう》は思わず二度見してしまった。

断言が来ない。

「大体アレだと思うんだけど、でもなあ。薔薇系《ばらけい》だけじゃ説明がつかない部分もあるかも」

「冗談だろ……。一〇万三〇〇〇一冊以上だっけ。それだけ知識があっても解けないような何かを使っているっていうのか……？」

いよいよ生き残るための行程が崩れつつある。それがひしひしと伝わってくる。

ちなみに逃げ込んだ先は時計店。高級ブランドらしいが空港近くだ、免税店かもしれない。

「時計、か……」

上条《かみじょう》は自分が手に入れたスマートウォッチに目をやる。

一度怪しんでみると、何でもかんでも特別な意味があるように思えてくる。

文字盤が四角いのはどうして？　好みに合わせて付け替え可能なバンドの色が赤と黒に分けてあるのは？　つるりとしたガラスの左上の右端、その表面にこびりついている指紋の欠片《かけら》のような汚れ。それから裏面やバンドにある無数の小さな傷は？　表に裏に、上に下にとひっくり返し、騙《だま》し絵《え》のように浮かんでくるものはないかついつい調べてしまう。

　とはいえ、

「……やっぱ、そう簡単に浮かび上がってはこないか」

　上条《かみじょう》は半ば投げやりに呟《つぶや》いた。

　紙のレポートやデジタルデータの形で記録保存しなかった、という事は、このスマートウォッチのメッセージは誰彼構わず見られては困ると持ち主が判断したのだろう。メルザベスさん？　とやらは、明らかに通常の方法では検索不能な状況を用意してから秘密のメッセージを残している。隠す意図があるという事は、そう簡単に解けるようには作られていない、と見るのが正解ではないか。本当にこの場で考えて解こうとするだけの意味があるのか。

　ところがインデックスはこう言った。

「見えていないだけで、メッセージ自体は簡単なのかも」

「何で分かる？」

「絵の中に隠された賢者の石の作り方だってそんなものだし。あるいはシェイクスピアの肖像画には秘密がある、とかね。ああいうのが難しく見えるのは、難解な暗号が組み立てられているからじゃない。太陽は黄金とか、ペリカンは赤い石とか、自分オリジナルの記号を作られるから厄介なんだよ。分かってしまえば、すぐに見える。メッセージってそういうものだよ」

　そっと息を吐く音があった。割り込んだのは、肩に乗っているオティヌスだ。

「おい人間、そもそも焦《あせ》って慌てて隠した最後のダイイングメッセージだぞ。逆に、高度な乱数表や計算式を用意して事細かに原文から暗号文へコンパイルするだけの時間的・心理的余裕があるとでも思うのか？」

「……、」

言われてみれば、確かに。

そして魔術と詐術と戦争の神は続けてこう説明してきた。

「加えて言えば、複雑なメッセージが複雑に見えてしまった時点でダイイングメッセージとしては失敗だ。犯人側からすれば、読み解きなんぞできなくてもひとまず怪しい文字や記号は全部消し去ってしまえば安心できるんだからな。この世にごまんと存在する『事件現場に残るいかにも見る者の興味を引きつけてやまないミステリアスな記号や文字列』とやらは、実は万人の注目を集めてしまった瞬間にそれだけで全くの無意味。つまり、本当に困った時ほど複雑で悪目立ちするメッセージはありえないんだよ」

だからできるだけ簡単で、普通の景色に紛れてしまうくらいのメッセージに限定する。

読み解き自体を複雑化させるのではない。これが重要なメッセージだと気をつけていない人にはただの小さな傷や目立たない汚れくらいにしか考えられず、目の前にあっても素通りしてしまうような形に整える。そういう隠蔽で、黒幕側から消されてしまうリスクを排除する。

色や形の意味。

傷の数。汚れの位置。

下手にひねると逆に自家生産の迷いの森へ引きずり込まれる。何気なくそこにあるものを眺めて、上条《かみじょう》は素直な感性で一ヶ所に注目した。

「ここ」

少年が指差したのは腕時計のバンド部分だった。

インデックスが横から覗《のぞ》き込《こ》みながら、

「うーん、傷？　これは……アルファベットの、Dとtかも」

「それもあるんだけど」

彼が注目してほしいのは、分厚いゴムバンドに等間隔に空いたサイズ調整用の穴の一つだ。

「……途中にある一個だけ、ちょっと穴が伸びてる。元々このサイズで無理に留《と》めていた？　でもズボンのベルトなら、まあ、太ってサイズが合わなくなったって話もあるかもしれない。でも腕時計は別に無理してぎゅうぎゅう締める場面なんかないよな？　これ、留め具を締めて輪を作った状態で、わざと両手でゴムのバンドを左右に引っ張って穴を伸ばしたんじゃないのか」

「穴の数は八個。外から見て三つ目の穴が伸びているようですね……」

「メッセージ自体は単純だと言ったはずだ」

上条《かみじょう》の肩に乗っているオティヌスが、謎の数字と聞くとすぐにゲマトリアだのノタリコンだの無駄な深読みに走りたがる魔術師達を牽制《けんせい》するように再度呟《つぶや》いた。

「素直に表面へ浮かんだものをそのまま受け取るんだ。単純に数かもしれんな。例えば二、一、五。あるいはその逆」

「でも具体的に何の数字なんだ？」

オティヌスは肩をすくめた。全部分かっている訳でもないらしい。

一瞬、スマートウォッチのロック画面を解除するためのパスコードかとも考えた上条《かみじょう》だが、そもそもこのアクセサリーは『本体』たるスマホとは近接無線で繋《つな》がっていない。

「二、一、五……」

「五一二なら機械っぽい匂いもしますが」

ステイルや神裂《かんざき》も頭を悩ませているようだが、具体的な形にはなっていないようだ。どうにかしてゼロに減らせとか何文字の単語に変換しろとか、『問題の指示』がない分だけ厄介だ。

「もっと単純で……」

ダメで元々だ。誰もいない無人の街。網の目のように縦横に道路が走るその一角で、自分の顎に手をやって上条《かみじょう》は呟《つぶや》く。

「……答えが分かっていれば誰の頭でも普通に浮かぶ、とっさの判断でも間違いなく正確に書き込める。その程度の簡単で明瞭なメッセージ」

ぱんっ、とインデックスが軽く手を叩《たた》いた。

さらに言う。

「その人は余裕がなかったんでしょ、実際に追い詰められてみれば見えてくるかもしれないんだよ。はいとうま、さん、にい、いーちっ!!」

「うっ、うええ!?」

少年は慌てて顔を上げた。もちろん根拠なんて何もない。ただ三、二、一のカウントでとっさに頭に浮かぶレベルだと、もうこんなのしか出てこない。そしてリアルタイムで三〇〇〇万人の消失を目《ま》の当《あ》たりにし、為《な》す術《すべ》もなく呑《の》み込《こ》まれていったメルザベス＝グローサリーとやらはもっと時間がなかったはず。急いでいると答えはどんどん簡略化されていく。

「ばっ、バンドについている小さな傷が気になるっ！　……やっぱDとt？」

「ダウンタウン？」

首を傾《かし》げたインデックスの無邪気な声。

そして上条当麻《かみじょうとうま》はパッと浮かんだアイデアをそのまま口に出した。

バンドの穴。数は全部で八つ、外から三つ目が不自然に伸びている。二、一、五の暗喩。

とっさに、程度の思考時間で思いつくのは、

「もしかして、そのダウンタウンとかいうのの……番地か？」

5

おっかなびっくりと、だった。

見つけた『発見』がある。そうなると時計店から出て外を進む必要があった。

上条《かみじょう》がドアからそっと外を窺《うかが》うと、やはり暗い。電気はそのままだから星空が散らばるような夜景が待っていた。完全な暗闇と中途《ちゅうと》半端《はんぱ》な明かりはどちらが怖いだろう? 遠くの夜景は逆に不審な影を覆い隠しそうだし、狙われる上条達《かみじょうたち》は迂闊《うかつ》に街灯の下に出られない。

「だ、大丈夫なんだろうな。本当に……」

「あなたが見つけた発見でしょう?」

砂の魔術を使った狙撃手はもういない、と請け負ったのは神裂《かんざき》だ。なので彼女は他と比べて肩の力を抜いている。上条《かみじょう》の肩に乗ったオティヌスは尊大に腕を組んで、

「ひとまず壁沿いに歩け。道のど真ん中を歩くよりは見つかりにくい」

「そ、そんなの角度次第じゃね?」

「奇襲からの防衛に『安全地帯』などあるか。だから常に逃げ込む先、つまり屋内に繋《つな》がるドアや窓を複数チェックし、煙幕の代わりになるものをストックしろ。とにかく遠方から狙いをつけられないように。カメラのフラッシュや車のヘッドライトなども使えるかもしれない」

「くるま……」

「狙撃に気を配る必要があるんだよね。イメージと違って実際には電気自動車だって完全に無音とはいかない、ましてガソリンやディーゼル車なら爆音で注目を集めて狙い撃ちだよ」

ステイルが適当に言いながら最初の一歩を踏み出した。そう、炎の魔術師なら応用次第で煙

ているのか。不透明な部分もあるが、少なくとも丸腰の自殺行為、とはならない。

や蜃気楼《しんきろう》も使えた気がする。砂の魔術とどちらかが速いか、相手は本当に視覚だけを頼りにし

……上条《かみじょう》の幻想殺し《イマジンブレイカー》でついうっかり守りの魔術を壊してしまわない限りは。

「そんな不幸はやだぞ。大丈夫かなあ、ほんとに……」

『あの』ステイルに命綱を預けてしまう事自体が不安の塊でもあるのだが、他に策もない。

見つけた『発見』に従って、恐る恐るロサンゼルスの街を歩く。

そして改めて無人の街を見て回ると、色々と不気味な痕跡があった。

高層ビルのど真ん中に軍用のヘリコプターが突き刺さったまま動きを止めていた。コンクリートで固めた一段低い凍った川へ頭から飛び込んだ戦車や装甲車も見て取れる。もちろんただの事故とも思えない。R&Cオカルティクス側との、記録に残らない戦闘は確かにあったのだ。

「砂だったのかもしれないな……」

冷たい街を歩きながら、上条《かみじょう》はふと呟《つぶや》いた。

「なに、どういう事、とうま？」

「例の目張りだよ。毒ガスとかじゃなくて、砂が入ってくるのを防ごうとしたんじゃね？」

「でも何で？」

インデックスからの無邪気な質問に、上条《かみじょう》は何も答えられなかった。

ただ、今のところ不吉なものと言ったら砂くらいしかない。そして事は得体の知れない魔術

の話。それも、あのインデックスでも完全には解読できていないほどの。ロス市民も全部が全部、目の前の怪現象を見ても正しい答えを読み解いて行動できたかは普通に謎だ。『砂は危ないからとにかく触るな』という予測《ジンクス》だけで頑丈な屋内へ退避しようとしたかもしれない。

ステイルが釘を刺すように言葉を押しつけた。

顎を上げてどこか遠くに目をやっているのは、当然ながら砂の魔術の狙撃対策だろう。合理性というより、何かしていないと不安になるという気持ちは上条《かみじょう》も分かる。

「……先入観は禁物だ。敵方が扱う魔術が砂だけとも限らない。何しろR&Cオカルティクスは巨大組織、本社ビル防衛のために配備された魔術師が一人きりなんて断言はできないよ」

確かにその通りだ。まだ見えていないものなんていくらでもあるのだろう。

結果。

ダクトテープの目張りは失敗だった。少なくとも何かしら読みを誤ったからこそ、ロサンゼルスの人達は『消失』を避けられなかったのだし。

「それより氷点下二〇度だよ……。空港からダウンタウンまでは何キロだ。闇雲に行動して無駄に体力を削っていったら、いずれ危ない事になる。本当に確信はあるんだろうね？」

「ステイル、手が詰まって立ち往生でも凍死条件は変わりませんよ。足を向ける先があるというのは、それだけで状況が好転している証《あかし》です」

こっちだ、とステイルが身振りで示した。

上条《かみじょう》は眉をひそめて、

「……地下鉄の階段？」

「高所からの狙撃なら、これ以上の対策もないはずだよ」

ステイルは素っ気なく言う。

「それに氷点下二〇度の外気はもちろん、この街には三〇〇〇万人を消した『何か』が確実に存在する。不自然の塊だ。怖いのは、目に見えている現象だけじゃない。隠れて進むのが最良だ。ひとまず歩けるだけ地下を歩いていった方が安全ではあるだろう？」

当然のように階段を降りて駅舎に入っても誰もいなかった。

「意外と……温かいな」

上条《かみじょう》は不思議そうに辺りを見回す。地下というと冷たい印象があったのだが、入ってみると突き刺すような感覚が消えていくのが分かる。神裂《かんざき》はくすりと笑って、

「井戸水と同じですよ。外からの影響がなければ空気も水も、温度は一定に保たれるものです。それを温かいか冷たいか判断するのは外気にさらされた人のいる環境によりますね」

「そんなものか……」

「それからご自分の耳に注意して意識を集中してください。これは、もしかすると魔術の素人《しろうと》でも感知できるかもしれません。うっすらとではありますが……聞こえてはきませんか？」

「？」

「地下鉄構内を温めるエアコンの唸《うな》りが」

「ああくそっ！　神秘もクソもなかった‼」

神妙に感心しかけた上条《かみじょう》は盛大に悔しがった。肩の上のオティヌスが呆《あき》れたように息を吐き、ステイルは苛立《いらだ》たしげに舌打ちしている。

その時だった。

馬鹿デカい電子ブザーが派手に鳴り響く。

「ひゃっ⁉　な、なに⁉」

インデックスはびっくりした猫みたいにその場で飛び上がっていた。通電はしているのか、自動改札のゲートだけが上条達《かみじょうたち》の行く手を阻《はば》む。空港でもやっていたはずだが、何度でも新鮮に驚いてくれるらしい。インデックスはおっかなびっくりだったが、結局は上条《かみじょう》が背中を撫《な》でてなだめ、みんなで強引に改札を突破する。二度目だからと慣れてしまった自分が哀《かな》しい。

駅のホームでは電車など待たない。

ホームドアをこじ開けて線路に降りる時は、流石《さすが》に上条《かみじょう》も胃袋が縮む思いだった。

トンネル内も電気は通っているので、等間隔で壁際《かべぎわ》に蛍光灯があった。ただしそれだけでは闇を払拭《ふっしょく》できない。そして駅のホームを離れていくと、少しずつエアコンの恩恵も薄らいでいく。分厚いコンクリートからじわりと死の冷気が再びにじり寄ってくる。

大変奥ゆかしい神裂《かんざき》が横からそっと添えてきた。

「無人の地下鉄とはいえ、電気が通っているから気をつけてくださいね」

「……もう神妙な顔されたって騙《だま》されんぞ。人がいないなら電車なんか走っているはず、」

「おい人間よけろっっっ!!!!!!」

トンネルいっぱいを風圧が埋め尽くした。

思わずインデックスを突き飛ばそうとして、しかし実際には体がまともに動かない。

「火炎《kenaz》」

歌うような一言だった。

ざあっ!! と紙吹雪のように大きく動いたのはラミネート加工されたルーンのカードか。

「庇護《algiz》、そして勝利《teiwaz》。咎《とが》なき刺客よ、だが邪魔だ」

数千、いや数万枚のカードが壁という壁を埋め尽くしていった、その直後だった。

ボッ!! と。長身の神父の、その腕の一振りだけでトンネル内の闇がまとめて吹き散らされた。猛烈な速度でこちらへ突っ込んできた黄色い点検車両が真上に跳ね上がり、天井をガリガリと擦って、上条達《かみじょうたち》の頭の上を飛び越していった。

がぎんぐしゃん、という金属のひしゃげる音を、ステイルは最後まで聞き届けるつもりもないらしい。炎の剣を消しざま、指先に残った火の粉を使って新しい煙草《タバコ》に火を点《つ》けている。

上条《かみじょう》はもうついていけなかった。

「あ、ありが、とう?」

心の底からの嫌悪《けんお》が待っていた。

「君を助けた訳じゃない」

心臓が痛い。ステイルが舌打ちして先へ進んでいくのに、声も掛けられない。

肩の上のオティヌスが、半ば呆《あき》れたように呟《つぶや》いていた。

「……運転席と管制、双方の人為コントロールが途絶した時点で緊急自動マニュアルに切り替わったんだ。一般車両は操車場など一本道の外に待避させた上で、独立したバッテリー式の点検車両を自動で走らせて線路、電線、通信など路線全体で緊急の保守点検を行う。異常の原因が分かるまでだ。機械に状況は理解できないから、延々と同じ行動を繰り返す羽目になる」

「……、」

「おい人間？　何だ、泣き出すタイミングを見失って石化しているのか、案外軟弱だな」

どれくらい歩いただろう？　外の景色は見えない、緊張や極低温の空気も感覚を乱してくる。ただ、ちょっとしたピクニック以上の距離は歩いているはずだ。

ステイルはそっと息を吐いた。

「この辺りが限界かな」

「何が？」

上条《かみじょう》の問いかけに、長身の神父は口に咥《くわ》えた煙草《タバコ》を指で挟み、前に差し向けた。腕の動きで空気でも溜《た》め込んだのかオレンジ色の光が強くなり、周囲がうっすらと照らされる。

すぐそこだった。トンネルが全て、分厚い塩の壁のようなバキバキに割れた砂のブロックに塞がれている。あれは駅の階段やホームから雪崩《なだ》れ込《こ》んできたのだろうか？

「非常口くらいはあるはずです。壁に沿って探しましょう」

神裂《かんざき》の言う通りだった。鉄のドアの先に上りの階段があり、何度か踊り場を折り返すと地上へ辿《たど》り着《つ》く。外に出ると、切り裂くような冷気のレベルが二つくらい跳ね上がった。

再びの地上。

砂の魔術、その恐怖が上条《かみじょう》の心臓をじんわりと握り込んでくる。

冬の星空みたいな冷たい夜景をぼんやり眺めている場合ではない。逃げ込む先は複数、消火器でも何でも良いから目眩《めくら》ましのチェックも。頭の中でメモにチェックを入れていく感じで思い浮かべつつ、上条《かみじょう》はインデックスの手を引いて近くのビル壁に寄っていく。

「……ここは、どこだ？」

「大学と博物館に挟まれた主要道路だから、エクスポジション通りだろう。ユニオン駅までは届かなかったか……。とはいえダウンタウンはすぐ近くだ、そのまま北に向かえば良い」

オティヌスの言葉に、むしろ上条《かみじょう》は逆方向へ振り返っていた。

「大学に博物館、か……」

「確かに巨大な公共施設だが、空港があそこまでガラガラだった事を考えると生存者が大勢身を寄せている可能性は皆無だな。博物館に飾られたスペースシャトルを見たいなら後にしろ、今はスマートウォッチだ。ダウンタウンの番地が怪しいと言ったのは貴様だぞ」

ロサンゼルスと一口に言っても場所によってかなりカラーが違うらしい。上条達《かみじょうたち》の向かう先は空港のあった辺りと比べると小さな建物がぎっしり詰まった印象だ。ただ一つ一つのお店が変なオシャレ感を放っていて、地に足の着いた高校生の上条《かみじょう》ではちょっと近寄《ちかよ》り難《がた》い。ここならスリムでシュッとしたアイドル仕様の宇宙服でも売ってそうだ。アップリケだらけの。

「それにしても、リスクを特定する前に足を踏み入れる事になるとはね」

「?」

「R&Cオカルティクス、本社ビル」

上条《かみじょう》は息を呑《の》む。ステイルが指で挟んだ煙草《タバコ》の先で示したのは、遠くの方にそびえる高層ビル群の一角だった。中でも一際《ひときわ》大きな高層建築。他の建物と同じく明かりは点《つ》いたままだが、あそこには人が残っているのだろうか。それとも、一般社員なんぞまとめて一緒に……？

「アンナのヤツはあそこにいるのかな……？」

「さあ。建物は見えてはいても、今は近づけません。『消失』の原因や発動条件が判明しない限り、目には見えない地雷原でびっしり囲まれている、と考えた方が良《い》いでしょう」

二の一の五。

そもそも本当にそんな番地は存在するのだろうか？　これで実は本社ビルの住所でしたとかいう話だったら、流石《さすが》に眩暈《めまい》を覚えるが……。

おっかなびっくり、あるいは半信半疑。本社ビルの近くなので迂闊《うかつ》に目立つ行動も取りたくない。上条達《かみじょうたち》がみんなで腕時計の指す場所に向かってみると、大いなる秘密や厳重警備とは無縁の住所に辿《たど》り着《つ》いた。何ともジャンクフードなイメージのレストランが待っていたのだ。

ただ規格の決まったチェーン系ではなく個人経営の店舗らしい。

最前線、本社の近くという話を聞いたせいかちょっと拍子抜けだ。上条《かみじょう》は首をひねって、

「これってファミレス？」

「海外ではダイナーと呼ぶ方が主流ですね」

神裂《かんざき》は小さく笑ってすらすらと答える。

「我々日本人の目から見れば原色だらけで軽い印象ですが、塗装の日焼けを見る限りそこそこ年月は経《た》っているようです。ダウンタウンはロスの一等地。過酷な生存競争にさらされながら今日まできちんと存続しているのですから、老舗の名店という扱いなのでは？」

元々は深夜営業もしていたのか、やはり施錠《せじょう》されていない。『チープパーティ』と呼ぶらしい店内には煌々《こうこう》とした明かりや店内放送や暖房器具などは点《つ》いたままで、かえって不気味だ。

ただ、中に入ると単純に神のギフトかってくらいに温かいのも事実。

いったん暖房の恩恵をこれでもかと浴びせられてしまうと、もしやダクトテープの目張りは、か、か、か、防寒対策だったんじゃあ？　なんて超即物的な考えまで上条《かみじょう》の頭に浮かんでしまう。

が、安いジャケットの肩にいるオティヌスはもっと不吉な事を言った。

「……ボイラー系の暖房設備に頑丈なテープの目張りの組み合わせだと？　それじゃあまるでロス市民は揃《そろ》いも揃《そろ》って練炭自殺でもしたがっていたようじゃないか」

今まで天国みたいな暖房だったのに、いったん言われるとプラシーボ効果で頭がくらくらしてきそうだ。が、イメージだけで窓を全開にしても氷点下二〇度の地獄へ逆戻りである。

カウンター席の上のスペースにずらりと並べられた商品見本のでっかい写真を見てツンツン頭はちょっと呻《うめ》いた。それにしても、これで個人経営。だとすると、アメリカでは商店街のおこわやお団子くらいの感覚で分厚いハンバーガーやぎっとぎとのカルボナーラが押し寄せてくるらしい。砂とか油とかで床が変にべたべたするのもそのせいか。

ただそれよりも、上条《かみじょう》は誰もいないフロアではなく奥の厨房《ちゆうぼう》の方に目をやって、

「スイッチ系はみんなそのまんまかよ。火事とか起きなくて良かったな、マジで……」

見たところ、店内フロアではマスクにサングラスの怪しい人物や銀色に輝く謎の最終ビーム兵器が待っていたり……といった話はない。みんなで手分けして裏手まで探す段階で、上条《かみじょう》はおっかなびっくり厨房《ちゆうぼう》のガス台やホットプレートのつまみをひねって火を消していく。ちょいとした餃子感覚《ギヨウザかんかく》で鉄板上にずらりと並べられたチキンステーキ？　はもう料理下手な幼な妻でもそこまで徹底しないだろってレベルの黒焦げっぷりだ。ただの炭というか、黒くてボロボロした汚れがプレート表面にへばりついている方が近い。もしや火事が起きずに済んだのではなく、一度天井近くまで火柱が上がってから、それもすっかり燃え尽きてしまったのでは？

しかも防火用水のパイプが凍っているのか、スプリンクラーが動いた様子もない。

「何がＡＩ家電やスマートハウスだちくしょう、情弱魔術師どもめ。普通に危ないぞ……」

「これだけ広い街だ、火事が起きている建物もあるかもな。私達が気づいていないだけで」

そうなると、逆に『消失』があって良かったと思ってしまう上条《かみじょう》だった。少なくとも炎や煙《けむり》に巻《ま》かれる心配はない。……もちろん、消失の時点で死亡していなければ、だが。

死体や血痕がないからリアリティを感じられないのかも、と上条《かみじょう》は自己分析していた。

……しかし、消失。ずっと点火されたままという事は、やはりこの空間にも元々誰かがいたんだろうか？　では、彼らはここからどこへ消えた？　何故《なぜ》、誰が、どうやって？？？

じゃりじゃりする床を踏み、同じ空気を吸っていても、何も見えない。いよいよ混迷する状況だが、しかし、あちこち調べてみると不意打ちでごとりという音が聞こえた。

裏手の更衣室にずらりと並んでいる金属ロッカー、その一つからだ。

「……、」

上条《かみじょう》はドアの前に立つ。

薄っぺらなドアに鍵はかかっていないようだ。手を伸ばし、恐る恐る開けてみると、

「……『秘密』だ」

見つけた少年自身が腕時計のバンドの穴に本当に意味があるかどうか、本当は今まで自信なんてなかった。だから思わずどこか呆然《ほうぜん》とした声を出していた。

「ほんとにあったぞ、おい」

涙目でうずくまっていたのは一〇歳くらいの女の子。

銀髪褐色の幼げな少女。唯一の生存者こそが、見つけた『秘密』の正体だった。

行間　一

『R&Cオカルティクス魔術攻撃仮説』

提唱者、インデックス。

ロサンゼルス三〇〇〇万人の消失はストレートにR&Cオカルティクスの手による大規模な魔術攻撃だった、とする仮説。

実際に砂を使って狙撃を行う魔術師が確認されている。その威力は鉄筋コンクリートを切断するほど。

ただし魔道書図書館インデックスをもってしても、具体的にどんな魔術が使われているかの完全な解析はできていない。


『学園都市毒ガス攻撃仮説』

提唱者、オティヌス。

ロス市民の消失は、功を焦《あせ》る学園都市側が未知の化学兵器を市街地で使用した上で一切の痕跡を隠したためだった、とする仮説。この場合遺体は全て回収済みで、R&Cオカルティクスもすでに壊滅しており、学園都市勢は汚染地域から安全に離脱した事になる。

『R&Cオカルティクスドローン兵器乗っ取り仮説』

提唱者、オティヌス。

学園都市が用意した無人兵器群や軍用データリンクが世界的な巨大ITであるR&Cオカルティクス側に乗っ取られ、混成部隊は学園都市製のドローン兵器に攻撃されて全滅した、とする仮説。この場合、R&Cオカルティクスは健在という事になる。

なお、上記毒ガス攻撃仮説との併用もありえる。

『目張り防砂対策仮説』

提唱者、上条当麻《かみじょうとうま》。

ダクトテープを使ったドアや窓の目張りは砂の魔術への対抗手段だった、とする仮説。

上条達《かみじょうたち》はイギリス清教《せいきょう》以外＝R&Cオカルティクス側の魔術師？　からの砂を使った大規模術式の攻撃を受けている。その威力は建物やプールを切断するほどだが、しかし一方で、神裂《かんざき》は学園都市の基地敷地内《きちしきちない》でタンニンを振り撒《ま》く術式で『血痕はない』とも証言している。

『R&Cオカルティクス多数魔術師仮説』

提唱者、ステイル＝マグヌス。

R&Cオカルティクス本社ビルの防衛には砂の魔術師以外の人員も多数投入されており、砂以外の魔術によって三〇〇〇万人が消失した、とする仮説。ただしステイルは現時点でそれが何人いてどのような術式を使うのか、といった具体的な論理は展開していない。


『目張り防寒対策仮説』

提唱者、上条当麻《かみじょうとうま》。

ドアや窓の目張りは、氷点下二〇度の冷気によって暖房の空気を無駄にしないための防寒対策だった、とする仮説。

ロス市民の消失についての言及はない。


『ロサンゼルス集団自殺仮説』

提唱者、オティヌス。

上記目張り防寒対策仮説からの派生。防寒のため空気の出入りを塞いだロス市民は密閉された室内で暖房に温められた空気、一酸化炭素中毒で自ら命を絶ってしまった、とする仮説。ロス市民の死亡原因はともかくとして、遺体の消失についての言及はない。

第二章　疑わしきは一人きり　Los_Angeles.

1

朝七時。黄色っぽい早朝の太陽が照らしても、氷点下二〇度の極寒は変わらない。景色が白いのは、風が舞うたびに地面から吹きすさぶ砂のせいか。あるいは空気中の水分が凍結したダイヤモンドダストかもしれない。霜や氷のせいで晴れているのに全部凍っていた。

「うう……」

どこかむずかるような、幼げな声が響く。一〇歳くらいの女の子が横から上条当麻《かみじょうとうま》の腰の辺りに引っついている。そのまんま両目を閉じて寝落ちしているのだった。

長い銀髪に小麦色の肌。

着ているのは肌の色がそのまま透けそうなくらい薄い白のキャミソールに太股《ふともも》の付け根まで剝《む》き出《だ》しなデニム地のショートパンツとニーソックス。さらにその上から、分厚い革のフライトジャケットを羽織っている。何かのブランドなのか、背中には大きくアルファベットのロゴが並んでいた。

SPACE_ENGAGE。

ちょっと気になってトランスペンの先で文字をなぞってみると、機械はこう読み取った。

『一文字空けて交戦、入りました』

「絶対そんな意味じゃねえだろっ。ほんとにどうしようもねえポンコツめ……」

頭の左右には青い菊を模した髪飾り。日本では天ぷらからお葬式まで色んなイメージがあるけど、さてアメリカではどんな花なんだろう？

一方インデックスは半ば呆《あき》れて両手へ腰をやり、幼女のべったりぶり（に上条《かみじょう》）を睨《にら》む。

「……とうま」

「ちょっと待った俺にも意味が分からない。俺の側から一体どんな失態が？？？　そもそも俺が英語できない人間だっていうの忘れていないだろうなっ？」

銀髪褐色のナゾ幼女がこんな感じなので、上条《かみじょう》はダイナー？　とにかく塩と油のぎとぎとファミレスから出られない。横から抱き着かれ、ボックス席に女の子を寝かせるので精一杯だ。

ずっと一ヶ所に留まっているのは怖い。

だけど砂の魔術師から見つかったという確信がない限り、仮の安全地帯なのも事実なのだ。

かくれんぼや警泥で隙間に入ったまま動けなくなるのと同じ。一度そう思うと、足が止まる。

上条《かみじょう》の弱い心が、壁で囲まれた建物を惜しむ。電気が点《つ》いたまま『消失』が起きたので、照明や暖房を使っても悪目立ちしない。下手に外をうろつく方がかえって見つかってしまうのでは？　そんな言い訳が勝手に頭の中を埋め尽くし、窓際《まどぎわ》に近づくのも恐ろしくなってくる。

一方。基本的にダイナー『チープパーティ』を仮の拠点としつつ、夜明けまでにステイルや神裂《かんざき》は何回か外を探索していたようだ。しれっとやっているが、砂の魔術を使った狙撃のリスクは継続している。一歩一歩が命懸けで、とてもではないが上条《かみじょう》には真似《まね》できそうにない。ただ、そこまでやって周りのお店を調べても、あまり芳《かんば》しい結果は得られていないようだが。

学園都市・イギリス清教《せいきょう》の混成部隊と敵対するR&Cオカルティクスはどうなったのか。

同じ舞台に居合わせてしまったロサンゼルス市民三〇〇〇万人の行方は。

そういった事は、何一つ。

上条当麻《かみじょうとうま》はそっと褐色少女の首元に手をやり、分厚いジャケットの襟の裏を確認する。そこには手縫いらしき刺繍《ししゅう》でこう書かれていた。

ヘルカリア＝グローサリー。

「グローサリー、か……」

「名前の語感からして、おそらくインド系イギリス人だと思うんだよ」

「いや、英国からこっちに移っているとしたら国籍はアメリカかもしれんが……ふぁあ、あ……」

同じボックス席のインデックスや、時差ボケなのかテーブル上であくびする一五センチのオティヌスがそんな風に言い合っている。

ステイルや神裂《かんざき》は、何度目かになる調査のためダイナーにはいなかった。

上条《かみじょう》としては国がどうとかよりも気になる事がある。

学園都市の基地、その金庫で見つけたスマートウォッチ。竜頭に似たボタンを押すと画面に出る名前が『グローサリー』なのだ。メルザベス＝グローサリー。姉か母か、とにかくこの子の保護者だろうか？　少なくとも、この子よりさらに年下の妹がこれだけ大量のメッセージを時計の各所に刻んで隠せるとは思えないが。細かい傷や些細《ささい》な汚れ。どこにどれだけの秘密が隠れているかも未知数な腕時計だけど、その中にはしっかりと少女の行方が示されていた。

どんな気持ちだったのだろう。

恐るべき『消失』が押し寄せてくる中、もう自分は絶対に逃げ切れないと理解して。それでも歯を鳴らしながら震える手を必死で動かし、誰に届くかも分からない運任せのメッセージをスマートウォッチに封じ込め、金庫の中へと押し込んだ女性の胸の内は。

（……借り物に残されていたメッセージを頼りにさせてもらっているんだ。それなら無駄にはできないよな、やっぱり）

「くう、すう。……、むぐ」

と、これまでの規則的な寝息が崩れた。

身じろぎの後に、銀髪褐色の女の子が小さな手で目元をごしごしと擦っていた。

「あっ、起きたよとうま！」

インデックスがパッと顔を明るくして言うと変化があった。劇的だ。ヘルカリア＝グローサリーはささっと上条《かみじょう》の裏に隠れて盾にする仕草を見せたのだ。フライトジャケットの前が開いているので、薄いキャミソールを通して寝起きのぽかぽかした体温がじかに伝わってくる。テーブルの上のオティヌスは細い腰に両手をやって、

「嫌われたな」

「これはインデックスが悪いんじゃないだろ」

上条《かみじょう》もまた、呆《あき》れたように口に出してしまう。

……全ては『必要悪の教会《ネセサリウス》』所属とかいうあのド腐れ神父のせいだ。相手は一〇歳の女の子だっていうのにいきなりルーンのカードを取り出して炎剣を振りかざしたのだ。本人の素性やロス消失との関連など、必要な情報は死体の頭からでも聞き出せるなどとぬかして。

当事者の少女だって全部を知っているはずがない。いきなり物理現象を超えた殺傷力を取り出したら、誰だって怖がって当たり前だ。

結果、英語の激論の内容もサッパリなままとにかく割って入った日本人の上条当麻《かみじょうとうま》だけが味方認定されたらしい。先ほどから（多分）一〇歳（くらい）の褐色少女はべったりだ。

ただし、実戦派のステイル＝マグヌスも何も考えていなかった訳ではないらしい。嫌われ者は涼しい顔してこんな風に言っていたものだった。

『僕が拒絶されて君に心を開けば正確な証言は得られる。それをチーム全員で共有できれば僕は何も困らない。ほら、喜べよ。誰彼構わずの女たらしに相応《ふさわ》しい役割がやってきたぞ？』

「……どこから切っても最低のクソ野郎だ、まったく」

「I'm hungry.I want to eat vegetable meat for breakfast.」

いきなり来た。

真正面から押し寄せる悪夢のようなイングリッシュ大洪水。本場のヤツなのか寝ぼけてぶつ切りなのかも期末テスト三四点な上条《かみじょう》には全く判断がつかない。ビビった上条《かみじょう》がとっさにオティヌスの方を見ると、こっくりこっくりと舟を漕《こ》いでいた。そして時差ボケ神はテーブル上で居眠りする時も尊大に腕を組み、細い脚も組んだままであった。

そしてこういう時こそ文明の利器だ。トランスペン。スマホと無線接続し同時通訳するこの一品なら、テストで赤点の上条《かみじょう》も最先端L.A.ガールとの意思疎通に困らない。はず？

マイク部分はペンの頭だ。それこそカラオケみたいな感覚でトランスペンを握り込み、上条《かみじょう》はあんまり使い慣れていないアイテムに口を寄せてみる。

「あっあー。質問しても大丈夫かな？　まだ思い出すのが怖かったら無理しなくても……」

しかし言葉の変換に成功しているかどうか、上条《かみじょう》には判断がつかなかった。

あむあむあむ、と寝ぼけたままヘルカリアの小さな口が少年の二の腕を甘噛《あまが》みしていたのだ。

お腹《なか》がすいたら運動帽のゴム紐を噛《か》む子か。

「ええっ、ほんとにこれ食べるの？　朝から!?」

『大豆、健康食です、食べるとお得』

「いやあの、大豆で作った野菜ミートなのは分かるけど……こんなのでハンバーガーなんか作ったらお前、パンとパンの真ん中に豆腐を挟む地獄のコクモツ塊になるんじゃあ……？？？」

『私はヘルシー希望する』

　妙に日本語がぶつ切りでハキハキするのは、当然ながら間にトランスペンを挟むからだ。長い銀髪を揺らすヘルカリアの口から出るのはあくまでも滑らかな英語。学園都市の投げ売りガジェット、その実力の程度が知れる。通訳アプリなのに英単語をそのまま出すんじゃねえ。

（……ま、意味が通じるなら何でも良いんだけど）

　インデックスやオティヌスはこっちの厨房《ちゅうぼう》に来ていなかった。家事は『できるけどやらない』か『できないからやらない』かで評価が大きく分かれるが、ウチの居候《いそうろう》達《たち》は少々甘やかし過ぎたかもしれん、と今さら上条《かみじょう》は後悔し始めていた。食って寝るだけの人に学習のチャンスはない。

　今はヘルカリアと二人きりだ。

食べなければ死ぬのは誰でも一緒。ダイナーとやらに籠城《ろうじょう》しているので、そのままだったら腐らせてしまうであろう食材を拝借して軽い朝食でも、と上条《かみじょう》は考えたのだった。だがアメリカンな厨房《ちゅうぼう》に日本の常識は通じなかった。道具の形が違うとか温度表示が摂氏じゃなくて華氏だとか、そんな次元ではなくまずトマトやブロッコリーが巨大過ぎてちょっと怖い。なんかの突然変異みたいで、うっかり目を離すと頭を嚙《か》みつかれて脳とか乗っ取られそうだ。

上条《かみじょう》は日本では見た事もないくらい大きな銀色の冷蔵庫の中を覗《のぞ》きながら、

「……これまたぎっしりだな。クリスマスの余り物かね、こりゃ。おいヘルカリア、年末に感謝だ。今なら何でも作れるぞ」

『きらい、年末』

「えっ？　何でまた」

『誕生日が二八日。でも冬休みだから誰も集まってくれない。言われる、どうせ良《い》いでしょって。ともだち、クリスマスと一緒にされるのヤダ』

そんなものか。

たとえ売れ残ったパーティ食材であっても、まあ、その分ストックが充実しているのだから上条《かみじょう》としてはありがたい。ひとまず金属のへらで鉄板にこびりついた真っ黒な哀《かな》しいチキンステーキのなれの果てをガリガリ削り取って自分のスペースを確保しつつ、

（……冷蔵庫の中身も後で、使った分くらいはお金をレジに置いていかないとなあ）

　世知辛い事をきっちり頭で考えつつ、わざわざ口に出す事もないだろうと上条《かみじょう》は判断する。白いキャミ一枚で横から少年の腰に横から引っつくヘルカリアに向けて、

「いいかヘルカリア、健康はバランスだ。星条旗の国が肉と脂の依存症から脱したのは本当に素晴らしい話だが、かと言って何でもかんでも穀物ばっかり尖《とが》らせるんじゃねえ。トランス脂肪酸にしても炭水化物にしても、何にこだわるにもアンタ達は色々と極端過ぎるんだよ」

『フ○ック、意味が分からない』

「ようは、いかにして抵抗感のある野菜をするする食べられるようにするかに全てがかかっているって事。……ねえあのこれ誤訳なのフ○ックとかじゃないよね？」

　銀髪褐色の一〇歳はこちらを見上げたまま、きょとんとしていた。

　上条《かみじょう》は思わず難しい顔してトランスペンに目をやった。真相は闇の中だ。英語から日本語へ、日本語から英語へ。機械がどう変換したかは片方しか知らない彼には追いかけようがない。

　そしてツンツン頭が専門的な厨房《ちゆうぼう》で手掛けているのはまん丸のパンケーキだった。

　そもそも貧乏学生である。できる料理にだって限りはあった。出来合いの粉ではなく、小麦粉やベーキングパウダーを計量するところから完成に漕《こ》ぎ着《つ》けただけでも褒めてほしい。

　野菜については、炒《いた》めてもサラダにしてもどうせ一〇歳の少女は食べない。ヘルカリアの事は何も知らないので、どこに『地雷』があるのかは知りようがない。この辺、小さな子供はとことん残酷だ。いったん『地雷』を掠《かす》ったら最後、苦手な食べ物なんて丹念にフォークの先で

脇に弾《はじ》く光景がありありと浮かぶ。なので『仕分け不能』にするため、野菜はジューサーでいったん粉々にした上でマヨネーズやクリームと和《あ》えてディップにする。ここまでやれば野菜を食べる感覚はなくなるはずだ。赤、黄、緑。上条《かみじょう》も炭酸飲料やかき氷のシロップなどで経験があるが、実際の味よりも鮮やかな色合いに目がなかったりするものだ。

果物そのものはあまり食べないけどジャムなら好きという人は珍しくない。逆に、何となく普通のハンバーガーよりチーズバーガーを選ぶ人も塊のチーズは苦手という場合もある。ようは認識の問題なのだ。それに、ゼロから自分で作れば塩分や糖分は自在に調整できる。

「ほらできたぞ」

『DIY?』

いよいよ何言ってんだか意味不明になってきたが、お皿の料理に釘《くぎ》づけなヘルカリアは両目をまん丸にして生唾を呑《の》み込《こ》んでいる。ひとまず完成品を見て食欲は刺激されたらしい。

「インデックス来ると全部食べられちゃうから、ほら、ここで手早く食べていけ」

『目次が何だと言うのか。今夜はお前を食べてやろうか子猫ちゃんベイビー』

首をひねった上条当麻《かみじょうとうま》は一度トランスペンの設定を確認してソフトリセットを掛けてみた。

そうしている間にも、銀髪褐色の女の子はズッキーニの空き箱を踏み台にしてプラスチックのナイフとフォークを掴《つか》み、爪先立ちで背伸びしながらステンレスの調理台に置いたお皿の上のパンケーキと格闘している。おかげでいただきますを聞くタイミングを逃してしまった。

なので再起動して一発目はこうだった。

『おいしい!!』

「これバグってないよな？　ああ、まあ、喜んでもらえれば何よりだ」

『このグリーンのが美味《おい》しい。これなに？』

小さく切り取ったパンケーキの切れ端を嬉《うれ》しそうにディップの小皿に押しつけるヘルカリアだが、正体はピーマン。多分そのままなら渋い顔だろう。曖昧に笑って答えない方が吉だ。

飲み物はオレンジジュース。ヘルカリアが自分ででっかい冷蔵庫から取り出していた。ご飯にお味噌汁《みそしる》の上条《かみじょう》からすると甘いジュースが出てくるのは不思議な気分だが、でもまあパンケーキに味噌《みそ》系《けい》の組み合わせもおかしいか。

両手でコップを掴んでこくこくジュースを喉に通しているヘルカリアを見ながら、上条《かみじょう》はそっと思う。

(良く冷えたジュースなんだろうけど、でも外と比べると冷蔵庫の中に入った方が温かいんだよな。ほんとにマジで異世界だぞ、ロサンゼルス……)

『でも新鮮、背伸びして食べるなんて。ママはテーブルも棚も全部高さ私に合わせてくれるから』

「へえ」

『下の段取る時、ママしゃがんでもちょっと窮屈そうにしてる。でもにこにこ』

「そっか」

そしてそれで気づいた。きちんと紹介してもらった訳ではないし、書類で確認した訳でもない。ただロサンゼルスにいた『もう一人のグローサリー』の素性が大体分かってきたのだ。

消えてしまった女性。

最後の瞬間、恐怖でも恨み言でもなくまず娘の居場所を刻んでまだ見ぬ誰かに託した人。

（……母親、か）

『食べたい、まだまだ』

「はは。それじゃ道具を洗うのはもうちょっと待つか、」

『無限に食べたいっ!!』

「……、」

上条《かみじょう》は笑顔のままちょっと警戒した。まずい、一〇歳の幼女からおだてられて高校生のくせにほのぼのおじいちゃんモードに入っている場合じゃねえ。パンケーキは炭水化物の塊、あれを考えなしにばくばく食っても許される地獄の胃袋ライセンスを持った生き物なんぞインデックスくらいだ。仮にも人から預かった子をそんなパンケーキの沼に沈める訳にはいかない。

『えっへっへー、このブルーの次つけちゃおネクスト。これブルーベリーじゃない??』

「なあ、ヘルカリア」

『うん?』

フォークを口に咥《くわ》えたまま、ズッキーニの空き箱の上に立つ褐色少女がこちらを振り返る。

「もし話す勇気があったなら、これまでの事を説明してほしい。分かる範囲で良い。アンタがこのダイナーにいたのは、たまたまの偶然じゃなかったんだろ？」

スマートウォッチにはダイナーの番地が刻まれていて、実際に足を向けてみれば娘のヘルカリアが更衣室のロッカーに隠れていた。つまり、考えなしのアドリブでこの店に逃げ込んだ訳ではない。少なくとも、あらかじめここで待っているよう指示くらい出ていたはず。でなければ、『消失』直前のメルザベスがとっさに腕時計へ情報を残す事はできないのだ。

母親のメルザベスは娘のヘルカリアと合流して、そこからどうするつもりだったのか？

いいや、そもそもロス市民のメルザベスがどうして学園都市の基地にいて、厳重にロックされているはずの金庫の扉を開けて自分の腕時計を放り込むチャンスなんか摑《つか》んだのだ？

もちろんスマートウォッチは重要なヒントだが、一方でそれにまつわる経緯には謎が多い。メルザベスが『消失』に巻き込まれた以上、残ったヒントは娘のヘルカリアだけだ。

何しろ一〇歳の少女、母親から全ては伝えられていないかもしれない。大人の事情から我が子を遠ざけて守る心の動きくらい、非常時でなくとも普通にありえる流れだとも思う。

それでも。

ほんの断片であっても、新たな情報を手に入れる事ができれば状況が変わる。

『……教えたら、どうなるの？』

「『消失』に巻き込まれたアンタの母親を、助けに行ける」

即答した。

意外とポンコツなトランスペンだ。本当に伝えたい言葉がきちんと変換されたかどうか。

だけどヘルカリア＝グローサリーはこくりと小さく頷《うなず》いてくれた。

ひょっとしたら言葉ではなく、上条《かみじょう》の瞳を覗《のぞ》き込《こ》んで決断してくれたのかもしれない。

『あのね』

小さな口が、開く。

本人にとっても決して思い出したくない、上条達《かみじょうたち》には窺《うかが》い知《し》る事もできない、『三〇〇万人の消失』。実際に居合わせた当人からの言葉が、こぼれ出る。

『コソコソしていた、でも違う。ママのスマホに、駅のどこか、でも』

「？」

『R＆C、でも本当は違うはずなの。ママは学園都市の人達と手を結んで……』

決定的な何か。

それが上条当麻《かみじょうとうま》の前へ大きく広げられる、まさに一瞬前の出来事だった。

バン‼　と。ダイナーの裏口が勢い良く開いたのだ。そして厨房《ちゅうぼう》に直接入ってきたのは今まで外の探索を続けていた、赤く染めた長髪の神父だった。

「ステイル？　お前一体……」

「消えた」

よくよく見れば、ステイル＝マグヌスは肩で息をしていた。

激しい戦闘があったのか、あるいは命からがら逃げ帰ってきたのか。

「神裂火織が消えた!!　やられたんだよ、R&Cオカルティクスに!!」

3

その少し前だった。

ステイル＝マグヌスと神裂火織《かんざきかおり》はダイナーの外に出て、ビル壁に沿ってゆっくりと進む。ルーンのカードの角を指先で弄び、いつでも煙幕や蜃気楼《しんきろう》を張れるよう狙撃対策に留意しながら。何度目かになる屋外探索を進めていた。氷点下二〇度という環境は、プロの魔術師であっても決して馬鹿にできるものではない。まず仮初めでも良いから拠点を定め、そこから少しずつ行動範囲を広げて『安全地帯』を増やしていくのは当然の流れではあった。

「やれやれ。暖房も完璧とは言えないな……」

ステイルは新しい煙草《タバコ》に火《ひ》を点《つ》けながらうんざりしたように呟《つぶや》いた。

吐く息が白いのは、紫煙のせいだけではない。

「あのダイナーが無事なのは店内設備だけじゃない。厨房《ちゅうぼう》の熱も上乗せしているから、かろうじて生存可能温度を保っていた訳だ。……普通のエアコンや床暖房でフロアを温めている程度じゃ足りない。意外と『安全地帯』を増やすのは難しいぞ」

「暖房の出力ではなく、壁や床でしょうね」

神裂《かんざき》は見た目だけなら涼しい顔でそう指摘した。

もちろん遠方に目をやり、常に狙撃可能な位置へ視線で探りを入れながら、だ。

純白というよりやや黄色がかった、早朝の朝陽《あさひ》を反射して空気がキラキラと光を放っていた。こちらはダイヤモンドダストか。本来なら北極圏でしか見られないような現象だ。

「南にあるロサンゼルスは元々厳しい寒波の到来など想定していません。壁材については、むしろ効率的に熱を逃がす機能性を追求していたのではないでしょうか。いくら暖房で室温を高めたところで、壁や床が熱を逃がしてしまうのではシェルターとしての用を成さない。穴の空いた水槽に水を注ぎ続けるようなものかもしれません」

内部に熱を溜《た》め込《こ》み、体を休める事のできる『安全地帯』の確保。

ただそれはあくまでも第二希望だ。最優先の目標はイギリス清教《せいきょう》・学園都市の混成部隊とR&Cオカルティクスの間で何があったのか、ロサンゼルス三〇〇〇万人の行方は。その原因を調査し、敵対企業の本社ビル攻撃のための第二波を呼び込めるかを判断する事だ。

「すでに見える位置にある……」

「あれは蜃気楼《しんきろう》のオアシスですよ。目に見えているからと言って、辿《たど》り着《つ》けるとは限らない。まずは『消失』の原因を特定しなくてはなりません」

イエスかノーかではなく、できなければ負の原因を見つけて潰し、イエスと報告できる形を作る。そこまでやって、プロの魔術師である。

さて、とステイルは静かに息を吐く。注目したのは得体の知れない魔術の霊装ではなく、ありふれたスマートフォンだ。今日び、宅配ドローンくらい専用のコントローラはいらない。

「本当にそんなもので？」

「ま。何事も相性だよ」

ステイル＝マグヌスの専門はルーン魔術だ。特に、ラミネート加工したカードを戦場一帯に配置して、自分に有利な結界を構築してから戦闘に臨む事が最善とされる。

その観点からすると、

「……R&Cオカルティクス本社ビルまでの間、どこに罠《わな》があるかはっきりしていない」

神父は口の端で煙草《タバコ》の先を軽く揺らしながら、

「だったらつついて刺激し、誘い出せば良いのさ。それが安全な無人機ならなお良しだ。最上階の窓辺にアンナ＝シュプレンゲルとやらが立っていれば言う事なしだけど」

道中で鹵獲《ろかく》した宅配ドローンは本社ビルまで辿《たど》り着《つ》けなかった。

それより前に、空中でいきなり分解したのだ。

だけどお腹《なか》の部分に抱えていたルーンのカードが大量にばら撒《ま》かれる。

ボッ!!　と空中でオレンジ色の炎が噴き出し、一つの塊となった。

だがそれさえも食い潰される。

そう、

「何かが干渉してきた？」

「ステイル、来ますよ。早く離れましょう」

神裂《かんざき》に背中を叩《たた》かれ、ステイル＝マグヌスは東洋の『聖人』とは別の方向に走り出す。ここまではある意味で予定通り。空き缶を海に流して機雷を吹っ飛ばしたようなものだ。罠《わな》が釣れれば、取っ掛かりとしては上々である。

（ストレートに砂、それだけで説明がつくか？　いいや、そこで完結するならそもそもロス全体を包むマイナス二〇度の大寒波は一体何なんだ……？）

わざと勘付かれた以上、遠からず『砂の魔術師』は来る。それ以外にも多数の魔術師が配置されている危険性もあるが、ひとまず狙撃に警戒して損はない。ステイルはビルの壁沿いから半透明のアーケード下へ。遮蔽物は盾に使えなくても、向こうから見えなければ狙い撃ちされる心配もない。本来は紫外線対策だが、白い霜でびっしりなので普通の屋根にしか見えない。

今さら言うまでもないが、ロサンゼルスは広い。そもそも最も効率良く探索を進めていくならまず情報を集めるべきだ。そのためには下手に動く事なく唯一の生存者である一〇歳の少女から話を聞くのが一番なのである。しかし神裂《かんざき》やステイルはそうしていない。何故《なぜ》か？

「一番の手がかりから敵の注意を逸《そ》らしておく、か」

少なくともR&Cオカルティクス側には、砂を操る魔術師がいる。

上条《かみじょう》にすがるようイメージ操作はすでに済ませてある。なので『必要悪の教会《ネセサリウス》』の戦闘要員があのダイナーに居座る意義はあまりない。どんな相手の懐《ふところ》でもズカズカ踏み込む上条当麻《かみじょうとうま》と、どんな些細《ささい》な事も忘れない完全記憶能力のインデックスがいれば聞き込み作業は任せておける。そこにずる賢いオティヌスが交ざれば上出来だろう。

ヘルカリアを守れれば良い。わざわざ向こうから好かれる必要はない。

神父はそういう道を自分で選んで進んでいるのだから。

よって、ステイルや神裂《かんざき》はわざと表に出て、どこに何人いるかもはっきりしない『敵』の注意を引きつける役に徹する。一番の情報源たるヘルカリア=グローサリーを守るのが最優先だが、その過程で襲ってくる魔術師を返り討ちにして捕縛できればそれに越した事はない。

自分を囮《おとり》にし、海老《えび》で鯛《たい》を釣る。

これは一流以上の腕を持つ『必要悪の教会《ネセサリウス》』の魔術師だからこそ選べる選択肢。こういう位置情報逆探知は特に、呪いや狙撃など搦め手《からめて》を好む輩《やから》に効く。

「(……さて)」

ステイルとは別の通りに入り、ビル壁に寄り添いながらも神裂火織《かんざきかおり》はそっと白い息を吐く。

敵はいる。そして初めて衝突した時の状況を神裂《かんざき》は忘れていない。光と見紛《みまが》う速度で襲いかかってきた、ビルをも切断する砂の魔術。あれで直接的に襲われたのは誰だったか。

「(私、ですね)」

R&Cオカルティクス側がどこまでこちらの情報を摑《つか》んでいるかは未知数だが、仮に全てバレている場合、まあ、いの一番に襲われるのは『聖人』の自分か『魔道書図書館』のインデックスだとは思っていた。ステイルのルーン魔術は強力だが膨大なカードをばら撒《ま》いて準備を整えるまでに若干の時間がかかるし、上条当麻《かみじようとうま》の右手に宿る幻想殺し《イマジンブレイカー》は常人の動体視力を超えてしまえば力業で持ち味を潰してしまえる。つまり、同等以上の速度で立ち回る神裂《かんざき》と魔術の構造をダイレクトに暴《あば》くインデックスを何が何でもまず潰し、残った標的を遠方からじっくり安全に叩《たた》く、というのが敵方にとってのベストなのだ。

そして信《しん》じ難《がた》い事に禁書目録も砂の魔術は解析に手こずっている。解読難度に自信があるR&Cオカルティクス側は、インデックスは放置してもしばらく脅威にならないと考える。

つまり、直接戦力の『聖人』神裂火織《かんざきかおり》が標的の第一位。

狙撃手が闊歩《かつぽ》する無人の市街地で標的の一人が危険な屋外へ突出すれば、顔も見えない敵対者は絶対に神裂《かんざき》を狙ってくる。

そうでもなければ、承認するものか。

神裂火織《かんざきかおり》は敵味方共に、人の命が奪われる状況を決して認めない魔術師だ。どれだけシビアなふりをしていようが、ステイルにその役を負わせるつもりはない。

敢《あ》えての一歩。

静かに交差点の真ん中へと歩を進めていき。

腰の刀『七天七刀《しちてんしちとう》』の柄に手をやり、彼女はそっと囁《ささや》いたものだった。

「そろそろ出てきなさい。さもなくば私から行きますよ、音を超える速度で」

それは独り言ではなかった。聞く者が確かにいたからだ。

4

「……どう、なったんだ?」

上条当麻《かみじょうとうま》はごくりと唾《の》を呑んで、それだけ言った。

たったそれだけ言うのが精一杯だった。未《いま》だに肩で息をしているステイル＝マグヌスの全身から、目には見えない不吉の壁が押し寄せてくるかのようだった。

「それで神裂《かんざき》のヤツは一体どうなったんだ⁉」

「どうなった、だって……?」

タイル状の厨房《ちゅうぼう》の壁に背中を押しつけ、ステイルはそう呟《つぶや》いた。

煙草《タバコ》を咥《くわ》えるのも忘れたまま長身の神父は掠《かす》れる声で切れ切れに続けたのだ。

「あれは単純な殴り合いじゃない。腕力や物理法則がものを言う種類の戦いじゃなかった。僕は遠くから見ていたはずだったんだ、確かにこの目で見た。なのに助けに入る暇はなかったよ!! 神裂火織《かんざきかおり》と敵の魔術師は高速でいくつか爆発を起こし、粉塵《ふんじん》の中に影が紛れて……それっきりだ。気づけば両方ともいない。神裂《かんざき》は消えてしまった！　蜃気楼《しんきろう》か何かのようにね!!」

戦いの果てに、人が消える。考えられるのは『倒された』か『立ち去った』かだが、神裂《かんざき》が勝ったのであればこちらのダイナーに帰ってこない理由はない。つまり、楽観はできない。

一方でステイルは『いない』と言った。血まみれで倒れた神裂《かんざき》は確認していない。

つまり、

「さらわれた、って事なのか……？」

「……、」

「だとしたら、ますます放っておけないだろ！　インデックスとオティヌスも呼んでこよう。これだけ広いロサンゼルスなんだ、行き先は馬鹿正直に本社ビルとも限らないよな……。ヘルカリアから話を聞いて、スマートウォッチのメッセージも読み解いて、どうにかしてR&Cオカルティクスの魔術師が集まりそうな場所を特定しないと!!」

「意味があるかどうか……」

神父は自分の頭に額をやって、

「これがロス全域を襲った『三〇〇〇万人の消失』と同じ攻撃だとしたら、神裂《かんざき》だけが人質として残されているかどうかも未知数だよ。どうだろう、尋問してまで欲しい情報は向こうにあるか……？　普通に殺されて死体まで隠されたってだけの話かもしれない」

「ステイルッ!!」

「分かっているのは!!!!!!」

感情的に否定しようとした上条《かみじょう》を、さらにステイルが怒鳴り声で封殺した。

ステイルはじろりとこちらを睨《にら》んで、軽率な決断を戒めるように低い声で呟《つぶや》く。

「……R&Cオカルティクスの魔術師は、単独では戦っていなかったって事だ」

「集団、戦？」

「気象を味方につけていた」

上条《かみじょう》の呟《つぶや》きは的を外した。ステイルは確かにそう言ったのだ。

「そして人工的に気圧を調整する術さえあれば、天候や風向きなんかの気象条件は人の手で自在にコントロールできる。災害そのものであっても！　あの砂の魔術師は、企業の力を借りていた。道理であの子でも『完全には』解けなかった訳だ……。科学を織り込む事で、自分の術式の威力をとことんまで増幅していたんだよ!!」

5

ドガッ!!　ズヴォアッッッ!!!!!!　と。

真正面から立て続けに空気を引き裂いて襲いかかる、砂のレーザー。超高圧に圧縮し、工業用のカッターのように一直線に飛ばす砂の魔術は、だが神裂火織《かんざきかおり》の血肉を切り取る事はない。

それよりさらに速く、左右へ小刻みに移動を繰り返して回避していたからだ。

『聖人』は、瞬間的であれば音速を超える。

「わざと受け止めさせて、こちらの足を止めるのが狙い？」

怪訝《けげん》に眉をひそめる余裕すらあった。

R&Cオカルティクス本社ビルが目に見える距離にあるというのに、流れ弾は怖くないのだろうか。あるいは近づき過ぎたからこそなりふり構わなくなったのか。

最初の衝突で神裂《かんざき》が『聖人』だとバレていると見て良い。それにしては、真正面から襲ってくるというのが解《げ》せなかった。実力に不安があって遠距離からの狙撃に頼るなら、むしろ神裂《かんざき》の手の届かない距離、死角となる方向を整えてからちょっかいを出すものだと思うのだが。

だとすると、

「(……砂のレーザーで切断する事。それが、い、い、目的か、で、は、な、い、い⁉)」

そもそも砂の魔術とは何なのか。R&Cオカルティクスはいちいち言葉の分解をするまでもなく、『薔薇十字《ローゼンクロイツ》』を母体とする魔術結社だ。となると構成員が扱う術式はルビーの薔薇《ばら》と純金の十字架で表現される『あの伝説』を由来にしていなければおかしい。

砂。薔薇系《ばらけい》で思い当たる伝説はそれほど多くもない。

「黒、白、黄、赤。それは死滅、結合、発酵、復活、四工程の循環なり」

ロサンゼルスの三〇〇〇万人はどこへ『消えた』？

生きるか死ぬかではない。どうしてわざわざ面倒な消失という手間を挟んだ？

「……つまりは『黄色化《キトリニタス》』」

分かってしまえば一瞬だった。

例えば、黄色がかった朝陽。

ロスの日の出は比較的遅いが、それにしても朝焼けだけでは説明がつかない。不自然な黄色だった。そして神裂《かんざき》はある自然現象を知っていた。砂漠の砂嵐は、ひどい時は太陽をも覆い隠す。そうなった場合はまるで夕暮れのように明るさや空の色自体が変わってしまう、と。

例えば、目の前の空気が光を浴びてキラキラと輝く現象。

空気中の水分が凍結したダイヤモンドダストではなく、きめ細かい砂なのではないか。

「奇跡の鉱物を生み出す工程の三つ目。それは合成物を黄の砂に埋めて適切に『発酵《へんか》』させる術式だったはず。あなた達R&Cオカルティクスは人を殺したのでも隠したのではない。正解は、腐らせて形を変えた。生きるでも死ぬでもなく、人間を『形のない養分』に置き換えて辺りの砂へと染み込ませたまま保存した!!　それが『消失』の正体です!!」

砂を被《かぶ》せた相手を溶かして取り込む。犠牲者は生きているのでも死んでいるのでもない。いつか別の形で取り出す事を前提とした埋め立て。人は血も肉も養分の形に置き換えられた上で、土壌の中へと吸い込まれて囚《とら》われてしまう。まるで、コールドスリープか何かのように。

だから、R&Cオカルティクスは生存者の檻《おり》も死体の捨て場も必要なく。

だから、R&Cオカルティクスは必要がなくても人の消失『しか』できなかった。

「遠方から高圧縮の砂を撃ち出してくるのも、建物を切断して大量の水や氷を叩《たた》きつけてくるのも、直接的な流血を望んでいた訳ではなかった。ステイルが鹵獲《ろかく》した宅配ドローンを使って、ルーンのカードを運搬しようとして失敗したのもそう。あなたは!!　ただ標的に頭から砂を被せて覆う事さえできればその時点で勝ちを獲れた!!　そういう話でしょう!?」

ようやく掴《つか》んだ勝敗条件。

あの砂を濃硫酸かマグマとでも思えば良い。ロス市民が術式の詳細まで暴いたとは思えないが、それでもドアや窓の目張りは寒さ対策や暴漢への対抗策ではなく、砂への脅《おび》えの表れだ。

そして分かってしまえばもう翻弄されない。神裂《かんざき》は一歩二歩と後ろへ下がり、形を崩して辺りに漂うきめ細かい砂のカーテンから適切に逃れていく。

かち、かち、かちんと。

うっすらとしたカーテンの向こうで、何か硬い音が聞こえていた。視界は悪いが、確かに誰かがいる。わずかな影と壁のような圧が確かに神裂《かんざき》の五感に伝わってくる。

最初、神裂《かんざき》は場違いなイメージを持ってしまった。散歩をしている人が頭に浮かんだのだ。大きな犬のリードを摑《つか》んでロスの街並みをそぞろ歩く、そんな女性的なシルエット。

続けて、その犬が良く訓練された軍用犬の可能性を考慮した。

だが、それでもまだ警戒が足りない。

気づくのが二秒も遅れた。

「……人？」

ぽつりと口から洩《も》らすが、神裂《かんざき》が注視していたのはリードを摑《つか》んで直立する影ではない。

四本の脚でもって凍《い》てつくアスファルトを踏み締めている、大きな影。

いいや、

「もしやそちらが、本体の魔術師⁉」

同時に影が動いた。

完全にしつけの破綻した大型犬と、振り回される哀れな飼い主の女性。そんな構造で、自ら首輪をはめた人影こそが頑丈なリードを摑《つか》む別の人影を無理矢理に引きずってでも戦闘を続行させる。リードの持ち手ごときつく手首を締めつけられた『飼い主役』が悲鳴のような呪文を撒《ま》き散《ち》らし、がぱりと大きく口を開けた『飼い犬役』が喉の奥に何かを溜《た》め込《こ》む。

「ツッツ‼⁉⁇」

真正面から回避できたのは、まさしく『聖人』の賜物《たまもの》。砂のレーザーがまず空間を突き抜け、さらに左右へ振り回して大通りの景色を切断して崩しにかかる。

具体的には一〇〇メートル以上の鉄塔。観光名所というほど大きくはない。電波過密な大都市でテレビやラジオの感度を保つために乱立する、サブやサポートのようなものか。あれが倒れかかってくれれば、大量の砂が地面から大きく舞い上げられる。

呑《の》まれれば終わりだ。

……逆に言えば、呑《の》まれなければ回避できる程度の術式。難しく考える必要はない、ようは人の体を溶かすと仮定するだけで対処法はいくらでも浮かび上がる。

「しっ‼」

となれば話は早い。

空中で分解しながら倒れてくる鉄塔に対し、むしろ神裂《かんざき》は自らの足で跳躍したのだ。上へ。リアルタイムで傾く鉄骨の塊を蹴り、足場を確保し、さらに上へ上へ。

確かに、大質量が地面に衝突するだけで大量の砂が舞い上げられるだろう。それこそ海抜ゼロメートルから莫大《ばくだい》な入道雲が広がるように。普通に考えれば人間なんかあっさり頭上を押さえられ、砂に覆い尽くされて『養分化』を避けられなかったに違いない。

だが。

逆に言えば、だ。

「それより高くへ逃げれば良い」

元より短時間であれば音速以上で疾走する『聖人』だ。空中の鉄骨やまだ無事なビルの壁を蹴り、次々と足場を変えて上へ上へと目指すその光景は、天を目指すロケットのようだ。

「入道雲のような粉塵《ふんじん》よりも高く！　たったそれだけで、あなたの必殺は意味をなくす‼」

ざっと上空三〇〇メートル。

倒れかかってきた鉄塔以上の高さだ。『聖人』の脚力があれば、風に舞う木の葉やビニール袋さえ飛び石伝いにできる。

地上でどれだけ砂が溢《あふ》れようが、天を舞う神裂火織《かんざきかおり》の足首さえ捕らえる事はできない。

そのはずだった。

しかし答えを出したのに、嫌な予感が拭えない。

……その程度の術式。本当にそれでおしまいなら、『あの』魔道書図書館インデックスに解析できなかったのはどういう事だ？

ゴッ‼　と、直後に、何か巨大な影が太陽の光を遮った。

もっと上の高さを、彼女も知らない何かがゆっくりと横切っていったのだ。

「な……」

「R&Cオカルティクスはネットビジネスと名のつく全てに手を出していた……」

ステイルはそう呟《つぶや》いていた。

ある前提の確認。そして核心に迫る言葉を。

「……その中核の一つとして台頭していたのが、ネット通販だ。ただし集配所や輸送ルートから R&Cオカルティクス本社の場所がバレてしまっては元も子もないからね。だからヤツらはドローンを使った無人流通に重きを置いていた」

「それが……」

「世界中を輸送ドローンで覆い尽くす。地上に分かりやすい固定の基地は置けないけど、でも商品の受け渡し、充電、機体のメンテナンスにはやはり本拠地が必要だ。だからあの巨大ＩＴはどこの国にも属さないで済むよう、『移動式』にこだわったんだよ」

上条達《かみじょうたち》も知らない情報だった。

なのに疑問を挟めない。それは、あるいは『直接見た』からこその密度なのか。

「……空中式宇宙機発射台、ロジスティクスホーネット。全幅五〇〇〇メートルの全翼型の移動式宇宙開発基地だ。元々はロケットやスペースシャトルに代わる宇宙機の母機と子機だよ。

6

ただしR&Cオカルティクスは宇宙旅行に興味はないらしい。全部で一二機を世界の空に待機させ、担当エリアから別のエリアへ互いに子機を射出し合って貨物をやり取りし、細かい住所には別途ドローンで運んでいく仕組みを構築している。母機が高度三万メートルで空中待機し、搭載マスドライバーで子機を弾道軌道に乗せる仕組みだから、空気抵抗も無視して良い。地球の裏側までコンテナを運ぶのに、かかる時間は二〇分程度かな」

「待った待った、」

「地上からロジスティクスホーネットの間に貨物を受け渡す際も、無人のグライダーを移動式の発射車両から打ち上げるんだ。ほら、弾道ミサイルとかを発射するアレ。可能な限り発射コストを抑えつつ徹底的に固定施設を避ける事で、あの一二機は国籍の概念から逃れようとしている……」

「だから待てってって!! 何で名前だの仕組みだのまで正確に分かる!? ロジスティクス何とか??? これって俺が一人だけ出遅れてる訳じゃないよな……? 誰にだって初耳だろ!!」

びくっと小さな肩が震えた。

上条《かみじょう》の腕にひっつくヘルカリアには日本語が通じないはずだが、だからこそ、意味不明な怒鳴り声が怖いのかもしれない。脱線し、状況が不穏な方向に転がり落ちつつあるのでは、と。

「……神裂《かんざき》と離れ離れになった後、僕はこいつを拾ってきた」

ばさりという音が響いた。

忌々《いまいま》しげな顔をしてステイルが調理台へ放り出したのは、分厚い紙の束だ。

「そこらじゅうで放棄された学園都市側の基地の一つ、そこにあった紙の書類だよ。そしてルーン魔術は『刻んだ文字を染色して効果を発揮し、文字を破壊する事で儀式を終結する』技術体系だ。応用次第では、レコードの溝を針で読み取るように残留思念を掘り返せる」

つまり書類の文字を読み解いたのではなく、それを書いた人間の思考を盗み見たのか。

もちろん裁判で使えるような方法じゃない。

だけど魔術がアリという前提さえ認めるなら、一定以上の『根拠』と言っても良さそうだ。

上条《かみじょう》はごくりと喉を鳴らして、

「じゃあ、そいつがR&Cオカルティクスの、金のなる木だってのか？　馬鹿げた戦争に挑んででもアンナ＝シュプレンゲルが歯抜けになる事を拒んだコレクションの一つ……」

「それだけの貨物を自在に運搬できるなら、気象条件だって操れるはずだよ。魔道書図書館の『あの子』でもカバーしきれない、科学の側の歯車を術式に組み込む形で」

ステイルの断言があった。

「あるいは液体窒素、あるいはナパーム弾にも使うナフサとかね。とにかく高空で大気を急激に冷やすなり温めるなりすれば、それだけで空気の密度が変わる。つまり、大きな気圧を操れる。そして気象条件を制御するって事は風を意のままに操るって事だよ。空気を裂いて進む戦闘機やミサイルではロジスティクスホーネットに近づく事もできないし、きめ細かい砂を攻撃手段にしているR&Cオカルティクスの魔術師との組み合わせは、あまりにもまずい!!」

7

舞った。

ねじれた、渦を巻いた。

まるで一本の巨大な柱だった。それは地上にわだかまっていた白い砂を一気に取り込むと、実に成層圏まで強引に舞い上げていく。

「な……」

竜巻。

正真正銘の気象災害に、さしもの神裂火織《かんざきかおり》も対処が遅れる。たかが三〇〇メートル程度飛び上がっただけの『聖人』では、高度数万メートルにまで達する巨大な柱からは逃げられない!!

呑《の》まれた。

意識が削られ、己の体が崩れていくのを感じながら、それでも神裂《かんざき》は歯を食いしばる。

ぽぽんっ、と凍りついた空に白い煙幕がいくつも散った。

運動会のお知らせに使う真昼の花火のようだが、数が多い。それこそ何百か、何千もの白い煙幕花火が天高くにいる神裂《かんざき》のさらに頭上を分厚い屋根のように埋め尽くしていく。

空中から一斉に解き放たれ、群体制御で一度も互いに接触する事なく所定の空中座標に向かい、そして速やかに自爆していったのは無数の宅配ドローンか。

（……液体窒素っ‼　空気を冷やしたという事は、気圧を操作したという事……。つまり科学の機械が砂の魔術を無尽蔵に底上げする、アンプリファイアとなっているのですか⁉）

「まずい……これはっ⁉」

ギリギリで残った指先を操り、目に見えないほど細い七本のワイヤーを正確に繰り出す。

七閃《ななせん》。

空気を切り裂く音と共に、束の間《つかのま》でも砂の嵐が吹き飛ばされる。だけどそれは、髪の間や衣服の中まで潜り込んでくるきめ細かい砂粒を振り払うためではない。

今さら遅い。

分かっているから、他に託す。

「ステイル……っ‼」

すでに太陽は出て夜の闇は払われたが、神裂《かんざき》の瞳はオレンジ色の点を正確に捕捉した。

はるか下方の街並みの中に紛れた、煙草《タバコ》の火だ。

これなら無駄にはならない。一つでも一歩でも、駒を先に進める事ができる。

少しでも、何か一つでも、見つけてもらうために。邪魔なカーテンを切り裂いて仲間の視界を確保し、次に繋《つな》がるヒントを届けるために。こちらから地上が見えるという事は、地上からもこちらが見えているという事だ。神父と別行動を取っていたのだって、どちらかに不測の事態が生じた時にせめてもう片方が情報を持ち帰れるように取り決めていたため。

ステイルには悪い事をした、と神裂《かんざき》は歯嚙《はが》みした。

自分にはできない事を押しつけてしまった。仲間の犠牲を眺めてヒントを得るなど、自分が傷つくよりもずっと辛《つら》い事だと分かっていたはずだったのに。

そして。

消えゆく神裂火織《かんざきかおり》は、確かに見た。

誰か一人でも同じものを目撃している事を祈るしかなかった。

本社ビルを守るモノ。ああいう科学技術だと、逆に神裂《かんざき》には正確な区分を把握できない。ただ全体的に見れば、くの字に翼を広げた巨大な航空機に見えた。数キロ単位、一つの街に匹敵するサイズ。くの字から後ろに向けて本体とは別に三角形の尾翼のようなものがあるため、隙間は開いているのに何だか二等辺三角形のシルエットにイメージを引きずられてしまう。

それに何より。

「な……」

空洞だった。

ぽっかりと空いた大穴が神裂《かんざき》の意識を貫いた。飛行機にあるまじき事に、くの字の中央が丸ごと空虚な穴になっている。穴を空ける事に意味があるのか、ぐるりとしたドーナツ状の外殻を作る事に意味があるのかは知らないが。

巨大な飛行物体の主翼に刻まれている文字列は『ロジスティクスホーネット06』。

さらに、もう一つ。

失われつつある喉を震わせ、『聖人』はこれだけ呟《つぶや》いていた。

「……スペース、エンゲージ社……？」

8

はっきりと、だ。

両目が大きく見開かれる瞬間を上条《かみじょう》は目の当《ま》たり《あ》にした。

上条《かみじょう》とステイルは日本語で会話をしていたが、単語部分だけは切り離して彼女の頭に飛び込んだのだろう。核心に迫るカタカナの単語を耳にした途端、明白な変化があったのだ。

スペースエンゲージ社。

上条《かみじょう》にも覚えがある。ちょっと幼い少女の後ろに回れば良い。白いキャミの上から羽織った分厚いフライトジャケット。その背中にどんな文字があるかはっきりと分かるはずだ。

あれは特定のブランドだったのではない。会社で作った社用品だったのか。

とっさに、上条《かみじょう》はひきつった笑みを浮かべていた。

「じ、じょうだん、だろ？　何かの見間違いとか……」

「嘘《うそ》じゃない、見間違いでもない」

ぶちりという音があった。ステイル＝マグヌスが煙草《タバコ》のフィルターを噛《か》み潰《つぶ》した音だ。

怒りに任せて神父は叫ぶ。

「あの神裂《かんざき》が自分の体を分解されながらでも必死で残した情報だ!!　……僕はあいつから託された、だから何があっても無駄にはしない。R&Cオカルティクスの魔術師とスペースエンゲージの新兵器とやらは確実に繋《つな》がっている。ここを動かすつもりはないよ。突破口を得るためには、まずここを始点にしなくちゃならない!!」

「……、」

仲間の犠牲を呑《の》み込《こ》んでまで手に入れた『始点』を基に情報を並べていくと、つまりこうなる。ステイルは至近で上条《かみじょう》の顔を睨《にら》みつけて、

「三〇〇〇万人が容赦なく消えている中、ヘルカリアだけが生き残っていた理由は何だ？　ロッカーに隠れた程度でR&Cオカルティクスがうっかり見逃した？　ありえない。洗濯機の中、車のトランク、地下室、あちこち探索してもそんな『例外』なんか他に一件も見当たらなかったよ。犬小屋や鳥かごの中まで奇麗さっぱり、徹底的にやられていた。こんなもの、悪党の身内だから見逃してもらったって考えた方が無難だろうがッ!!」

「お、おい、ヘルカリア……？」

『はずない。違う、そんな訳ない』

相変わらず投げ売りトランスペンの通訳はテキトーだ。ぶつ切りな単語の連なりもおかしいが、それでも尋常な状況ではない事くらいは上条《かみじょう》にも読み取れた。通訳する前の、読み解きもできない英語の呟《つぶや》き。そこには脅《おび》えと怒りと、隠しきれない震えが宿っていたからだ。

『ママは違う!! だって私と約束した、叶《かな》える私が大人になるまでにって。結婚式は宇宙でできる時代を作るって巻いてた息。だからR&Cオカルティクス社名知らない!!』

「その子の母親……」

ゆっくりと息を吐いて。

ステイル＝マグヌスはようやく震える手で新しい煙草《タバコ》を一本取り出した。

「何で学園都市の基地にいたのか答えられるか。メルザベス＝グローサリーは宇宙系ベンチャー企業の社長だった。ロス郊外や海上で打ち上げ実験をしていたようだけど、今は違う」

先端に火を点《つ》け、胸いっぱいに紫煙を吸い込んで。

それでも苦々しさを消し去れない様子でステイルはこう続けた。

「その母親が学園都市から協力を求められたのは、宇宙関係の知識が必要だからじゃない」

ああそうだ、と上条《かみじょう》は思う。学園都市の中と外では技術レベルが二、三〇年も開いている。こと科学技術の世界で、学園都市が今さら外の人間に協力を求めるとは思えない。

だとすれば。

メルザベス＝グローサリーに声がかかった本当の理由は……。

「R&Cオカルティクスの支援で活動するベンチャーで、重要な傘下《さんか》独立部門の社長。つまり、実態の見えない巨大ITの正体を知る内通者として期待されていたんだ。……だがそれも、現にこうしてロジスティクスホーネットが『キトリニタス』の魔術師と連携を取っているところを見るとかなり怪しい。メルザベスはアンナと手を組み、二重スパイとして学園都市側に潜っていた。わざとオーバーロードリベンジが失敗するように内側から誘導していたんだよ!!」

9

ダイナーのテーブルの上だ。一五センチの神、オティヌスは絶対零度であった。

寝起きで機嫌の悪い人は言う。

「……それで泣いて走り去る一〇歳のガキをまんまと取り逃がしたのか？　愚図の塊め」

仁王立ちで腕組みの人に低く重たい圧力で押し潰され、しゅんとした上条《かみじょう》はちょっと目を合わせられない。怒りが静かだ。ガブガブ噛《か》みつくインデックスとは別の意味でおっかない。

でも仕方がなかったのだ。これはもう単純な体力や脚力の話でもない。

何しろ己の腰くらいまでしかない女の子の動きなんて飛び跳ねるゴムボールよりも先が読め

ない。上条《かみじょう》にはいきなり調理台の下へ潜ったのを目で追うのが精一杯。何がどうなって裏口の扉へ肩から体当たりし、ヘルカリアが外へ飛び出していったのかはもう覚えてもいない。

「おい人間、気づいているか？」

「何に？　アンタがつくづく愛想《あいそ》を尽かせたって事とか？」

「私は何があろうが『理解者』を見限らん、だからそんな所でびくびく脅《おび》えるな」

まずは前提を言い放った後、オティヌスは呆《あき》れたように息を吐いた。

「ヘルカリアが追い詰められて逃げ出したのはな、あの大人《おとな》気ゼロの煙草《タバコ》臭《くさ》い神父が憎悪《ぞうお》にまみれた言葉を投げかけたからじゃない。元から嫌いな人間から何を言われようが、感情が大きく揺さぶられる事なんかないだろうが。そもそも日本語のやり取りだったらしいしな」

「じゃあ……」

「人間。貴様が思わず息を呑《の》んで反論できなかったから、ヘルカリアはその一秒に衝撃を受けて逃げ出したんだ。寄りかかった相手から拒絶される痛みを一〇歳のガキに押しつけたんだよ、貴様は。そんなつもりはなかった？　ああそうだろうな。そもそも出会ったばかりの赤の他人だ、律儀《りちぎ》に面倒見る必要なんかない。お前には人を見捨てる正当な権利がある。だろう？」

「……、」

ぐっ、と。

上条当麻《かみじょうとうま》は静かに唇を噛《か》む。

仁王立ちのオティヌスはそっと組んだ腕をほどいて、

「……そこで不甲斐《ふがい》ない自分を呪えるなら、まだセーフだ。今の貴様は〇点も〇点だが、ここから取り返せ。自分で自分の顔をぶん殴る前に、ヘルカリアのためにできる事を考えろ」

ちなみに拾ってきた紙の資料を精査しているステイルは、そもそも神のお説教に近づく素振りも見せなかった。こいつの目的はあくまでも学園都市・イギリス清教《せいきょう》とR&Cオカルティクスの間に何が起きてロス市民三〇〇〇万人の消失が発生したのか、その脅威は今後も継続的に再発するのかを調べて本社ビルを突き崩す道筋を作る事だ。

メルザベス＝グローサリーは黒。

それさえ分かれば娘のヘルカリアに用はないとでも考えているのだろう。いくら予測不能だからと言って、上条《かみじょう》と違いプロの魔術師が小さな子供を『取り逃がす』というのも変だ。

「……ま、向こうがいちいち聞き耳を立てないのなら、それはそれでチャンスではあるか」

「オティヌス？」

「おい図書館、貴様ちょっとあっちの席に座っていろ」

「むっ！　何で私だけなんだよ？」

「（貴様が盾になってくれれば煙草神父《タバコしんぷ》も迂闊《うかつ》に手出しできないからだよ）」

「？」

首を傾《かし》げながらも、小さな神がドリンクバーから近い席だと言ったらインデックスは嬉々《きき》としてそっちのテーブル席に移ってしまった。

そして、

「人間、貴様はここからどう動く」

オティヌスからこう来た。

上条《かみじょう》は思わず目をぱちぱち瞬《まばた》きさせた後、おずおずと口を開く。

「そりゃまあ、できる事なら表に出ていったヘルカリアを見つけて、お母さんはそんな人じゃないよって言ってやりたいけど……」

「そうじゃない」

きっぱりと遮られた。オティヌスは呆《あき》れたように鼻から息を吐いて、

「真実を調べるのは簡単だ。だけどいいか、三〇〇〇万人が消失したのは貴様が関わる前の話だぞ。貴様の与《あずか》り知《し》らない所で何が起きていたか、そこに心配無用なんてテキトーな担保はできないだろう。色々調べた結果、やっぱりメルザベス＝グローサリーはアンナ＝シュプレンゲルと握手した黒幕一味だった事が分かる。これだって数ある可能性の一つだよ。というか限りなく引き当てる確率の高い、ストレートでつまらない結末がこいつだろ」

「……、」

「だから」

はっきりと区切るような言葉だった。

「その上で、貴様はどう動きたいのかと尋ねている。最善から最悪まで。何かしらの答えを見つける事はできるが、それだけだ。調査の結果出てくる事実は貴様にとって都合が良いかもしれないし、都合が悪いかもな。過去の結果に脅《おび》えて足踏みするんじゃない、大事なのはそこからの未来だろ。さて貴様はどう動く？　この神はそういう質問をしているのだ、人間」

上条当麻《かみじょうとうま》は考えた。

そして答えた。

「ヘルカリアに追い着いて言いたい。何も心配はいらないって」

「可能性はゼロに等しい」

「それでもっ」

「庇《かば》えば庇《かば》うだけ馬鹿を見る確率でほとんど埋まっているぞ、その地雷だらけの道は。考えなしに感情移入した結果、学園都市には帰れなくなるかもしれん。今、チラリとでも頭によぎった全てを失う。分かっているのか？　正義の大軍勢からR&Cオカルティクスと一緒に攻め滅ぼされる可能性だってあるんだ。犯人を庇《かば》った悪党のお仲間として、言い訳の機会もなく」

「メルザベスが黒幕でも良い!!　だったら思い切りぶん殴って、目を覚まさせて、何も知らない娘の前まで引きずって謝らせるまでだ。外は氷点下二〇度で、三〇〇〇万人は消えて、『聖人』の神裂《かんざき》を倒すくらい危険な魔術師だって徘徊《はいかい》してる。助けに行くべきだ！　まだ見た事もない誰かが悪人だからって命まで見限るのかよ。一人ぼっちにされたヘルカリアだって、その人生まで諦める理由になんかならない……っ!!」

「そうか」

心底呆《あき》れたような吐息だった。

「私がこれだけ言っても、まだ救いの道を突き進むか」

果たして。

それは満足する答えだったのか。

一転して、オティヌスはニヤリと意地の悪い笑みを浮かべたものだった。

「……なら、この私が哀れな貴様を勝たせてやる」

「オティヌス?」

「ムカついているのは私も一緒だ、いいか、いくら貴様でも私の感情は否定させん。とはいえ、始める以上は中途半端《ちゅうとはんぱ》な状態で無責任にヘルカリアを煽《あお》る事もできないな。メルザベス＝グローサリーが白でも黒でも、確信を得るまで徹底的に調べ上げなくては不親切な約束になってしまう。救うという言葉は、とりあえずの何となくで放てるほど安くはない。だろう?」

「調べるって、でもどうやって?」

「あるだろう」

鼻で笑って、オティヌスは何かを指差した。

それは、

「貴様が拾った、その腕時計だよ」

10

「とうまー？　どこー？」

ダウンタウンでのダイナーではそんなのんびりした声が響いていた。

インデックスである。白い修道女は腕を組んで、

「うーん……。誰もいない、みんなでどこかお出かけしたのかな」

「……、」

ステイル＝マグヌスはそっと息を吐いた。

神裂火織《かんざきかおり》は敗北した。ヘルカリア＝グローサリーは逃亡、今度は上条当麻《かみじょうとうま》とオティヌスまでダイナーから外に出ている。

じわじわと人が消えていく。気がつけばもう自分とあの子しかいない。

「どこかにお出かけのヒントとかないかな。美味《おい》しいご飯を食べてるかもしれない！」

言いながらシスターは観葉植物をかき分けたり、ドリンクバーの機材の裏を覗《のぞ》き込《こ》んだりしている。それだけ見れば微笑《ほほえ》ましい光景だ。

と、ボックス席のテーブルの下を覗《のぞ》いたインデックスが、そこで動きを止めた。

さっきまでヘルカリアが腰掛けて居眠りしていた席だ。

落ちていたのは一枚のメモだった。インデックスはそこに書かれた文字を見て、

「Ｕｓｔ？　しーくれっと？？？」

「こっちにも資料があるよ」

びくっとインデックスの肩が震えた。

まあ、記憶がなければそんなものかと神父は小さく苦笑する。

ステイルは学園都市の基地から見つけてきた紙束をばさりと鳴らして、

「開発コード・シークレット。脳神経の連結を参考にして作られる光ニューロコンピュータの試作機のようだね。こいつがあれば全世界の言語を介した注文のやり取りから個人広告の分析と管理、セールの企画と実行、売上分析と購買層やエリアのマッピング、違法性の高いアカウントの特定、買い占めや転売の防止まで全部機械に任せてしまえる。……ようは、ただ椅子に腰掛けているだけで持ち主に世界長者級の富を永続的に授けてくれる、正真正銘の金のなる木だ。もっとも、人の脳そのものと比べれば大分造りは甘いようだけど」

「つまりなにそれ？」

「一二機をコントロールしているドローン管理サーバーは、今は本社ビルにある。従来型の、人の手で面倒を見なければならない大型機材だ。つまり固定の施設を一つ叩《たた》きさえすれば世界

中に蔓延《まんえん》する物流インフラはまとめて停止する訳だけど」

わざと弱点を設けるのはいざという時に手動停止できると考えれば利点とも言える。

ただし、

「だけどシークレットの複雑な配線が繋《つな》がれば管理サーバーは一二機内部のコンピュータに切り替わり、相互に監視を始める。つまり、空飛ぶ機械が自分で自分を管理するようになる。こうなったら、本社ビルを潰しても止められない。気象を操る災害兵器だ、全世界が囲まれている。地球上の全地域が照準されると考えて構わない」

「？？？」

インデックスは首を傾《かし》げるばかりだった。

光ニューロはすでに機内に搭載済みだ。だが二五六基の演算装置を並列に結ぶあやとりのような配線は未敷設《みふせつ》のままだから、稼働《かどう》はしないらしい。光ニューロ系自体が独自規格だから外の業者の手でできる作業でもない。実際、ベンチャー時代は社員の間でもかなり揺れたらしい。結論は出ず、ひとまず機材本体は搭載するだけ搭載して配線は放置しておいたようだ。

危険と分かっているものでも発明は発明。作って登録し、自分のものと主張するためには実機があった方が良い。いかにもベンチャー臭い勇み足だ。

「かつてはベンチャー社員の五分の四の賛同がないと配線は繋《つな》がない決まりがあったらしい」

ステイルはそっと息を吐いて、

「ただ今は効果のない話だ。ベンチャーの社長で、R&Cオカルティクスの強力な支援を受けるメルザベス＝グローサリー。後は彼女に従う連中ばかりで、気骨のある技術者は皆会社を去っている。どれだけ複雑なあやとりだろうが、結局あの女が詳細な配線図を提出してしまえばそれでおしまいだ。ロジスティクスホーネットは自由を手に入れる。あらゆる国のあらゆる地域が、巨大ＩＴに経済から気象まで全てを操られて干からびていく時代の始まり始まりだね」

11

文字盤の形、バンドの種類や色、あちこちについた小さな傷や些細《ささい》な汚れ。

どこにどれだけ情報が残っているか全貌は見えないが、今回はそういう話ではない。

「狙撃対策って何から始めりゃ良いんだ、くそ」

「壁際《かべぎわ》を歩くのは良いが、直接触れるな。寒さでくっつくと皮膚ごとめくる羽目になるぞ」

インデックスにはステイルを足止めしてもらうとして、できる事をやってしまおう。

上条《かみじょう》はダイナーから氷点下二〇度の屋外へ出ていた。R&Cオカルティクス本社ビル近くで、得体の知れない魔術師や巨大兵器まで確認されている。油断なんぞできるはずもない。

安物ジャケットの肩に乗るオティヌスはこう言った。

「そのスマートウォッチは単品ではまともに機能しない。貴様のトランスペン？　だったか。

そいつと同じ、『本体』のスマホと無線でリンクしてこそのアクセサリーパーツだ」

「だから？」

「接続方式にも色々あるが、そいつは基地局を経由しない近接無線だ。つまり母機のスマホとのアクセスが途切れると自分から電波をばら撒《ま》いて自動探索を繰り返すようになる。バッテリーの減りが異常に早くなるパターンだな」

「あっ、それじゃあこいつを持ったままあちこち歩き回れば、『本体』のスマホの居場所が分かるかもしれないっていうのか!?　発信機でも探すように!!」

「今のところ、ステイル＝マグヌスが持ってきた紙の資料以上にメルザベス＝グローサリーに関する詳しい情報はない。反論したけりゃヤツ以上に豊富な情報を漁《あさ》るしかあるまい。仮にスマホがぽつんと残されているとしたら、そこはプライベートな空間だ。基地にある紙束なんぞより、よっぽど生々しいメルザベス＝グローサリーの生活空間が出てくるはずだぞ」

「……、」

ただしもちろん、状況が全部上条《かみじょう》の味方をするとは限らない。

オティヌスが言った通り、上条《かみじょう》が関わる前に事件は発生しているのだ。得体の知れないラボや血痕だらけの犯行現場、汚れた札束や護身用をはるかに超えた武器でも見つけてしまったら？　それ自体は、上条《かみじょう》の努力で左右させられるものではない。すでに起きてしまった結果。掘り返してみて、上条当麻《かみじょうとうま》の心が折れるような答えが待っている可能性ももちろんある。

人の心へ踏み込む勇気を持て。

最悪かどうかで足踏みするな。さらにそこから立ち向かうだけの、本当の勇気を。

上条《かみじょう》は腕時計の小さな液晶に目をやり、

「おっ、弱いけどアンテナ立った。数字にもできるみたいだけど……」

「近いな。まあ、最後に消えた基地からそう離れてはいないと思っていたが」

「何でまた？」

「あのテント基地はトイレ、バス、ベッドなんかを男女できちんと仕切っていなかった。これは潜水艦なんかでも見られる軍関係にありがちな社会問題だが、あんなデリカシーのない汗クサ基地で外から来た一般女性の協力者が安心して寝泊まりできるとは思えない。上官の命令だから仕方なく、って強制力もない訳だしな。つまり、メルザベスは『通い』の奥さんだったのさ。メルザベス＝グローサリーが善意の協力者なのか二重スパイだったのかは知らん。だがどっちにしろ、近場に自分だけの寝床を確保していたと考えるのはそう難しい話じゃない」

そんなものか、と上条《かみじょう》は適当に納得しながら、スマートウォッチを摑《つか》んだ手を前に伸ばし、そのままゆっくりと回る。わずかでも受信状況の良くなった方角を特定して、そちらに足を向ける。少しずつだけど、アンテナの数が増えていく。

肩の上のオティヌスは退屈そうな感じで、

「ふうん、五〇〇メートルか。でもこれは道順通りとはいかないな」

「なにどういう事？」

着いたのは見上げるほどの巨大な観光ホテルだった。

上条《かみじょう》は思わず目線を上げて、

「嘘《うそ》だろおい、デカいぞ……。ま、窓は？　部屋数って何百あるんだ……？？？」

「ひとまず八階以上は無視して良い」

「？？？」

「距離の問題は前後左右の他に上下もあるだろ。高過ぎる場所にあるスマホの電波は、地上から拾う事はできない」

まだ分からない上条《かみじょう》に、オティヌスはちょっと呆《あき》れたように鼻から息を吐いて、

「電波の入り方に段階があったろ。ホテルに近づくほどアンテナの本数は増えていった。あれは、地べたの距離だけで考えるんじゃない。高さも含めた斜めの線で考えてみれば良いんだ。近づくほど間隔が狭まっていくのもそのためだ」

中に入ってみると、やっぱり誰もいない。

代わりに陽気な声がきた。

『いらっしゃいませ。衣類のブランド検索から使用言語を推定、日本語でオーケー？　チェックインですか』

「パッパー君!?　おまえっ、日本であんまり見かけなくなったと思ったら海を渡ってメジャー

デビューしていたのかッッッ⁉」

『その質問は聞き取れません。はっきりとした発音でお願いします』

地味にタイヤで動くコミュニケーション用のロボットは意外と容赦なかった。

一階はフロント、二階から上もショッピングモールやカジノ、レストランが入っているようだった。意外と客室が見当たらない。一番下の客室フロアが、すでに七階だった。直線通路に立ち、左右にずらりと並ぶドアを見てため息をつく。もう虱潰《しらみつぶ》しだ。ロスの空気を全部拒絶するように閉め切られた一つ一つのドアに上条《かみじよう》がスマートウォッチを向けていくと、だ。

「出たっ、〇七〇九号室。ここが一番電波が強い、もうパスロック画面が直接出てきてる‼」

「今さら遠慮をする必要はあるまい。ドアは蹴破れ」

そんな真似《まね》できるか。上条《かみじよう》は一度通路を奥の突き当たりまで歩いて業務用エレベーターのある辺りを探す。従業員スペースにAEDと一緒にあった緊急用のマスターキーを拾った。

「ふふんっ、これが文明人の行いだよオティヌス君」

「どっちみち黙って部屋に入れば普通に犯罪行為だがな」

鍵を挿して電子とアナログ双方のロックを外し、ドアを開けてから注意しないでほしい。もうやってしまった後だ。水分を抜いたワカメより小さくなった涙目上条《かみじよう》は部屋の奥に向かう。

「何だ、殺風景だな。表から見た時はでっかいビルだったのに」

「何しろホテル全体でも一番下の客室フロアにある、それもシングルルームだからな。今は無人だから実感ないかもしれんが、最も雑音がうるさい階層だぞ、ここ。すぐ下のバーやレストランのドンチャン騒ぎがそのまま響くはずだ。壁の出っ張りは排水管隠しだろうし」

肩の上に乗ったオティヌスはそっと息を吐いて、

「……ただまあ、すでにこの時点である程度の人物像が組み上がりつつはあるんだが」

「？」

怪訝《けげん》に思いながらもひとまず奥まで向かってみる。

奇麗に整えられたベッドが一つと、部屋の隅にスーツケース。スマートウォッチと反応していたスマートフォンは電源ケーブルでコンセントに繋《つな》がったまま、ベッドサイドのテーブルに置いてあった。ひとまず拾ってみるが、どっちみちロック画面は解除できないだろう。

肩の上のオティヌスは小さく笑った。

「グラップルのミリフォン、スペックを落とした廉価版か。開いてみろ」

「どうやってっ？」

文句を言いながらも少年がスマホを持ち上げてみると、傾き系のセンサーが反応して勝手に画面が光った。当然パスロックは外れないが、そこで上条《かみじょう》の動きが止まる。

「……いくつか通知がポップアップしてる」

「近々の予定だな。二八日、Ｕｓｔ５ＡＡシークレット」

「ゆーえすてぃー？」

「馬鹿正直にアメリカ合衆国の何かか、何か別の略称なのか。そもそもどこで区切る言葉かも判断できん。Ust5AAで一語か、あるいはAAシークレットで一個の塊かもしれん」

二八日。この忙しい年末に何かあっただろうか？　イースターだの何だの西洋の行事にはさほど明るくない上条《かみじょう》には何とも言えないが……。

ともあれ、ここにスマートフォンが残っていたという事は『消失』の瞬間、メルザベスはスマホを持ち歩いていなかったようだ。ケーブルが刺さったままなので、充電したまま忘れてしまったのかもしれない。うっかりさんだったのだろうか？　馬鹿馬鹿しい妄想だが、でもそれでちょっとだけ人間としての生々しさが厚塗りされた気がする。

クローゼットには部屋着と思《おぼ》しきシャツやブラウスがいくつか。

「ここは何もなしか」

オティヌスが呟《つぶや》いているのは、クローゼットの下にある引き出しだ。いいや、電話機のような数字のボタンがついていた。貴重品用の金庫なのだ。しかしロックがかかっていないのか、上条《かみじょう》の手で普通にパカパカと分厚い引き出しが開いてしまう。当然、中には何もなかった。

「何が入っててほしかった？」

「ロジスティクスホーネット関連。ま、流石《さすが》に留守中の部屋に置くほど間抜けではないか」

意外な答えだった。もっとこう、砂の魔術とかオカルトな秘密狙いかと思ったのに。

するとオティヌスは息を吐いて周回遅れの上条《かみじょう》にこう補足を加えてくれた。

「……何しろ五〇〇〇メートルの空中要塞だぞ。下手な魔術よりもよっぽど神秘だ、実現までに一体どれだけのハードルが待ち構えていると思っている？　紙飛行機を巨大化すればそのまの軌道で大空を飛んでくれる訳じゃない」

「そんなにすごいもの？」

「私が過去に指揮した『グレムリン』でもラジオゾンデ要塞を飛ばした事はあるが、あれはあくまでも巨大な風船だ。純粋に翼で揚力を得る航空機であんなサイズを実現できる訳がない。ありえないものが現実に浮かんでいるんだぞ。……メルザベス＝グローサリー。こいつは間違いなく航空工学の限界を超えた天才だよ。軽く見積もって、最低でも『否定のセオリー』を三つも突破してる。R&Cオカルティクスが欲しがるのも無理はない」

それからオティヌスが注目したのは、部屋の机だった。

上条《かみじょう》が引き出しを開けると、備え付けのレターセットや利用規約の冊子の他に、カードサイズの紙片がいくつかあった。大きく書かれた二〇％オフの文字。トランスペンで文面をなぞるまでもない、スーパーの割引券だ。律儀《りちぎ》に集めているらしい。

「何か文字でもあれば良いんだが」

「……何だオティヌス、ノートやメモ帳を鉛筆でガリガリ擦ると文字が浮かび上がるとか？」

「それじゃカバンの紐《ひも》でスカート巻き込んでパンツ丸出しで出かけるお間抜けさんだな。メルザベスは一応大人の女なんだろう、そこまで無防備人間じゃないと信じたいが」

オティヌス自身、鼻で笑ってから、

「ところで人間、机の天板にもわずかな痕跡が残るって話は知っているか？　例えばシャーペンでびっしり文字を書いたルーズリーフをひっくり返して裏面に文字を書き始めると、天板に文字がうっすらと移ってしまう。ほら、宅配便の荷札にあるカーボン紙と一緒だよ」

「……、」

「パンツ丸出しだな、奥様」

上条《かみじょう》がスタンドライトをつけて天板すれすれに目の高さを合わせると……ある。いくつかの、アルファベットの欠片《かけら》のようなものが、うっすらと。なんかもう新しいヒントというより、他人様のゴミ袋を漁《あさ》っているような申し訳なさがこみ上げてきた。

同じようにテーブルを這《は》って天板に頬を押しつけ観察しているストーカー気質ありの（突き上げたお尻が危うい）神様がこう囁《ささや》いた。

「SiO_2」

「何それ？」

「二酸化ケイ素。だがここまで純度の高い蒸留方式はなかなか珍しい。こいつは一般の光ファイバー用よりかなり純度が高い。九九・九九九八％以上だなんて、光信号でも使った超高速ニューロコンピュータくらいにしか使い道はないはずだぞ……」

「……あのう神様。もう全部任せて良い？」

「馬鹿は仕事をサボる口実にならん、自分で努力しろ」

上条《かみじょう》は内線電話を掴《つか》んで明細を確かめてみるが、自動音声のハキハキした英語のリストをトランスペンに読み取らせる限り、特にルームサービスなどは頼んでいないらしい。ランドリーの項目で下着が何枚とまで正確に数が並べられ、上条《かみじょう》は慌てて受話器を置く。

バスルームはやっぱり小さい。備え付けの石鹸《せっけん》やシャンプーが少しだけ減っていた。ドライヤーについても、おそらく外から持ち込んだ私物ではないだろう。元から部屋にあるもので、プラスチックのボディが色褪《いろあ》せている。

人の肩を椅子代わりにする神が腕組みし、横から上条《かみじょう》の顔側へ体重を預けて尋ねてきた。

「気づいたか？」

「まあ」

スーツケースには鍵がかかっていた。だがわざわざ私物を壊してこじ開ける必要もない。

「なあオティヌス。この部屋は……人に見せる事は想定していない、よな？」

「そんな無意味な罠《わな》を張る理由がない。だから、ここにあるのは素直なメルザベス像だ」

ゆっくりと深呼吸して、上条《かみじょう》はいったん心をフラットにするよう努力する。知らない間にバイアスがかかっているかもしれない。ヘルカリアに嬉《うれ》しいニュースを伝えたい。その一心で、受ける印象に自分から偏りを生んでいるのでは。そんな風に警戒したのだ。

だが何事にもシビアなオティヌスがこう請け負ってくれた。

「その線で間違いないさ」

「……そっか」

「何に使われるかまともに考えもせず自分で作った物流ネットワークを大会社に明け渡し、分かりやすい巨万の富を得て、今じゃR&Cオカルティクスから分厚い支援を受けるモラルなき成功者だろ？　その前提で部屋を眺めてみれば良い。どう考えたって違和感の塊だ」

そうか、と上条当麻《かみじょうとうま》はもう一度口の中で呟《つぶや》いた。

噛《か》み締《し》めるように。

「ヘルカリアを捜そう」

やがて、上条《かみじょう》はそう言った。

「中途《ちゅうと》半端《はんぱ》にはしておけない。どんな事実が出てこようがあの子にこう言ってやるって決めているんだ、心配ないって。実際に、『事実』は出てきた。俺は自分で見つけた答えを否定しない。外は氷点下二〇度の地獄で、しかも三〇〇〇万人を『消失』させた元凶がまだ残ってる。いつまでもそのままにはしておけない」

ロサンゼルスを襲ったのは全く最低の出来事だった。

三〇〇〇万人の消失はもちろんとして、それがなくてもヘルカリアにはどんな一日が待っていただろう。学園都市とイギリス清教《せいきょう》の混成部隊が市街地で大規模な戦闘を始めた時点で、すでにそれは災難と呼べたかもしれない。そこへさらに、泣《な》きっ面《つら》に蜂ときた。

母親は消えて。

お前の親は救いようがないと外から言われて。

狭いロッカーの中に身を隠し、じっと一人で震え続けて、ようやく助けに来てくれた第二陣からも拒絶された一〇歳の少女を思い浮かべる。

くそったれだ、一つ残らず。

「そろそろ反撃を始めたって良い頃合いだろ、なあヘルカリア？」

12

もちろん行き先なんかヘルカリアに聞いていない。連絡先も知らない。

だからとにかく上条当麻《かみじょうとうま》は凍りついた街を走って回った。本社ビルのすぐ近くだ、この一歩一歩で命を切り売りしながら行動していると考えた方が良《い》い。

(……ちくしょう、ロジスティクス何とか？　デカい乗り物が出てきているって事は敵も集団か？？？　頼むからこんなトコで不幸な鉢合わせなんか起きるなよっ)

幸いだったのは、相手が一〇歳の少女だった点だ。車やバイクは使えない。バスや電車も走っていない。路面がこれだけ砂や凍結で滑るとなると自転車だって怖いだろう。

ダイナーを中心点に考えて、小さな子供が徒歩で動ける移動半径は限られている。

その上で、

「おい人間っ、ここだという根拠は⁉」

「二八日、Ｕｓｔ５ＡＡシークレット」

「？」

「ホテルで見つけたスマホにあったろ。でもってメルザベスはダウンタウンも略してＤｔって傷で表していた。そういう癖なんだ、つまりアルファベットの大文字小文字の組み合わせは得体の知れない新兵器なんかじゃない。場所の名前だよ、ユニオンステーション‼」

ユニオン駅。

オティヌスの話だと巨大な日本人街リトルトーキョーからも近い、ダウンタウンの代表的な大型駅だとか。二八日や５ＡＡなど保留の部分も多いのでまだ意図は読めない。ひょっとしたら、ダイナーがダメだった場合の第二合流候補とかだったのかも、と適当に推測を置く。

（でも待てよ、確か二八日って……）

「いた‼」

誰もいない駅のホームで、ツンツン頭の少年は小さな少女を見つけた。電車が来ない事はヘルカリアも分かるはずだ。ならば何故《なぜ》？

ただ、少なくとも、高層ビルの屋上や冷たく凍った川じゃない。

それにR&Cオカルティクス側に見つかって捕まった訳でもない。

だから素直に、ツンツン頭はこう洩《も》らしていた。

「良かった……」

肩で息をするが、凍りついた空気は胸の中にまで鈍い痛みを与えてくる。

血も涙も残らず凍る世界でトランスペンを取り出し、上条《かみじょう》はそっと話しかける。

「少なくともこの街には俺達以外の誰かがいるんだ。あの砂は、危ない。もう帰ろうヘルカリア。みんなで一ヶ所に集まった方が良い」

しかし答えはなかった。

遮り、断ち切るような言葉は全く別のものだったのだ。

『やっぱり』

低く、不安定な呻《うめ》き。

それは顔を上げると同時、ぐしゃぐしゃの叫びに弾《はじ》け飛《と》んでいく。

トランスペンが暴れ回る。

『やっぱりママ悪人だった!! 騙《だま》したみんな、私にも秘密あって、裏でしていた悪いコト。全ての原因ママだったんだ、ロサンゼルスがこんな風になってしまったのも！　全部、全部、全部、全部!!!!!!』

一〇歳の少女だった。

銀髪褐色の愛くるしい顔は、丸めたティッシュみたいに皺《しわ》だらけ。悪魔のような表情は、いっそ食いしばった歯と歯の隙間から赤い血がこぼれない方が不思議なほど歪《ゆが》み切っていた。

『シークレット、ロジスティクスホーネット、R&Cオカルティクス‼　知ってた、本当は裏でコソコソ何かしてるのを私は見ていた！　空飛ぶ魔王、まだ本気じゃない。ママがここで何かを受け渡ししたら配線、AYATORI、本当に取り返しがつかなくなるっ‼』

生みの親目がけて放たれる、呪いのような罵詈《ばり》雑言《ぞうごん》。

思わず世界の全部を諦めてしまいそうなくらい、絶対に見たくはない顔。

間違いなく、その一つ。

「……なあ、ヘルカリア」

だけど、だ。

上条当麻《かみじょうとうま》はそっと言葉を乗せた。トランスペン。どんなにバカ通訳をしても構わないから、どうか今は『想《おも》い』だけでも正確に伝えてくれ。そんな風に願いながら。

「お前は本当に、自分のお母さんが悪人だと思うのか？　R&Cオカルティクスと笑って手を結び、街をメチャクチャにして、ついさっきも神裂《かんざき》を倒していった。そう考えるのか？」

『だって、全部が目の前示している！　証拠で見たくもない溢《あふ》れているッッ‼‼‼』

鬼。

という言葉をヘルカリアが知っているかどうか。だけど上条を正面から睨み返す一〇歳の少女は、まさにそんな顔をしていた。

『ママやった嘘《うそ》。騙《だま》した、秘密にした、隠した、悪さをした!!　ダウト!　それ本当のハナシだったんでしょ!?　ちくしょう、私は信じていた。家族信じていたんだ自分の。それなのに……!!』

「違う」

だからこそ、だ。

少女の剣幕に、上条《かみじょう》がここで怯《ひる》むのは違う。ここで嫌悪《けんお》するのも、拒絶するのも、否定するのも、全部が全部解決になんか向かっていない!!

何故《なぜ》そんな顔をするのか、どうしてそんな事を言うのかまできちんと考えろ。

ヘルカリアは不安に思っているはずだ。

怖いと考えてしまうはずだ。

裏切られるのが怖い。確定した情報を他人から突きつけられるのが怖いから、せめて自分からトドメを刺す。そうやって幼い少女は柔らかい自分の心を守ろうとする。でも、それは守っているとは言えない。本当の望みから目を逸《そ》らし、自分から不幸へ突き進むに過ぎない。

ママはテーブルも棚も全部高さ私に合わせてくれるから。

そう言った彼女の想《おも》いを信じろ。胸を張って笑っていた少女の本心を見据えろ。

たとえ、言った本人が揺らいで潰れつつあるとしても。

上条当麻《かみじょうとうま》だけは、貫き通せ。

「……いいか、ヘルカリア」

だから、だ。

こう言ってやらなくてはならない。

「お前のお母さんは、自分から笑ってこんな事をしていた訳じゃない」

少女の両目が、限界以上に見開かれる。

それでも、ぐっと小さな唇を噛《か》んで堪えるような少女に、安易に飛びつく事を脅《おび》えてしまった一人の女の子に向けて、さらに告げる。

「お前のお母さんは、R&Cオカルティクスの二重スパイなんかじゃない」

さあ。

ボロボロに打ちのめされた孤独な少女が、本当に望んでいた言葉を言ってやれ!!

「だからヘルカリア、まずは結論から言うぞ。メルザベス=グローサリーは悪人なんかじゃないッツッ!!!!!!」

向き合う。

視線と視線を衝突させる。

上条当麻《かみじょうとうま》とヘルカリア＝グローサリー。

こんな所では右手の幻想殺し《イマジンブレイカー》など役に立たない。そもそも握り拳の出番はどこにもない。

彼女の笑顔を取り戻し、その頭を撫《な》でて、心配はいらないと言う。

必ずそうする。

この右手は、そのために存在するのだと誓ってみせろ。

『嘘《うそ》だ……』

ぐずぐずと鼻を鳴らして、それでも銀髪褐色の少女は突きつけてきた。

言葉の戦いが始まった。

『だって現実にスペースエンゲージ社の大型機が大空を飛んでいる！　みんな困る知ってて渡したんだママ、すごい何かを。R＆Cオカルティクスに人殺しの武器を明け渡した!!』

「ロジスティクスホーネットは元々兵器として作られたものじゃなかった。お前が自分で言ってたはずだぞ、ヘルカリア。お母さんは私の結婚式を宇宙で挙げたいから、そのために息巻いていたって。メルザベス＝グローサリーは最初から人殺しの道具を作っていた訳じゃない!!」

『だけど結局あげちゃった!!』

「それが諸手《もろて》を挙げて歓迎していただなんて、誰が言った？」

即答だった。

そうできたのは、自分の足で稼いだ確かな情報があるからだ。

「メルザベス＝グローサリーのホテルはとことんまで質素だった‼　一番居心地の悪い格安のシングルルームで、ルームサービスも頼まず、クローゼットの衣類だって安物。体を洗う石鹼《せっけん》やシャンプーさえ備え付けのものをそのまま使っていたくらいだ！　自分の意志で巨大ITと結びついて社長の椅子にしがみついたのなら、成功者ぶってもっと金遣いも荒くなっているはずだ。メルザベスは、まるで贅沢《ぜいたく》を拒んでいるようだった。R&Cオカルティクスから押しつけられたお金を、汚《けが》らわしいものとして見ているかのようにだ‼」

『っ』

「スマホはグラップルのミリフォン、やっぱり使い勝手の悪い廉価版だ。これだってちょっと考えればおかしいって分かるだろ。どうして何でも取り扱ってる巨大ITのR&Cオカルティクス製品を使わないで、わざわざライバル企業のモバイルを選んでいる？　それってつまり、メルザベスはR&Cオカルティクスを信じていなかったって事なんじゃあないのか⁉」

一〇歳の少女に全部伝わるかなんて断言できない。そもそも高校生の上条《かみじょう》だって、ロジスティクスホーネットとやらが生み出す影響や利害まで、事件の全体像を本当に理解できているかどうか。

だけど、重要なのはそこじゃない。

ヘルカリアを助ける。そのためにはまず真摯でなければならない。変に出し惜しみはせず、本気でぶつかるべきなのだ。

難解でも残酷でも、ひとまず進め。

それを分解して自分なりの速度で受け止めるのは、ヘルカリアの権利だ。上条側《かみじょうがわ》が勝手に上限をつけて良いものではない。

だから、同じ目線でただ告げる。

「ベンチャーごと傘下《さんか》に入る事で何が手に入り、拒めば何を失っていたか。メルザベスはどんな形になろうがロジスティクスホーネットを残したがっていた。だからR&Cオカルティクスの話に応じた！　それは、お金のためなんかじゃない。娘のアンタとの約束を守るためなんじゃあないのかよッ!?」

娘の結婚式は宇宙で。

最初はどれくらい本気だったのか。あるいは何気ない冗談だったのかもしれない。だけど手を動かし、技術を積み重ね、後ちょっともうちょっとで実用化に届くという段階で、執着がメルザベス自身を縛るに至った。全部丸めて白紙に戻す事を、思わず惜しんでしまった。

悔いていたのだろう。

自分の選択が本当に正しかったのか、終わった後も、ずっとずっと思い悩んだはずだ。

だから現実に、メルザベスは学園都市の基地を出入りしていた事が分かっている。R&Cオカルティクスからの大金を拒み、改めて、巨大ITを潰すための活動に手を貸すために。

途中は知らない。

だけど最後には、目を覚ましていた。

二重スパイの可能性はこの時点で限りなく低い。

『ママは、だけど違う。三〇〇〇万消えた。なのにママはまだこの街に見えてるチラチラ!! R&Cオカルティクスに関わっているからママ見逃してもらえたんだ、ひどい状況ママがこれを全部作ったんだ自分で!!』

「魔術の世界に限れば、当人の意志を無視して体を動かす方法なんぞいくらでもあるぞ?」

これに答えたのは上条《かみじよう》の肩に乗るオティヌスだった。

「例えば、サンジェルマンの丸薬。経口摂取する事で人体を直接蝕《むしば》んで架空の人格を仮組みする霊装だよ。薔薇十字絡《ばらじゆうじがら》みなら特に珍しくもない、現実にR&CオカルティクスのCEOであるアンナ=シュプレンゲルはここの『理解者』を感染させている訳だしな」

『不明そんな病気、聞いた事もないっ。使われているママにもなんて限らない!!』

「じゃあもうちょっとだけ根拠のある話をしよう、ヘルカリア」

上条《かみじよう》はそっと息を吐いて、言った。

サンジェルマンなんて飛び道具よりもよっぽど手堅く強力な人間コントローラは存在する。

ただの臆測じゃない、ヘルカリアの知らない高度で専門的な何かじゃない。このロサンゼルスで上条《かみじょう》は実際に『それ』をしっかりと見ている。

「……ずっとずっと自分の行いを悔いてきたメルザベスが、それでも絶対にR&Cオカルティクスに従わないといけなかった弱みは何だと思う?」

『知らない。汚い言葉、弱みなんて。後ろめたい過去そんなの持つ汚い大人くらいしか、』

「R&Cオカルティクスはどうしてそれを知る事ができたと思う? 答えは最初から目の前に置いてあるぞ。ロジスティクスホーネットが『使える』と考えた巨大ITなら、その建造経緯から具体的なスペックまで全部調べ尽くしていただろう。その過程で必ず見えてくるはずなんだ、メルザベスが苦渋の決断をするしかなくなる『弱み』の存在が」

『そんなの!!』

反射で叫びかけて、ヘルカリアの息が詰まった。

気づいたらしい。

呆然《ぼうぜん》と、震えたまま。力なく首を横に振って、

『まさか、いや否定、うそだ……』

「娘の結婚式は宇宙で」

それに、スペースエンゲージ社という社名そのもの。

ひょっとしたら、メルザベス=グローサリーは人間の悪意に詳しくない人だったのかもしれない。誰でも自由に見られる場所に本音を置いてしまうなんて、あまりに明け透け過ぎる。望

みはそのまま弱みとなるリスクがあるのだ。例えば広い広い砂漠で息も絶え絶えに一杯の水をくださいとお願いしたら、嘲りと共にいくらでも値を吊《つ》り上《あ》げられるに決まっているのに。

つまりは、

「その言葉は、誰のために？　分かり切っている。ヘルカリア＝グローサリー。世界を牛耳る悪党の口からまだ一〇歳の娘の名前なんか出されたら、もう母親はどんな脅迫でも従うしかなかったんだ!!　もしかしたらお前は自分が人質にされている自覚なんてなかったかもしれない、だけどR&Cオカルティクスはいつでもアンタを襲える場所に張りついていた。そういう最悪続きの状況を何とかしたかったから、藁《わら》をも掴《つか》むつもりでメルザベスは学園都市に頼ったんだよ！　ロサンゼルスで三〇〇〇万人が消えていく中、どうしてアンタは唯一助かったと思う。たまたまのラッキー？　機転を利《き》かせてR&Cオカルティクスの裏をかいた？　いいや違う。契約に基づいて、娘の命だけは見逃されたんだッ!!」

そもそも、最終的にはメルザベスはR&Cオカルティクスを裏切っている。

裏切ってでも、正義を貫こうとしている。

約束は破られた。いざ消失の段階まで入って、R&Cオカルティクス側が律儀《りちぎ》に人質を守る必要なんかない。しれっと皆殺しにしてしまっても良かったかもしれない。

だけどR&Cオカルティクスの長アンナ＝シュプレンゲルはそうしなかった。何故《なぜ》か？

アンナ＝シュプレンゲルを理解しろ。そっちの方が悪辣で、面白いと思ったからだ。正しい事をやろうとした母親の尊厳と矜持《きようじ》を踏《ふ》み躙《にじ》る事に、心の底から愉悦を感じるのだ。

上条当麻《かみじようとうま》とサンジェルマン。望まぬ魔術師に少年の体を蝕《むしば》むよう強要した、最悪の貴族の遊び。悪夢の二五日を虫かごの昆虫でも観察するように楽しんでいた、あの女。

そんなアンナならどうする？

自分を裏切ったメルザベスを、ただそのまま解放するか？　あるいは他の三〇〇〇万人と同じように砂の中に溶かして養分化して閉じ込めて、その程度で満足してしまうか？

小さな小さな宝物が。

ヘルカリアという愉悦のトリガーがまだ残っている。そいつを奥歯で噛《か》み潰《つぶ》さずに？

ありえない、いい、特にあの女に限っては。

「……メルザベス＝グローサリーに悪事を働かせる」

そうではないとしたら。

もっともっと、メルザベスの生《い》き甲斐《がい》を汚したいと考えるのならば。

「何があっても必ず守りたかった、たった一人の娘に憎まれるような事をやらせる。最後には母親のその手で娘を殺させる。これはR&Cオカルティクスを束ねるアンナ＝シュプレンゲルからの、悪趣味を極めた『報復作戦』なんだ。母と娘が対立し合って互いに傷つけ合うようになったら、その時こそヤツの思い通りなんだ!!　……いいかヘルカリア。だから良く聞け、後悔しないためにッ!!　確かに、見た目はメルザベスが何かしているように映るかもしれない。

だけどそこで疑って憎んで諦めて、あんなの母親じゃないと思ってしまった時点でお前の負けなんだ‼　今ここでメルザベス＝グローサリーを本当の意味で助けられるのは俺達じゃないッ！　世界でたった一人、同じ血を分けた娘のアンタしかいないんだよ‼‼‼」

叩《たた》きつける。

答えを。

オティヌスは散々警告していた。メルザベスやヘルカリアを助けるために暗闇へ挑んでも、結果、もっとひどい答えが顔を出す可能性だってもちろんあるのだと。

そして上条《かみじょう》はこう答えたのだ。

どんな答えが見えても、ヘルカリアに何も心配はいらないと言ってやりたい、と。

ならば最後の最後まで貫け。一人ぼっちの少女を助けるために。

『……、騙《だま》されない、これ以上。もう二度と』

ぐずぐずと鼻を鳴らして。

それでも全てを拒絶するように、ヘルカリアは力いっぱい叫ぶ。

何度も何度も否定を重ねていく。

『嘘《うそ》ついていた。私に黙っていたんだ、ママは！　誰がなんて言ったって、その事実は変わらない！　やましい事をしていたんでしょ。秘密があるって事は。しないといけなかった、秘密を！　つまりそれ悪い事やっていたんだ証拠‼』

でも違う。

上条当麻《かみじょうとうま》は知っている。

『だってシークレットの話がある、魔王の翼を本気にさせる鍵。ニューロ？　光、何かの機械をいっぱい繋《つな》ぐ配線図、それをここで受け渡しするつもりだったんだ、R&Cと‼　だから絶対に止めなくちゃならない、悪事を暴いてロスのみんなを助けなくちゃならないっ。私は、ママと戦うしかないんだあ‼‼‼』

ヘルカリアが頑《かたく》ななまでに悪意ある結末を主張し続けているのは、怖いからだ。信じて信じて信じ続けて、それでも大切な母親から裏切られてしまう展開を心の底から恐れているからだ。そんな衝撃を受け止められないから、挑む前に自分から希望を捨ててしまう。本当は、誰よりも声を大にして叫びたいはずの答えから遠ざかっていく。

だから叩《たた》き壊《こわ》そう。

跡形もなく。

ママは悪者なんかじゃない。一人の少女がそんな当たり前の事を言える世界を、取り戻してやる。そんな理由があれば上条当麻《かみじょうとうま》は国家を超えるほど膨らんだ何かに拳を向けられる。

「……秘密があったのは当たり前だ。だけどそれは、メルザベス＝グローサリーが悪人だなんて証《あかし》にはならない」

『認めるんだ。ママ、秘密を抱えていた事』

「だからどうした」

メルザベス＝グローサリーは娘のヘルカリアに何かを隠していた。

それは何？　そして、何故《なぜ》？　答えなんか決まっていた。すでに材料は揃《そろ》っていた。上条《かみじょう》当麻《とうま》は自分で手に入れた答えを、ただただ自信をもって突きつけてやれば良い。

シークレット。最後の秘密。その答えを、告げる。

「これから二日後」

『なに？』

「一二月二八日は!!」

言われて、ヘルカリアも何かに気づいたのかもしれない。

涙にまみれた瞳をびっくりしたようにまん丸に見開いた幼い少女に、その言葉を叩《たた》き込《こ》む。

すなわち、決定的な事実を。

「アンタの誕生日だろう、ヘルカリア？」

疑いの壁なんか、叩《たた》き割《わ》れ。

母娘《おやこ》の間にそんなものはいらないのだから。

13

ユニオン駅の構内はオシャレなショッピングモールのように見える。吹き抜けの広い天井に長いエスカレーターや螺旋階段《らせんかいだん》。もしもここが活気に溢《あふ》れていたら、それだけで映画の世界に迷い込んだと思ったかもしれない。

そして、アメリカだとコインロッカーはあまりないらしい。

代わりに、ホテルのクロークのような荷物預かり所があった。普段なら係員が待っているのだろうが、今はカウンターには誰もいない。

上条《かみじょう》は乗り越えて、奥へ。

どこを探せば良いのかはもう分かっている。二八日、Ｕｓｔ５ＡＡシークレット。スチールラックに貼られたラベルを見る限り、やはり三つの英数字で荷物は管理されている。

「これだ……」

５ＡＡから抜き出し、上条《かみじょう》が表のカウンターまで持ってきたものを見て、一〇歳の少女の顔がくしゃっと歪《ゆが》む。それはついうっかりで家族に見つかっては困るから、自宅には置いておけない代物だった。

だったら何だ？

それがやましいものに決まっているだなんて、誰が決めた？

『う、』

奇麗にラッピングされた、小さな箱があった。

クリスマスと一緒にされると嫌だと言う少女のために、きちんと別に用意していた。

『ああ……』

十字に巻いたリボンには一枚のカードが挟んであった。そこに並べられている手書きの文字は、トランスペンでなぞらなくても上条《かみじょう》にも読み取る事ができた。


ハッピーバースデー、ヘルカリア。


曖昧な状況証拠じゃない。

唯一無二の、幸せの物証だった。

『ああ!!!!!!』

うずくまり。

その箱に両手ですがりついて、身も世もなくヘルカリアはボロボロと涙をこぼしていた。

得体の知れない新兵器や超技術とは関係ない。

どんな家庭にだって当たり前にある、優しいシークレット。

『ごめんなさいっ!! ごめんなさいごめんなさいごめんなさい！　疑って、私、ママを、あぁっ、信じられなくて。どうして、どうしてどうしてこんな……!!　分かり切っていた事だったのに!!　分かってあげなくちゃいけなかったはずなのに!!!!!!』

トランスペンの変換はメチャクチャだ。

いや、今回ばかりは幼い少女の言葉そのものが乱れに乱れているのかもしれない。

「いいか、ヘルカリア」

膝を折り。

身を屈《かが》めて、少女と同じ高さで目を合わせて上条《かみじょう》は言った。

「……人は嘘《うそ》をつく。黙っている事だってたくさんある。これはきっと、世界中のどんな人間だってそうだ。何歳になったら、大人になればみんな聖人君子になるって訳でもないんだろ、きっと」

でも、と上条《かみじょう》は言葉を足した。

否定のための一言を。ここから始まる反撃の言葉へ繋《つな》げていくために。

「それでもお前のお母さんは、誰かを傷つけたり、陥れたりする目的で秘密を作るような人間じゃない」

『ああ……』

「こればっかりは、正解だ。この答えは俺が突き止めた。だから誰にも文句は言わせない」

『あうっ‼　ううえあうあああああッッッ‼‼‼』

もう、言葉になっていなかった。

ひどい正解は見つかった。母と娘はすれ違っていて、世界に名だたる巨大ＩＴは最悪の悪趣味を繰り返し、メルザベス＝グローサリーは暴かれたくない秘密を他人の手で白日の下にさらされてしまった。娘のヘルカリアは、誕生日を迎える前にその箱を見てしまった。

でも。

諦めずに、挑んで暴いたからこそ。

次に繋《つな》げるチャンスを掴《つか》む事ができた。怪しいから、疑わしいから、信じられないから。それだけで人の善性を否定して地獄の底に突き落としてしまう、最悪の選択肢だけはギリギリで回避できた。闇を照らせば、ろくでもないものが浮かび上がる。だけどダメージを負ってでも身を乗り出してその手を限界まで伸ばした者だけが、最後のチャンスを得る事ができる。

まだ、救える。

メルザベス＝グローサリー。

善と悪の狭間《はざま》で揺れて、でも最後の最後には娘を守ろうと決めた一人の母親。自分の選択が本当に正しかったのか、ずっとずっと悩み続けてきた誰か。上条《かみじょう》はここまで来た。救う側が折れなければ、溺れる手を掴《つか》む瞬間は必ずやってくる。

誰の右手にだって、そんな力は宿っている。

「……ここにいたか」

いきなりだった。そんな声があった。

ふっと。

それだけで、幼いヘルカリアが何かに押し潰されたように意識を落とした。

小さな体を支えて床に寝かせつつ、だ。上条《かみじょう》が振り返れば、駅に来たのはステイル＝マグヌス。魔術でサーチでもかけたのか、単純にヘルカリアの泣き声が無人の街に響いたせいか。

ステイルは、まだメルザベスが悪人だと考えているはずだ。

彼は自分の目で見たものしか信じない。

「『聖人』の神裂《かんざき》まで消失する非常事態だ。黒幕側の身内、ヘルカリア＝グローサリーにも厳重に警戒する必要があると僕は思う。その子を、こちらに渡せ。これは君の手に余る案件だ」

「断る」

はっきりと拒否した。ツンツン頭の少年は、寝かされた銀髪褐色の少女のお腹《なか》の上にラッピングされた箱をそっと置き、静かに庇《かば》う。

　ステイル＝マグヌスが使うのは魔術だ。

　その力は強大だが、同時にオカルトであれば幻想殺し《イマジンブレイカー》が通じる。

　右の拳があれば。

　追い詰められた少女を助けられる。そのためだったら超常の使い手と戦える。

「……そしてヘルカリア、俺は約束するぞ。お前の母親は、何があっても必ず俺が助ける。どこの誰がメルザベスを疑ったって、この俺が全部晴らす。元の生活に戻してやるからな」

　聞こえていない。意識をなくしているのだから当然だ。

　だけど無意味なんかじゃないと、上条《かみじょう》は強く思う。

「だからこう言ってやるよ。何も心配はいらない、ってな」

　呆《あき》れたような、紫煙混じりの吐息があった。ルーンの魔術師からはそれだけだった。

　それだけで、スイッチが入った。

「状況が」

　ざあっ!!　と、紙吹雪のようにラミネート加工のカードが舞う。壁に床に、元の色が分からなくなるくらいびっしりとルーンのカードが貼りつけられていく。

「分かっているのかな?」

「おやおや。かくいう貴様の方こそ大丈夫なのか?」

嘲るように切り返したのは上条《かみじょう》の肩に乗るオティヌスだ。

「マジメの塊だった天草式《あまくさしき》の『聖人』は消え去り、今や魔術側の善性は途切れたように見える。だが貴様に上条当麻《かみじょうとうま》を殺さない理由はなくとも、魔道書図書館に知られる覚悟まであるか？　完全記憶能力はどうする。たった一度の過《あやま》ちでも、あの女が忘れる事は決してないぞ」

苦笑があった。自嘲を含む神父の笑みだ。

「……確かに、ルーンを使って君を殺してしまっては遺恨がこびりつくか」

そこから一秒もなかった。

滑らかか過ぎて、いっそ上条《かみじょう》はその瞬間を見送ってしまったほどだ。


パン!!　パンパパン!!　と。


「僕は気づいたんだ」

甘ったるい紫煙に、別の煙の匂いが混じった。

それはまるで、花火の匂い。

分かりやすいカードの群れはブラフ。ステイル＝マグヌスの右手に握られていたのは、

（すまーと、フォン？？？）

「……学園都市の基地で見つけた『こいつ』を使えば、死体を作っても僕のせいだとは疑われ

ない。科学サイドの誰かの仕業だと判断されるだろうってね？」

（そう、だ。砂の魔術師は確かにいる。なのにあのステイルがインデックスを一人で残してのこのこ顔を出すのはおかしい。無理に理由を考えるとすれば、完全記憶能力を持つインデックスに嫌な気持ちを焼きつけたくないから。つまり最初から、俺なんか殺すつもりで、）

「どろっ、ばぶあ⁉　かはっ……おまえ……ゴボッ！　どろーんを、」

「哀《かな》しい事故だね、いや本当に。ファイブオーバーだったかな？　とにかく誰も乗らずに放置されていた無人化対応のハイブリッド兵器が暴走するだなんて」

何か言い返す余裕はなかった。

上条《かみじょう》はそのまま下りのエスカレーターを転げ落ちていく。

14

ユニオン駅の広いエスカレーターを、ざっと三階分くらいはまとめて転落した。

激しく咳《せ》き込《こ》む。

上条《かみじょう》の胸の辺りで何かがつかえていた。そのせいで血の塊も吐き出せなかった。

がくがくがくっ‼　と、少年の意識と無関係に床に伸びた両足が不自然に痙攣《けいれん》する。

それも、長くは続かない。

死の淵に、意識の指先を掛ける。

歯を食いしばって、呑《の》み込《こ》まれそうになる自我を現実世界に引っ張り上げる。

「があっ、あば‼」

無理にでも、咳《せ》き込《こ》む。

口元から赤い液体が飛び散ったが、まだ生きている。

呼吸困難で顔を青く変色させてでも、上条《かみじよう》は倒れたまま這《は》うようにして進む。エスカレーターの下からひとまず離れ、行方を晦《くら》ます方向で舵《かじ》を切る。

悲鳴を上げて何になる。

のた打ち回って誰の未来を開ける。

だったら、わずかでも前へ。ユニオン駅を離れ、次のチャンスを繋《つな》げられるように。

メルザベス＝グローサリーは悪人じゃない。そんな彼女を助けると自分で決めただろう。

それならば。

襟にしがみつくオティヌスは、心配半分呆《あき》れ半分といった吐息を洩《も》らしていた。

「やれやれ。人間、さては何か仕込んでいたな？」

「……ダイナーに、あれだけ、紙束があるんだ。けふっ、多少失敬して古雑誌の代わりに服の中に入れてみたってばちは当たらないだろ……」

胸に何発も。

しかし、鉛弾で奇襲を仕掛けてきたあれは本当にファイブオーバー、つまり駆動鎧《パワードスーツ》なのか？　第三位のカマキリと違い、第四位はかなり異形なシルエットだ。透明な巨大クラゲが近い。ドーム状の本体の中で電子を加速させて一面に広がる触手から撃ち出す……のか？　無人ならともかく、一体どうやって人間が着るのかちょっと想像が追い着かない。

「不幸慣れしているっていうのはまったくおぞましいな。ロック設定の済んでいない予備機か。しかし、どの時点で用心した？　判断材料は特になかったと思うが」

「神裂《かんざき》が消えたんだぞ……。『あの』ぎすぎすステイル＝マグヌスが、ただの仲良しこよしでいつまでも俺と手を組み続けるとはとてもイメージできない。今までずっとそうだったし。それにここは……世界最大の銃大国って話だしな。ぶっ、アメリカで揉《も》めたら必ずどこかのタイミングでアレが顔を出すと思ってた、うえっげほ！　ま、まさか、米国まで来てメイドインジャパンの鉛弾で撃たれるとは、流石《さすが》にそこまで予想はできなかったけど」

それでも鉛弾だっただけマシだ。

ファイブオーバー。有人と遠隔を切り替えられるハイブリッド兵器。実際に顔を出したのは第四位のようだが、オプションの機銃ではなく本命の電子ビームでも突っ込んできたら上条《かみじょう》など一発で蒸発だった。もちろん手心ではなく、おそらく、インデックスから見て『分かりやすく科学的な』傷跡を死体に残したかったからだろうが。

特に第四位《レベル5》は超能力者の中でもかなりふわふわした位置にある。

「……波形でも粒子でもない、中間のまま扱う、か。こりゃ加速器ではなく量子コンピュータ辺りからの派生技術だな。『敢《あ》えて観測しない』機械を作り活用する時代が来るとは」

「？」

「馬鹿が持ってきたのがたまたま第四位でラッキーだったなという話だ。これが分かりやすい第三位だったら二つの大鎌、ガトリングレールガンで普通に粉々にされておしまいだったぞ」

「なら良かった……」

オティヌスが舌打ちしたのは、冷酷なステイルの計算か、あるいは味方から胸に何発ももらった状況で皮肉にも気づかずホッと息を吐いて不幸中の幸いと考える上条《かみじょう》の思考に対してか。

「ふん。しつこく追撃が来ないのは、クソ野郎自身ドローン関係の扱いに慣れていないからか。学園都市の路地の隅々まで入り込むドラム缶どもをあれだけ広範囲で使用しているんだぞ？マニュアル操作馬鹿め、本来ならオートで数百単位の群体制御くらい任せられただろうに」

「操作感なんてすぐ覚えるぞ……。確か、けほっ、プリンタでルーンのカードを作るくらいには機械に慣れ親しんでいるはずだからな」

敵は第三位、第四位の模造品だけではない。空港近くのテント基地の中にあった金属コンテナ、そこのラベルを上条当麻《かみじょうとうま》はきちんと覚えている。

ファイブオーバーOS、モデルケース『アクセラレータ』。

詳細すら見えない新兵器だって、いつ飛び出してくるか分かったものではない。そうなる前に行方を晦《くら》まして安全を確保しなければ、逆転のきっかけすら失ってしまう。

母も娘も、誰も助けられなくなる。

「……っ」

ヘルカリア＝グローサリーはステイル側の手に落ちてしまった。

この場合、インデックスが向こうに残っているのは不幸中の幸いか。オティヌスが言った通り、ステイルはインデックスの前でだけは極悪非道な行いはできない。これはもう論理や利害を超えた確定事項、個人的な信仰の域に達していると言っても良い。

娘の方はインデックスに守ってもらおう。

だけどそれじゃ足りない。片方を守るだけでは、本当の意味であの母娘《おやこ》は助けられない。

母の方は、こっちの仕事だ。

「へっ……。ちょうど良い、せっかく殺してもらったんだ。俺達は素直に裏へ潜ろうぜ、オティヌス。アンナとかステイル達から隠れてメルザベス＝グローサリーを見つけ出すならそっちの方が都合は良いんだ……」

「ドヤ顔は二本の足で立てるようになってからにしろよ。氷点下二〇度だぞ。そのままだとしっかり冷えた床に頬が張りついて剝がれなくなるぞ。そうまでして、貴様は何を望む？」

元々、期待されていたのはインデックスの『お目付け役』でしかなかった。

自分の方針に従わない上条当麻《かみじょうとうま》は、もはやステイル側にとっては邪魔者でしかないのだろう。上条《かみじょう》だって、別に無理してイギリス清教《せいきょう》のために働く必要なんかない。

だけど、だ。

「俺が今やるべき事は、『何となく』とか『とりあえず』で人様の人生を勝手に見限って不幸のどん底に突き落とす事じゃない……」

言った。

はっきりと。

ゆっくりとでも、震える足を動かして。もう一度二本の足で起き上がりながら。

幸い、本当に不幸中の幸いだ。メルザベスのスマートウォッチもスマートフォンも少年の手にある。一番の情報源ヘルカリアから話を聞けないのは難点だが、ヒントがない訳ではない。

まだ、やれる。

何も途切れてはいない。それなら後は、この体を動かすだけだ。

「自分には何の落ち度もないのに、いつまでもぐずぐず泣いてるヘルカリアのヤツと約束した……。俺がこの手でメルザベスを必ず助けるって。だから不満も恨み言もどうでも良い、ステイルなんか後に回しておけ。俺が今しなくちゃならないのは一つだけだ。メルザベスが被害者でも、加害者でも、砂の中に埋まっていようが、とにかく母親の首根っこを摑《つか》んで娘の前まで引きずり出して今まで心配かけてごめんなさいと頭を下げさせる事だよ。……これぱっかりは、何が何でもだ。……俺の言ってる事に何か間違いはあるか、オティヌス」

「いいや？」

肩の上のオティヌスは、どこか楽しげに笑っていた。

相手が善人でも悪人でも、助ける価値があると思えば迷わず世界にケンカを売れる。

そんな上条当麻《かみじょうとうま》という人間を理解している神は、指先で魔女の帽子を軽くいじくって、

「私は魔術と詐術と戦争の神だ。だから存分に使えよ、私の力を。ペテン師っていうのは他人のペテンを暴《あば》くのも得意なんだ。魔術側のクソくだらん小細工はひとまず全部私に投げてしまえ、お前は自分の良く知る科学側で世界を眺めれば良い。善人面《ぜんにんづら》して面白半分に世界を歪《ゆが》めていくR&Cオカルティクスにここらで吠《ほ》え面《づら》かかせるつもりならいくらでも手伝うぞ」

「……おい、目的はあくまでもあの母娘《おやこ》だぞ？」

「いい、いい。戦争の使い方なんかそっちで決めろよ、人間《オティヌス》」

ゆっくりと、息を吐く。

広い広いユニオン駅から無慈悲に凍る外に出ながら、二人は挑みかかるように言った。

「「さあ反撃開始だ。こんな幻想全部ぶっ壊してやろうぜ!!」」

信じろ。

この世界に確かにある、小さな小さな善性を。

くそったれの『暗闇』になんか人を突き落としてたまるかと言って、もう一度立ち上がれ。

行間 二

『メルザベス＝グローサリー犯人仮説』

提唱者、ステイル＝マグヌス。

学園都市の基地に残る紙の資料、そこからルーン魔術を駆使して取り出した残留思念に基づく仮説。メルザベスは宇宙ベンチャーの社長だったが、研究成果をR&Cオカルティクスに持ち込み、マスドライバーを利用した空中式宇宙機発射台・ロジスティクスホーネットを利用して気象条件を人工的に操り、砂の魔術師の力を増幅するために手を貸していた。メルザベスはR&Cオカルティクス傘下《さんか》の独立部門としてスペースエンゲージ社社長の椅子にしがみつき、学園都市の基地には二重スパイとして潜り込んでいたと考えられる。

この仮説だと、内部からの間違った誘導によって科学と魔術の混成部隊によるR&Cオカルティクス本社ビル攻略作戦『オーバーロードリベンジ』は失敗し、神裂《かんざき》撃破にも積極的に関与した事になる。

△上条当麻《かみじょうとうま》、オティヌス両名によって大半は否定的に見られるが、現時点では一部、決定的な否定材料を見つけられずにいる。継続して調査中。

『メルザベス＝グローサリー悪人仮説』

提唱者、ヘルカリア＝グローサリー。

メルザベスは莫大《ばくだい》な金に目が眩《くら》んで、人に迷惑をかけると分かっていてR＆Cオカルティクスに物流ネットワークを明け渡した。次々と技術者は抜けてベンチャーが空洞化していく中、メルザベスら志の低い者達だけが汚れた金を掴《つか》んで悠々自適の生活を送っている。ロサンゼルス市民消失の実行犯はメルザベスであり、彼女は諸手《もろて》を挙げて自分の利益のためR＆Cオカルティクスを守るべく凶行に走った、とする仮説。

母親のメルザベスは明らかに同じ家で暮らす家族へ『シークレット』と呼ばれる技術関係の隠し事をしており、これが紛れもない悪人である根拠だとヘルカリアは主張している。

×上条当麻《かみじょうとうま》、オティヌス両名によって完全に否定される。メルザベスはR＆Cオカルティクスからの報酬を喜んではいなかった。隠し事の『シークレット』にも別の意味がある。

『メルザベス＝グローサリー善人仮説』

提唱者、上条当麻《かみじょうとうま》及びオティヌス。

メルザベスは娘を人質に取られて泣く泣く巨大ITの傘下《さんか》にベンチャーを入れたものの、罪の意識に苛《さいな》まれ、莫大《ばくだい》な金を汚《けが》らわしいものとして遠ざけていた……とする仮説。ホテルの宿泊状況やスマホメーカーを見る限り悪徳企業を信用せず、報酬も肯定的には受け入れず、質素な金銭感覚を保っている事も証明されている。

この場合、最終的にメルザベスはR&Cオカルティクスの脅迫的な命令を退けて学園都市・イギリス清教《せいきょう》の混成部隊に手を貸したと思われるが、何かしら他の方法で遠隔操作され、本人の意志とは別に一連の凶行へ走らされた懸念《けねん》がある。

真の敵はR&Cオカルティクス及びCEOのアンナ＝シュプレンゲルであり、自分を裏切った傘下《さんか》の独立会社に対する報復作戦として『最も大切なものを裏切り者自身に踏《ふ》み躙《にじ》らせる』べく母と娘の対立を煽《あお》っていた可能性に言及。その悪趣味の到達点として、一度は三〇〇万人の消失からわざと除外した娘のヘルカリアを、改めて母の手で直接殺害させると考えていた節さえある。

上条当麻《かみじょうとうま》は娘のヘルカリアはもちろん、母親のメルザベスについても間違いなく要救済対象であると断言する。

なお、メルザベスが娘のヘルカリアに何か隠しているような素振りを見せていたのは、誕生日プレゼントを用意するためだった。この不審行動は本件と何ら関わりを持たない事が、明確な物的証拠によって証明されている。

上条当麻《かみじょうとうま》は一〇歳の少女に証明した。

どんな人間でも嘘《うそ》や隠し事はする。だけどメルザベス＝グローサリーは、人を傷つけたり陥《おとしい》れたりするために秘密を作るような人間ではない、と。

これればかりは、たとえ何があっても。

第三章　反撃開始　Boy_not_"DARK".

1

『夜の勝ち抜き企画、モテない野郎と思い上がったブスが集まる大変暑苦しいシンデレラストーリーですみません！　お笑い芸人の頂点を決める0‐1グランプリの時間がやって参りました。今年の司会は僕達ダブルマグネッツ！』

『まあこの仕事を受けた時点でぼく達はエントリーできないんですけどもね？』

『むしろ名誉な事ですよ。焼かれる側の頂点を決める話で焼く側に選んでもらえた訳ですし、もう芸人としてのランクは決まっている訳で』

『じゃあこんな大会開く必要なくない？　賞金一〇〇〇万円はぼく達でもらっていけば、』

『『『おい司会が進行無視して勝手に欲張るんじゃねえよ、お前らのトークで二時間使い切ってもらっちゃ困るんだよ!!』』』

どっ!!　わっはっはっは!!　雛壇芸人《ひなだんげいにん》の寄ってたかっての怒鳴り声や何ともスタッフ感丸出しな笑い声を耳にしながら、ベビードールの人、食蜂操祈《しょくほうみさき》は蜂蜜色の長い金髪を揺らすようにしてちょっと首を傾《かし》げていた。眉をひそめて同室の御坂美琴《みさかみこと》に話しかける。

日本の学園都市、ド深夜、その病院での出来事であった。

「……これえ、一体何が面白いのかしらあ？」

「お笑いを楽しむには協調性と共感力が必要なの。アンタはそれがガリガリに欠乏してんの」

ベッドの上に乗り上げてのどったんばったんが始まったが、純粋な物理攻撃なら学園都市第三位、栗色《くりいろ》ショートヘアのヒグマに敵《かな》うはずもない。食蜂操祈《しょくほうみさき》、ステゴロで巡洋艦を輪切りにする女に接近戦を挑んだ事がそもそもの間違いである。

「私がっ入院費用に上乗せして観《み》ているケーブル放送のお笑い専門チャンネルだっ。勝手に横入りしながら文句言ってんじゃないわよ!!」

「だったらイヤホンくらいしなさいよねマナー的にぃ！　痛たっ、たたたたたた!?」

「マナーっていうならそのすけすけベビードールは何とかならんのか!?　見てて恥ずかしい！　うわっ見えてる見えてる、全部透けてるめくれてるっ!!」

「私はいつもの寝間着が変わると眠れなくなる大変デリケートな女の子なんダゾ!!」

ベッドの上で仰向けに押し倒され、両手首をがっつり拘束されながら食蜂操祈《しょくほうみさき》は顔を背けて子供みたいに唇を尖《とが》らせていた。女子ばかり六人の大部屋で騒いでいても他の患者から文句がこないのは、クリスマスパーティぼけ（？）が続いて夜も眠れない人が多いからだろう。

字幕『たとえこの体が奪われようとも、心まではあなたに屈しませんっ』ではなく、

「（……それに、まあ。手術衣って苦手力なのよね。昔のプロジェクトが脳裏をよぎるから）」

「あん？」

「意外だなって思っただけよお☆」

こういう時、能力が通じない相手でも舌先三寸でイニシアチブを取るのが精神系最強の学園都市第五位だ。もっともこちらはあくまでもいざという時のサイドアーム、『純粋な話術だけで人間の全てを操る』あの女の域にまでは達していないが。

「この状況で暇そうにお笑い番組観《み》てるとか、ねえ？　あなたなら怪我力を押してでも絶対に傍聴へ行くと思ったのにい、例の裁判」

「……、まあ、同じ部屋から睨《にら》みつけたって判決が変わる訳じゃないし」

今度は美琴《みこと》の方が目を逸《そ》らす番だった。

「私が気を揉《も》んだって仕方のない問題よ。それにあの注目度なら、どこのチャンネル観《み》てようが判決が出た瞬間に臨時ニュースくらい流れるでしょ？」

「わざわざこっちから検索なんかしなくても勝手にネットニュースやらランキングやらオススメ動画やらがどさどさ雪崩《なだ》れ込《こ》んでくるこの時代に、テレビの臨時速報って……。ていうか、

イマドキの裁判ってコンピュータを導入して半分自動化しているんでしょぉ？」

「……アンタこそ、まさか裁判員とか勝手に操ってはいないでしょうね」

「いくらなんでも、そこまではしないわよお」

「そこ、まで？」

「さ・あ・ね☆」

　そこへ後輩の白井黒子《しらいくろこ》がやってきた。通常、こんな時間にリハビリルームは開いていない。あるいは、『前の事件』絡《がら》みのカウンセリングでもこっそり受けているのかもしれない。

　見た目だけならツインテールの後輩は明るい笑顔で両手を広げて、

「おっねえっさまーん、何していらっしゃいブボルフェぇ!!⁉⁇　お、同じベッドの上でサンドイッチの激甘マカロン状態っ、しかもお姉様が上⁉　攻めてる方っ！　一体どんな濃厚フェロモンをばら撒《ま》いたらあのお姉様がそんなになりますのお食蜂操祈《しょくほうみさき》!!」

「……食蜂《しょくほう》、アンタ黒子《くろこ》の脳に何やった？」

「理詰めの洗脳でこの動きは逆に不可能ねえ。人体ってまだまだ神秘力の宝庫だわ……」

　と、その時だった。

　サイドテーブルに置いた御坂美琴《みさかみこと》のスマートフォンが単調なメロディを発したのだ。

　三人の少女はそちらに目をやる。

2

ざしっ!! と。

上条当麻《かみじょうとうま》は氷点下二〇度のロサンゼルスの街を歩く。

目的は一つ。R&Cオカルティクスの陰謀に巻き込まれて三〇〇〇万人の消失の犯人にされつつあるメルザベス=グローサリーを捕まえて無事に娘のヘルカリアの元まで連れていき、今まで心配かけてごめんなさいと頭を下げさせる事。

そのためだったら、何とだって戦ってやる。

決意を固めたツンツン頭の少年は、白い息と共にこう洩《も》らしていた。

「……あのう、結局めるざべす=ぐろーさりーってどこにいるのお???」

もう半泣きであった。外は普通に氷点下二〇度。そろそろ朝というより昼に近い時間帯だが、気温が上がる様子は全くない。ひとまず命からがらユニオン駅は脱出したが、考えなしに歩いていたらそのまま冷凍食品になっちゃいそうだ。

少年の肩の上に腰掛けているオティヌスが呆《あき》れたように息を吐き、ほっそりした脚を組み直した。両手を組んで踏ん反り返ったまま、彼女は言う。

「大きな意味でのロサンゼルスは無数の大都市を連結させた『圏』と言っても良い。その中から徒歩で調べて回ってたった一人の人間を捜し出すなんてのは、無謀も無謀だよ。何かしたければまずL.A.のスケールを理解しろ、ここは水源から砂漠を越えて中心地まで引いたパイプの長さだけで三七五キロもある、つまりそこまでやっても発展させたいという経済的価値を持った米国第二の大都市圏だぞ？」

「つ、つまり歩いて横断できるような広さじゃないって事？」

「わざわざ神頼みしてまで素晴らしい答えを手に入れたな、人間」

このままではインド系の人妻を見つけ出す前に樹氷になって凍死しそうだ。普通に歩いているだけで寿命が削れていく世界、ノーヒントのままではいくら何でも難易度が高過ぎる。

そうなると、だ。

「これに、何か隠れていると思うか？」

白い息を吐いて上条《かみじょう》がポケットから取り出したのは、例のスマートウォッチだ。四角い文字盤、赤と黒のベルト、細かい傷や些細《ささい》な汚れ。今やどんなものでも重大な意味が隠れてそうではあるが、一方で、ナニ＝なになに、といった対応表がないのでいつ何の役に立つ『答え』なのかが判断しにくいのがネックだった。

マークシートのテストで、全ての答えを網羅したパーフェクトな解答リストを手に入れたのに、一体何の試験に使うものなのか判断材料がない。そんな感じだろうか？

オティヌスはそっと息を吐いて、

「メルザベス＝グローサリーを追いたいのなら、いくつかのキーワードが存在する。一つ、娘のヘルカリア。二つ、R&Cオカルティクス。三つ、傘下《さんか》に入り隷属状態になった宇宙ベンチャーのスペースエンゲージ社。その辺と照らし合わせて調査を進めるのが現実的だろうな」

上条当麻《かみじょうとうま》はもう一回スマートウォッチへ目をやった。

「……じぇんじぇんなんにもヒントにつながって道がひらけた感じしましぇんけどお？」

「お前まさか自分のバカさ加減がカワイイだなんて言葉で好意的に周りから受け入れてもらえるとか都合の良《い》いドリームに浸って酩酊《めいてい》していないだろうな人間……？」

しかしスマートウォッチを見てもはっきりしないのであれば、他に頼った方が良《い》いかもしれない。もう一つ、上条《かみじょう》の手には腕時計と連動したスマホの存在がある。

言うまでもなく、グラップルのミリフォンは個人情報の塊だろう。ただしこっちはこっちで、普通の高校生上条当麻《かみじょうとうま》では最初のロック画面を越えて中を覗《のぞ》く事などできない。

「そうなると、うーん、やっぱりヤツを頼るしかなくなるのかなあ……」

「すっかり幼児退行してやがる……。お前やっぱり自分のバカがプラスに働くと勘違いしてるだろ？」

心底呆《あき》れたように言うオティヌスを後目《しりめ》に、上条当麻《かみじょうとうま》はモバイル機器を指先で操る。ただし戦利品の人妻スマートフォンではない。

自分自身の学園都市スマホを操作して、登録されていた番号を呼び出したのだ。

通話だっつってんのに世界一不細工な顔で猫撫《ねこな》で声《ごえ》を出していた。

「みっ、みさかしゃあん？　ちょっとビリビリ娘のお力を拝借したいんですけれども……」

まったくこんな男を信じてガチ泣きしたヘルカリア＝グローサリーが見たら反射で金的を蹴り上げていたかもしれないほどの情けなさであった。

しかし名探偵でもなければベテラン刑事でもない高校生にできる事なんて限られている。

それでも決めたのだ。

何が何でも、必ず、あの母娘《おやこ》を暗闇には落とさせないと。だから技術や知識の過不足は埋め合わせる。出し惜しみはナシだ。使えるもの、頭に浮かんだ手札は全部使い切る。そして、上条当麻《かみじょうとうま》はただの落ちこぼれの無能力者《レベル0》だが、周りの人間までそうとは限らない。

電話の向こうの学園都市第三位は、底冷えするような声を発していた。

『……いつの間にか病院から消えておいて、都合が悪くなったらパーティメンバー扱いで人様を難なく事件に巻き込んでいく訳だ？　へえほおふーん』

きゃあもう上条《かみじょう》さん何でいきなり今どこにいるんですかきゃあきゃあ!!　という謎の黄色い

声に構っている場合ではなく、

「お願いビリビリっ、これ国際電話なの‼　フリー通話アプリとかじゃねえんだよっ。お怒りなのはごもっともだけど今はとにかく素早く動いてちょうだい‼」

『あっ、文句があるなら南アフリカ辺りの謎のコールセンターに繋《つな》げよっか？　いくら通話終了ボタンを連打しても何故《なぜ》か切れない世にも不思議な激高回線に絶句しながら好きなだけ電話の前で正座を続けるが良いわ』

「何だもうそれ‼　サービス終了したダイヤルQちゃんが成仏《じょうぶつ》しきれずにオバケ進化して通話料ブラックホールにでも化けたのかッ⁉」

『あと食蜂《しょくほう》さっきからきゃーきゃーうっせ！　アンタそんなキャラじゃないでしょ⁉』

『これは生まれつきですぅ』

『あと食蜂《しょくほう》おめめにハートマークなんかあったっけ？』

『じぇーんぶじぇんぶ生まれつきなんですぅ』

『その乙女モードが許せんもう殺す』

電話の向こうからどったんばったんが聞こえてきたが、これで永遠に保留は真剣にまずい。

平和な国の少女達は地獄の国際料金を何だと思っているのだ。

と、オティヌスはオティヌスで腕組みしたままそっと息を吐いて、

「(……呼び出し音三回で飛びつくくせに文句が多い女だ。正座で待機はどっちだよ)」

『おい今ボソッと言った女と電話を代わりなさい。私はそいつと話がある、返答次第じゃ耳元でリチウム吹っ飛ばすわよ？』

「？」

上条《かみじょう》は怪訝《けげん》な顔をして、肩のオティヌスは呑気《のんき》に口笛を吹くばかりだ。

ともあれ、

「どうしても開かないスマホのロック画面、お前の能力で何とかこじ開けられないか？」

『スマホか——……それ機種は？　アルカロイド系？』

「グラップルのミリフォンだけど、なに、歯切れ悪いじゃん」

『モノが目の前にあるなら簡単なんだけどね、ネット回線越しだとどうかしら……。変に多機能な小型機械って「ついうっかり」が発生しやすいのよね。ただでさえミリフォン系はナゾの寿命機能《テロメア》がついてるって「伝説」にも事欠かないし……。それ、バックアップは？　シート状の半導体が焼き切れて永久に中身は覗《のぞ》けませんじゃ困るんでしょ』

「メルザベスの行き先とかはっきりしないと困るんだよな……。生活半径とか、立ち寄り先とか、隠れ家とか、まあとにかく色々……」

『どぅえっはあーっっっ!!!!!!』

いきなり電話の向こうからおかしな奇声が炸裂《さくれつ》した。

思考の限界を超えた御坂美琴嬢《みさかみことじょう》がいきなり精神錯乱してしまった。という訳ではなく、

『お姉様っ!! まだわたくしの話は終わっておりませんわよ、今度は一体ベッドの上でどなたとお話ししていますの？ 病院でスマホなんて使っちゃ、だ・め・な・ん・で・す・の・よ？ ようし大義名分は得た、これで確変お嬢時空ヒミツの地下室で愛と勇気のお仕置きコースにレールが乗っかったあ！ カレクサー、今すぐコウノトリと苦悩の梨を注文してっ!!』

『専門的な機材のないフツーの病室ならそこまで過敏にならなくても大丈夫なのよ、黒子《くろこ》暑苦しい!!』

『はあはあ!! そして電話の向こうにいる絶対こちらには手の届かないそこのあなた!! 今お姉様がどうなっていると思います？ 一体どんなあられもない事にっ!? うふふ想像力をフルに駆使して必死に喰《く》らいついてくるが良いですわ。うえっへっへ、こぉれぇがぁ寝○りの醍醐《だいご》味《み》じゃあああーっっっ!!!!!!』

お取り込み中のようなのでそろそろお茶漬けでも食べてお暇《いとま》した方が良いかもしれない。ていうか本気で通話料が怖くなってきた。

思わず遠い目になった上条《かみじょう》の耳に、乱入者の声が続けてこう来た。

『あと、メルザベス＝グローサリーが、、、、、一体どうしましたの？？？』

「っ？」

一瞬。

上条《かみじょう》は本気で息が詰まるかと思った。

何故《なぜ》、質問する前から答えが飛んでくる？　電話の声を横から聞かれた？　でも上条《かみじょう》は、グローサリーとまでフルネームを言った覚えはない。遠く離れた学園都市側で、どうしてメルザベス＝グローサリーが既知の存在として認識されているのだ⁉

「いや、あの、何で、メルザベスって、えと」

『はあ。スペースエンゲージ社の社長ですわよね？　今は巨大ＩＴの奴隷企業ですが』

いよいよ上条《かみじょう》とオティヌスは互いの顔を見合わせた。

何で地球の裏側、学園都市の中学一年生がそんな話を知っているのだ？

疑問を口に出す前に、さも当たり前のように白井黒子《しらいくろこ》はこう答えたものだった。

名門常盤台中学《めいもんときわだいちゅうがく》の、浮世離れした生粋のお嬢様が。

『あのう、驚くような話ですの？　黙っていても銀行や投資会社からガンガン連絡は来ます。将来有望なベンチャーの未公開株を紹介されたら一通りチェックしないはずないでしょう』

「……とうしがいしゃ、ミコーカイ、ひととおりチェック……？？？」

上条《かみじょう》はちょっとトランスペンに目をやった。

いいや諦めるな、これはまだ日本語の会話のはずだ。

『ああ、本気のトレーダーやマーケターではありませんわよ？　純粋な金儲《かねもう》けではなく、お金を動かす事に肌感覚で慣れておくための、社会勉強の一環に過ぎません。いったんプロの目を通してから紹介されている以上、彼らだって自分のメンツがかかっておりますからね。言ってしまえば特別客向けの釣堀かしら。命懸けで山を登って危険な渓流釣りをしている本職の数学者や金融工学者が聞いたら鼻で笑われてしまう程度の、入門ですわね』

白井黒子《しらいくろこ》は心底呆《しんそこあき》れた感じで言う。どうもお嬢様の世界だとお金の大切さを知るために冬休みの間だけ自転車漕いで新聞配達のバイトに挑んでみる、なんて時空には飛ばないらしい。

しかしそれにしても、だ。

『民間宇宙旅行に関する基調講演でよろしければ、動画サイトにまだ残っているんじゃなくて？　米国のベンチャーらしく、ラフなシャツやジーンズで壇上に上がって自信満々に計画発表会をするアレですわ。まあ、例の巨大ＩＴに新技術を売って傘下《さんか》に入った段階で会社の方針や主義も塗り潰されたようですので、わたくしは素直に株を手放しましたが。というかＲ＆Ｃオカルティクス側も手に入れた会社を活《い》かすつもりはなさそうですし。欲しいのはベンチャーの持つ物流インフラ機材やその設計図の使用権利であって、新商品を作る事は期待していませんもの。会社は、飴《あめ》の包み紙のようなものかしら』

株主。

敵とか味方とか、家族とか他人とか。

そういった、これまでの繋《つな》がりとは全く異なる綱引きがやってきた。

「ち、ちょっと待て‼　それってその、スペースエンゲージ社について詳しい話は分かるかっ？　ほらその、今は完全に隷属しているって話だけど、それでもさ、ええとっ、ベンチャー初期のオフィスとかラボとかの場所っていうか……ッ‼」

『当たり前でしょう？　その会社の資産と設備の調査は投資する側にとって基本も基本、株主となる者がまず手始めに経営者へ開示を要求するデータですわ。これが分からなければ、自信満々のプレゼンが本当に実現できるのか単なるブラフなのかも判断がつきませんもの』

3

日本なら東京、イギリスならロンドン。大抵の国では一番発達した街と首都はイコールで結ばれるものだが、意外とそれが当てはまらないケースもある。例えばブラジルの首都は？　リオデジャネイロと答える人もいるかもしれないが、これは誤り。正解はブラジリアである。

ロスやニューヨークと比べていくらかマイナーな街に、世界一有名な男が居を構えていた。

その街はワシントンD.C.、住居の通称はホワイトハウスだ。

歴史と伝統が凝縮する官邸で、理知的な女性の金切り声が炸裂《さくれつ》する。ローズライン＝クラックハルト。国防分野に極めて強い大統領補佐官というか、デカい赤ん坊の子守り役というか。

「表で暇そうに待っているコールガールはまたあなたかっ⁉　ミューバー感覚で暇を見つけてはスマホで気軽にぽんぽん呼びつけて……ッ‼」

「おいおい、黙って帰しちゃったのかよ？　ここは俺の家だぞ、電話で何を頼もうと俺の勝手のはずだ。あと四種のチーズと半熟卵のカルボピザは？　うそっ、そっちも帰しちゃった⁉　うおーい俺の燃料どこおーっ⁉」

チップくらい渡してやれば良いのに、といったヒスパニック系の大男の言葉にローズラインは無言で部屋の片隅にあったバランスボールを両手のグーでボカスカ叩《たた》き始《はじ》めた。このホワイトハウス、大統領官邸なのに本人の私物より部下達のストレス解消グッズの方が多過ぎる。

ロベルト＝カッツェ。

ひげの大男は、大統領になっていなければきっと海賊として七つの海でも荒らし回っていた事だろう。むしろそっちの方が正しい世界で、こいつが大統領の椅子を独占して豪奢《ごうしゃ》な机に革靴を履いたままの足を乗っけている方が得体の知れない並行世界の産物に思えなくもない。

「これでも自由の国の独身大統領だからハメを外したって別に浮気《うわき》になりませんしい？」

「丸ごと野党側が鍛え上げたハニートラップ要員だったらどうするつもりなんだ……。そもそも出会い系ＳＮＳを悪用する娼婦《しょうふ》のプロフィールなんて全部自己申告なんだからあてにならないだろうに。ああ、恐ろしい。もしも他国の諜報の窓口でいらない疑惑が膨らんだら。どんな言い訳しようが政治生命なんか一撃必殺じゃないか……」

「そんなに心配しなくても、この前会ったジェーンちゃんは文句ばっかりのコドモなお前よりずっとオトナな社会人だから全然大丈夫だよ」

「いつここを抜け出してどこで誰と逢引《あいび》きしてたッッッ‼⁉⁇」

一応ホワイトハウス内外はシークレットサービスや海兵隊が最大級の警戒をしているはずなのだが、こういう所だけ忍者アクション並みに脱走スキルが鍛えられている。正義か性欲が関わる瞬間に限り、この男は上半身裸でガトリング銃を引きずり回して真正面から宇宙人と戦える規格外の怪物に化けられるのだ。

そして性欲じゃない方の原動力に切り替えた大統領は質問した。

「ロサンゼルスはどうよ？」

「何か進展があったとでも？　州知事や議会との連絡もつかないままなのに……」

質問に質問が返ってきた。

ローズラインはぎゅむとバランスボールの上に形の良いお尻を乗せて、

「……不幸中の幸いなのは、『オーバーロードリベンジ』とやらを展開していたのはイギリス・学園都市の混成部隊であって、我々アメリカは直接関わっていない点くらいだろう」

これは考えてみれば当然で、世界最強のアメリカ軍は基地への無断侵入など一部の例外を除いて自国で国民を撃つ行為は禁じられている。つまり、『国内に向けた先制攻撃』に米軍は使えない。実際に三〇〇〇万人が消えた結果が出た後では、あまりにも馬鹿馬鹿しい縛りだが。

一企業の行動は内乱や革命とまで言えるのか。

その判断をするためにはR&Cオカルティクスが何を使っているかを特定しなくてはならない。これで核兵器や化学兵器が出てくれればまだしも軍を動かすきっかけを作れるかもしれないが、あるのはただただ空虚な『消失』。三〇〇〇万人が消えた、という馬鹿げた結果は見えているのに、何故《なぜ》そうなったか一言で表せなければ法的な手続きは取れない。ただの失踪では集団家出の可能性だっていちいち真剣に考慮しないといけない訳だ。『法的』には。

つまり、軍を動かすための『認定』を出せず、永遠に宙ぶらりんとなってしまう。

かと言って、ここ最近は警察系の特殊部隊も重武装化が進んでいるものの、彼らを送りつけても本気の『戦争』には耐えられないだろう。

補佐官は重たいため息をついて、

「それでも、友好国とはいえ部外者に行動の許可を出した事は間違いなく公の場でつつかれる。質疑応答の仮想フローチャートを今すぐ構築し、最低でも二五六種の枝分かれ展開には耐えられるよう政治的防御を固めておくべきだ。副大統領も仮想敵として協力してくれるとさ」

「その程度なら不幸でも幸いでもねえ。ただの些事《さじ》だ」

一撃だった。

机の上に革靴を履いたまんまの足をのっけた大統領は、続けて低い声で言ったのだ。

「……重要なのは消えたロサンゼルス住人三〇〇〇万人の行方だよ。その生死をはっきり確定させ、できる事なら生存者として全員闇の中から引っ張り出してやりてえ。そこまでやって、初めて不幸中の幸いだ。結果が分かる前から幸せの限度なんて線引きするもんじゃあねえぜ」

理知的な女性補佐官は、誰にも気づかれないようにそっと息を吐いた。

特にこの大統領には絶対バレないよう、細心の注意を払って。

ここでこれだけの大口を叩《たた》けるから、どんなに破天荒でも絶大な票を集める不動の地位を確保しているのだろう。最善を尽くします、精一杯努力します、皆の幸せを目指します。口では勇ましい事を色々言いながら結局は揚げ足取りの減点法を恐れてイエスともノーとも断言できない他の政治家とは人間としての種類が全く違う。

大統領の一言は、それ自体が大きな足跡のように大地へ刻まれていく。

その連なりが国や世界の向かう先を描いていく。だから性別、世代、人種、宗教なんてつまらない壁を越え、合衆国の誰もが思うのだ。この男が辿《たど》り着《つ》く果てを一緒に見てみたい、と。

国を挙げての選挙が楽しくなり、票を持つ国民が自分は幸せ者だと思わせられる大男。

ロベルト＝カッツェがまた一歩、前に踏み込む。

「ＮＳＡは？」

「ロサンゼルス外周で待機中」

「ＣＩＡ」

「早く突撃させろって声を抑え込むのが大変だ。闇雲に突っ込ませれば二の舞だろうが」

「なら、情報を持っているヤツを引きずり出せば良い」

何もできない、と結論が出ているのにロベルトの話は止まらない。

表には出せない。

だけど水面下で動かせる隠し球を持つのは、何も得体の知れないオカルト連中だけではない。

「『オーバーロードリベンジ』の窓口はだんまりか？　責任者とアクセスする必要がある」

「学園都市は『あの調子』だぞ。裁判関係で外界から隔絶されている被告人と言葉を交わす機会はないと思うが」

「英国側は？」

「……ホットラインは繋《つな》がっているが、あの国のトップって一体誰なんだ？　選挙で選ばれた首相なら、今すぐ電話を取り次いでほしいとウチのオペレーターに泣きついてきているが」

「『オーバーロードリベンジ』を指揮して、その顚末《てんまつ》を直接知る立場にある者、だ」

「なら、三つの内だと宗教関係者になるかな」

ローズラインはあっさりと言った。

「イギリス清教《せいきょう》」

4

「ロングビーチ？」

自分のモバイルを見ながら上条当麻《かみじょうとうま》は首をひねっていた。

肩の上のオティヌスは呆《あき》れたように息を吐いて、

「……アナハイムだろうがチャイナタウンだろうがピンとこないだろう、貴様の場合は」

白井黒子《しらいくろこ》から転送してもらったのは、ある資料ファイルだった。それ自体には特にパスワードはないらしいのだが、もっと以前の問題として全く見た事もない拡張子だったのでまず手元の電話で開くのに四苦八苦する。おかげで外国語だらけの怪しいサイトからおっかなびっくり無料の解凍ツールをダウンロードさせられる羽目になった。何でアプリをまとめたストアを挟まないんだろう？

「あっ」

「待ってオティヌスこれ大丈夫なヤツだよね⁉　先頭を行くお前が迷子になると俺はもうネットの世界で遭難するしかないんだけど‼」

今は何でもペーパーレスらしい。表示されたのは会社案内のパンフレットのようなものだ。ただいくつかの数字や名前が専門的で、一般に公開しにくいデータまで含まれるらしい。

慣れないものは読み込んでいるだけで時間がかかる。

気がつけば昼時は過ぎていた。

「ロングビーチはその名の通り海沿いの街だ。航空や鉄鋼など工業関係に強い他、海水浴場としては結構高級な感じだな」

「高級な、選ばれし者だけの……」

「ヌーディストビーチじゃないぞ」

「床を這《は》う虫を見るような女の子の目ッッ!!!!!!」

　ほとんど裸マントの神は(自分で見せてるくせに)がつがつ来る人が苦手らしかった。

　心底低い声で、最低限の義務って感じで説明を続けてくれる。

「しかし高級地だから過密気味で、まとまった土地を取得するのは相当難しいはずだ。そうなるとだだっ広い陸で打ち上げというよりは、海で実験をしているかもしれないな。スペースエンゲージ社は宇宙系だろう？　初期実験はシミュレータ上で済ませるだろうが、いずれは実機が必要になってくるはずだ。規模を縮小した模型であってもな」

　どうでも良いがダウンタウン周辺からロングビーチまでは直線距離で二、三〇キロはあるらしい。何か乗り物を探さないと氷点下二〇度の世界でマラソン大会が始まってしまう。

「しかし、渡りに船だったかもしれんな」

「何が？」

「分かっているだろう」

　人様の肩の上でオティヌスは腕を組んで踏ん反り返りながら、

「メルザベス＝グローサリーはしくじった。言ってしまえば、貴様はすでに敷かれている敗北のレールに従っているんだよ。確かにスマートウォッチは便利なヒント集ではあるが、最後まで信じて進めばそのまんま消えた人間と同じ末路を辿《たど》るぞ。腕時計の最も利口な使い方は、最大限に利用しつつ、頃合いを見計らって、ギリギリで途中下車するチキンレースだ。少なくとも、最後の最後までもじもじし続けて崖下へ落ちていくよりも前にな」

そういう意味では、情報源を切り替えられたのは確かに救いと言えるかもしれない。

これで一本道のレールの外にある領域を眺められるようになった訳だ。

文字通り、世界が広がる。

凍りついた街はあちこち砂で汚れていた。まるで繁盛《はんじょう》している海の家のようなジャリジャリ感だが、実際にはその全てがR＆Cオカルティクスからの明確な攻撃の名残だ。

砂の魔術。こいつのせいで、ロサンゼルスから人が消えた。

上条《かみじょう》は思わず自分の右手を意識した。

黄色化？　薔薇十字《ローゼンクロイツ》の魔術らしいのだが、とにかく消えた三〇〇〇万人は、養分という形に置き換えられて砂の中に取り込まれている……という話だった。

相手がオカルトなら、右手で触れれば打ち消せるかもしれない。

結果、捕らわれた人達を助け出せる可能性もある。

「やめておけ」

遮ったのは、オティヌスだった。

「魔術は無効化できる。だがその結果、何が起きるか予測できない。奇麗に一体分丸々引きずり出せれば良いが、形のない養分の状態で生かされる人間から、生命維持の特殊効果だけ消える形だとしたら？　その場合は養分を吸った砂はそのままだ。永遠に帰ってこなくなるぞ」

「そう、だな……」

打ち消す事はできる。だがどういう風にオカルトを殺すか上条側《かみじょうがわ》から設定できない。このキトリニタスという魔術は、さながらコールドスリープ装置のようなものか。外から叩《たた》いて装置の仕掛けを止めた程度で安全に犠牲者を取り出せるかどうかは未知数。なら、はっきりするまで下手に触るべきではない。人の命がかかっているのだから。

「それなら黄色化？　とにかく砂の魔術を操る黒幕を直接叩《たた》いた方がまだ確実か。杖《つえ》とか水晶球とか、魔術のコアになる道具をぶっ壊した方がきちんと助けられそうな気がするし」

「……それさえも一〇〇％とは言《い》い難《がた》いが、まあ、倒した魔術師から話を聞くのが一番だ。話を聞くと言っても友好的である必要は特にない。勝者として、どんな手を使ってでもな」

そうなると、やはり人を捜す必要がある。

砂の魔術師、アンナ＝シュプレンゲル、メルザベス＝グローサリー。

分かっているのは誰だ？　どこから調べれば糸口が見つかる？？？

「こいつは何だ。レンタルのスティックボード？」

「スクーターの代わりだろう。その何とかペンで案内板の英語を読み取ってみろよ、人間。デカいモーター付きで時速五〇キロくらいは出るみたいだぞ」

「……これ公道走れるの？　何の免許で？？？」

「今日は窮屈な日本ルールは忘れろよ、アメリカ基準っていうのは何かと緩くて怖いねえ」

どうやら携帯電話やスマホをかざせば即入金らしい。上条《かみじょう》が自分のモバイルを読み取り機にかざすと、オティヌスが呆《あき》れたように息を吐いた。

「どうせ誰も見ていないんだ、メルザベスのスマホを使えば良いだろうに……」

「良いんだよ」

歩道沿いにずらりと並べられた、モーターのついたスケボーにT字のハンドルをＤＩＹで合体させたようなオモチャを地面のストッパーから外して両手で引っ張り出す。

「あれ？ ……なんかオティヌス楽しそうだな？？？」

「……、実はアメリカ発のこういうオモチャは嫌いじゃない。電動立ち乗り二輪車とか」

ヘルメットも被《かぶ》らずにいきなり車道をぶっ飛ばした。

まったく日本では考えられない行為だが、オティヌスの話だとどうもアメリカは日本と違って右側通行らしい。わずかに残っていた日本感覚で危うく天に召されるところだった。ロスの街が無人でなかったら今の一瞬で普通に死んでいたかもしれない。

そして氷点下二〇度の街は風が超痛かった。安物のジャケットは何の役にも立たない。

ステイルが暗い地下鉄トンネルを進みたがった理由が今さら分かってきた。

「みみとれるっっっ!!!?!?」

「何だ、この程度で軟弱な。一度はこの神と極寒のデンマークを旅して回った身だろうが」

オティヌスが乾布摩擦をこよなく愛するおばあちゃんみたいな事を言い始めていた。

「何でも良いっ、なんかこの切り裂くような痛みを忘れられるような話をしてくれ！」

「ああ、ちなみにアメリカでもこいつを車道で使う場合はメットと免許証は必須だ。また一つルールを破ったな、人間。この乗り物は一八禁だぞ」

「聞くんじゃなかった!!」

乗り物で開けた車道を走るのは危ない気もするが、それでも狙撃された場所から高速で離れていくと何となく安心してしまう。

遠くの方で、大空を何かがゆったりと横切っていくのが見えた。

「何だ、ありゃあ……？」

「ロジスティクスホーネット。一二機で世界を囲む巨大ＩＴの移動式輸送拠点か」

「あいつは、その、魔術とかは使っていないのか？　本当に物理法則だけで浮いてるの？？？」

「貴様の目には、あれが空飛ぶホウキにでも見えるのか」

「か、科学っていうのは学園都市だけじゃないなあ……」

遠目に見ればくの字のブーメランに似ているが、くの字から後ろに向けて本体とは別に三角形の尾翼のようなものがついているし、何よりくの字の中央部分に巨大な穴が空いていた。中心のない航空機。この上なく異様な機影が低い唸《うな》りを上げる。

具体的には、オレンジ色の火花が散った。

ぽっかりと空いた大穴の外周、ドーナツのようなパーツがガリガリと輝き、その瞬《また》きが後部の尾翼？　に移る。上方に折れたオレンジ色の閃光《せんこう》が、斜めにそのまま発射された。

ズドンッッッ!!!!!!　と。

落雷のように、わずかに遅れて爆音が上条《かみじょう》の耳どころか腹まで揺さぶる。

「なっ、なんだあ!?」

「大気圏外まで物資を運ぶマスドライバーだな。リニアモーターの円形加速と後部射出口へ流しての上方発射。オレンジ色の光は、おそらく大電力で熱を持つ電磁石を外気で冷やすための仕掛けだろう。ま、ようは切り離し式のジェットコースターか。……ただそれにしては、弾道がかなり緩やかだが。あれだと高層大気の中を野球の遠投みたいに流れていくはずだ」

液体窒素やナフサなどを高空にばら撒《ま》いて寒暖の差を操る事で、気象条件を自在にコントロールする、砂嵐などを生み出して『黄色化』の魔術の底上げもできる、だったか。

「……ち、地平線の向こうまで消えていったぞ」

「天気図スケールの話だ。天気予報で見るだろ、地図の上に重なる木の年輪みたいなヤツ。あれを人工的に作って歪《ゆが》めるんだ、落書き帳は五〇キロや一〇〇キロくらい普通に広がる」

ぶわあっ!!　と南の空で不自然な日の出があった。いいや、あれが全部『空気を温める』ナフサの炎なのか。それは一〇秒くらい輝いて、再びゆっくりと消えていく。

肩のオティヌスもまた、破格のアメリカンサイズに呆《あき》れているようだった。

「……大した運搬能力だ。高空で破裂したあれが全部ナパームだとしたら、ベトナム戦争が三日で終わる大火力だな。それにしても、風を操って砂漠から魔術に使う大量の砂を持ち込むためとはいえよくやる」

「馬鹿げてる……。天気を操る？　もうあの大爆発で直接俺達を狙えば良いじゃんよ……」

「制約でもあるんだろ。何しろ元々は平和な打ち上げ用だ、同じエリアの地上を直接狙うようには座標設定やマスドライバー本体の角度をつけられないとかな」

「飛行機って、なんかこう、ぐるっと裏返して曲がったりしなかったっけ？」

「小柄な戦闘機の挙動で大型輸送機や戦略爆撃機を飛ばしたらどうなるか分からんのか愚者め。ましてあいつは五〇〇〇メートルもの巨体だ、浮いてるだけでも奇跡だよ。本当に、テクノロジー的にはかつて『グレムリン』で使ったラジオゾンデ要塞以上だぞ……」

　そんなにご自慢のビッグサイズなら、もう、ちょっと機体を傾けて風を受け止めただけでビル風みたいに大きな空気の流れを変えられるのでは、とも思わなくもないが。

「みんなあれでドッタンバッタン打ち上げているのか？」

「そんなに不便じゃないだろう、何しろ全幅五〇〇〇メートルだぞ。くの字の翼は普通に滑走路に使える。真下から輸送機やドローンを吊《つ》ってモノレールみたいに加速させたって良い」

　ただオティヌスは、別の視点でも眺めているらしい。

「……蜂は象徴の一つだ」

「?」

「薔薇《ばら》は組織、花の奥に隠れた蜜が叡智《えいち》、その周りに群がる蜂は秘奥《ひおう》を求める有識者といったところか。ふん、巨大ITのために世界を飛び回る走狗《そうく》には皮肉の利《き》いた名前だな」

肩の上のオティヌスは呆《あき》れ半分感心半分といった感じで、

「飛行空母に近い役割を持つ他、上向きのマスドライバーで高空から飛翔体《ひしょうたい》を自由に弾道軌道へ乗せられる。クソ神父の話が真実なら、発射コストは多段式ロケットの一％以下だぞ」

「どれくらいすごいの?」

「永遠に尽きない油田よりすごい。弾道飛行に限定されるとはいえ、宇宙空間を高速道路より身近にする発明だよ。メルザベス＝グローサリー。宝くじを当てて不幸になる類の人間か」

そもそも油田も高速道路もサッパリな高校生の上条《かみじょう》にはどっちみちピンとこなかった。

それよりも、

「あんな馬鹿デカいの、どう離着陸するんだ……。普通の空港じゃダメな気がするけど」

「海か砂漠だと思っていたが、行き先がロングビーチだとするとやっぱり海だろうな。あるいは空中補給に頼って常に飛び回っている可能性もあるが」

「空中給油機とかいうので?」

「それだけだと無国籍な移動基地を用意しても、結局各地の空港保有国に補給の首根っこを押さえられる。……あるいは、デカい風船にタンクをつけて空中で拾わせるのかもしれんな。固定の空港に頼らず、陸だろうが海だろうがどこからでもゲリラ的に補給を繰り返せるし」

そういえばダイナーではステイルがこんな事を言っていたか。空中にいるロジスティクスホーネットと貨物を受け渡しするために、グライダーやミサイル発射車両を使うとか何とか。商品の受け渡しとは別に、燃料や整備機材をやり取りする輸送ラインがあるのかもしれない。

とにかく今はR&Cオカルティクスのオモチャだ。

そして燃料補給の生命線は、そう簡単に断ち切って無力化できるものでもないらしい。

あまりに大き過ぎるのか、地上をどう進んだってロジスティクスホーネットの巨体はなくならない。まるで月や太陽みたいな扱いだ。

バイク並みの速度と言っても、そもそも距離が距離だ。こんな事をしているだけでも時間は過ぎていく。元々異常気象だが、時間の経過でさらに体感温度が下がっていくかのようだ。

少年はスクーターより速いスティックボードのハンドルを操りつつ、うんざり声で呟《つぶや》く。

「……じゃあこれからあんなのと戦う羽目になるのかよ。ステイルの話だとスケールがデカ過ぎるから、天気？　災害？　とにかく丸ごと操れるんだっけ。ようは、この氷点下二〇度のどうたらこうたらってのが全部『そう』なんだろ。ただでさえ海を割ったり槍《やり》の雨を降らせたり自由自在。しかも砂の魔術師と組み合わさると聖人の神裂《かんざき》でも勝てないって話じゃないか」

「なら諦めるか？」

「や、やるけど」

一言。即決であった。

どこかに消えてしまった母親のメルザベス＝グローサリーを見つけて助け出す。娘のヘルカリア＝グローサリーの元へ連れていく。そして必ずハッピーエンドで終わらせる。

そのために必要な事なら何でもする。

これはすでに、上条当麻の確定事項である。

そんな彼らのすぐ横を、英字だらけの案内板が抜けていった。上条《かみじょう》には簡単な英語も読めないが、そこには確かにこう書いてあった。

ロングビーチ。

5

『……では被告人に確認します。あなたは大人達に武力や権力をもって犯行を強要され、仕方なくそれらの行為を実行したのではなく、自らの意思でもって人を殺す覚悟を決めたのですか？　クローン人間とはいえ、二万人もの罪のない人々を』

『裁判長、その質問は片方の陣営に対しあまりにも作為的であり、誘導尋問の懸念《けねん》が！』

『人間を使ったクローン実験自体に明確な根拠がなく、これを前提に殺人行為の有無を論じるのは不適格です。学園都市はそのような実験があった事を一貫して認めておりません』

『多くの証言や人物調査などから被告人は精神的に不安定である可能性が極めて高く、今この状況で立て続けに質問を重ねるのはあまりに大人気《おとなげ》がないのではないでしょうか』

『休廷を。我々検察側は公平な裁判によって勝利する事を望みます。この法廷で真実を明らかにするためにも、ここは被告人に塩を送ってでもいったん休廷するべきです‼』


鼻で笑ってしまった。

学園都市第一位の超能力者《レベル5》、そして新たな統括理事長。誰にとっても目の上のたんこぶとなったその『人間』は、被告側の休憩室のソファに腰掛けて力なく笑っていた。

『ひひ、いひひ。にひ、あっひっひ』

声が聞こえる。

部屋の隅で紙束や観葉植物の枯れ葉がひとりでに渦を巻き、中から弾《はじ》け飛《と》ぶと、そこには英字新聞のみすぼらしいドレスで体を包んだ半透明の少女が立っていた。

あるいは、正真正銘の悪魔。

こいつもこいつで朝っぱらからご苦労な話だ。

『……それにしても、おかしな状況ですねえ。確か、人間の裁判は原告側に立つ検察と被告側に立つ弁護側が争う場だと思っていたんですけど。何でまた、検察側が精神的にどうのこうの言ってご主人様を庇っているんでしょうか？』

精神的に不安定。これは本来、証拠を集めて証人を捜し出し、何としても有罪判決で被告人を裁きたい検察側にとっては一番厄介なカードのはずだ。絶対に必要な制度だが、スネに傷を持つ者が『とりあえず、必ず』主張してくる切り札にもなってしまっている。

「ふン。殺人があったかどォかなンてより、そもそもクローン実験の存在を認めちまう方が厄介なンだろ。物証は何もねェ。俺が出した証言やレポートなンてのは全部ただの妄想で、そンな事件は何もなかった。そォいう風に収めちまった方が得する連中がこの街には多過ぎる」

弁護側は（被告本人の意思を無視してまで）当然自分の職務として無罪判決を望んでいるが、本来なら追い詰める側の検察側までが有罪で確定しては困ると考えている。

まったくおかしな裁判だ。まな板の上に乗せられた被告人の一方通行《アクセラレータ》だけが、懲役一万年を超える有罪判決を望んでいるだなんて。

このまま有耶無耶《うやむや》にされて、精神鑑定だ証拠の再検査だなんて話に持ち込まれては敵《かな》わない。

そもそも第一位が自らの有罪判決を望むのには、きちんとした理由があるのだ。

『そっちもそっちで大変ね。あなた、自分が殺し損ねたクローン少女達を世間の目から隠すために、自分の悪行をさらして回っているんだって？？？』

突然の、せせら笑うような声だった。

一方通行《アクセラレータ》は舌打ちする。

声の主はクリファパズル545。ただし肩の力は抜けて細い腕はだらりと下がり、俯《うつむ》いた顔は瞳に光が残っていなかった。

三日月のように裂けた口元から、何かの間違いのように別人の言葉が溢《あふ》れている。

「……何をした？」

『忘れたの？　クリファパズル545は悪魔なんて名乗っちゃいるけど、元々はイギリスで作られた魔道書のようなもの。それはわたし、七八枚でできた偉大な魔術師ダイアン＝フォーチュン様も似たような存在よ。邪悪の樹《クリフォト》を暴いて横槍《よこやり》を入れる事くらい難しい話じゃないわ』

ダイアン＝フォーチュン。

伝説的な魔術結社『黄金』オリジナルの魔術師にして、今はイギリス清教《せいきよう》の頂点、最大主教《アークビショップ》として君臨しているのだったか。

『米国の大統領が困った声を出していたわよ。ダリス＝ヒューレインだっけ？　日本はアメリカって補助輪がないとバランスの崩れちゃう国なんだから、もう少し優しい顔しておいたら？　学園都市が、じゃなくてアジアの小っちぇえ列島自体が困った事になっちゃうでしょ』

「ダリスは副大統領だ」

『失礼、あっちの方が常識人でまめに連絡してくるからつい先に頭に浮かんじゃうのよね。……それにしても意外だわ。あなたみたいな怪物が、案外、人の顔と名前を覚えているものなのね。なに、上に立つ者としての自覚と節度を学びましたってヤツ？』

「ふン……」

『スマホでアクセスできる状況じゃなさそうだから、わたしが別の道を開いた』

ちょっとした手品のタネでも明かすようなダイアン＝フォーチュンの言葉だった。

実際、イギリス清教《せいきょう》のトップにとってはその程度の話なのだろう。

力なく両手を垂らし、海洋生物っぽい尾を床にのたくらせ、悪魔の口から別の誰かが言う。

『確かに、休廷中とは言っても裁判の真っ最中に部外者とコンタクトが取れるっていうのはよろしくない事かもね。いらない入れ知恵で裁判の証言を覆《くつがえ》されるリスクがあるし、そもそも場合によっては屋外の別動隊の手で現場の証拠を隠滅される可能性だって否定できなくなる』

くすくすと、相手は笑っているようだった。

明らかに、自分でひっくり返すために並べている前提の確認だ。

『でも、それはそっちの科学側ルール。わたし達魔術側は何の遠慮もいらない。オーバーロードリベンジはまだ生きているのよ。あなたの勝手なプライベートで日米英のホットラインを無視してもらっちゃ困るわ』

イギリスからすれば、第一位の裁判の行方なんてどうでも良《い》い。

それよりも、R&Cオカルティクスの殲滅《せんめつ》が先だ。

だからこそ、学園都市とイギリス清教《せいきょう》が進める『オペレーション・オーバーロードリベンジ』の顛末《てんまつ》が気になるのか。自覚と節度。まったくどっちが丸くなったのやら、である。

『いい、一方通行《アクセラレータ》？　前にもウィンザー城の辺りで対面しているから、あなたとわたしはこれが初めてのコンタクトじゃない。おそらくあなたはわたしの実力を低く評価し、舐《な》めてかかっているんでしょ。特に否定しないわ。わたしはたとえ国の境を越えた赤の他人でも、無尽蔵の愛と上から目線の慈《いつく》しみをもってその小っちぇぇ言論と思想の自由を保障する。……古来から伝統的に、舐《な》めプしてもらった方が足を引っ掛けるのは楽ちんではあるんだし』

「そっちは？」

『聖人が撃破──、これきっかけで潜入チームはバラバラ。面白くない状況ね。実際、L.A.で見つけた本社ビルなんてどうでも良い。ガラスとコンクリの塊よりドローン管理サーバーの「Rローズ」よ、アレを分解して街から持ち逃げされたらいくらでも再建されるわ。とにかく世界中の大空を囲い込むネット通販の要《かなめ》にして地球規模の気象兵器、一二機のロジスティクスホーネットをどうにかしない限りR&Cオカルティクスの弱体化は見込めないっていうのに、何やっているんだか』

「……舐《な》めプもクソもなくただの地金じゃねェか」

『だから好きなだけ侮《あなど》ってれば？　そっちの方がわたしはただ手ぶらで得をするし』

ダイアン＝フォーチュンはさして気にした素振りもない。

左右の肩の高さが合わない悪魔の少女の唇が、もぞもぞと蠢《うごめ》く。

『そして覚えておいてね。わたしは「前の代」と違って、別に陰謀は得意じゃないし好きでもない。だから、このダイアン＝フォーチュンには表も裏もない。言っておくけど、これってすっごく恐ろしい事なのよ？　だって、大人の都合で譲歩や揉《も》み消《け》し、内密のご相談や忖度《そんたく》なんて何もしないって話なんだから。そうね。一度ここではっきりと、分かりやすく、スパッと世界のルールを説明してあげようかしら』

あるいは。

現在進行形で進む世界の終わりよりも、なお深刻な意味を持つ言葉を。

『そっちで何があったかなんて泣き言は知らねえーんだよ。ここでチューブだのコードだのでICUに繋がれている浜面仕上が死んだらあなた、イギリスとの全面戦争になるわよ？』

あらゆる前提を無視。

世界を悪い方向へ傾けていくR&Cオカルティクスとの戦闘なんて二の次。

もしもここで学園都市とイギリスが互いの足を引っ張り合えば、本当の本当にアンナ＝シュプレンゲル率いるR&Cオカルティクスを誰にも止められなくなる。理解もせずに発言しているのではない。全部分かった上で、迷わずそうすると『黄金』の魔術師は言っている。

いっそ、これこそが『黄金』の証《あかし》。

かつてメイザースが率いて、あのクロウリーまでもが合流した世界最大の魔術結社とはこうであるべき、というサイン。世界の都合なんてつまらないモノに人が妥協するのではない。人の行いが世界に遠慮するなどありえないという、極大の『個の意思』である。

たとえこの采配ミス一つ、余計な寄り道から人類が残らず絶滅してしまったとしても、一向に構わない。公私混同の極みとも言える、だからこそ交渉の余地のない宣告であった。

『人類だって一時の支配者よ。早いか遅いかはさておいて、どこかで必ず滅びる』

「……、」

『よってわたしに課せられた役割は全人口の永久的な幸福じゃない。星の資源は有限で、黙っていても太陽は膨らみ、人類という種の寿命にも限界がある以上は永遠なんて言葉に意味はないんだし。わたしの仕事は、ただちょっと人の滅びを先延ばしして、かつ、できるだけ後味を良くする事よ。だからはっきりさせておくわね？　ダイアン＝フォーチュンは人類の破滅そのものを特に恐れてはいない。厳密に言えば、タロット《わたし》は人間の枠の中にいないんだしね』

傲慢でわがまま。

自説を証明する事で世界がどれだけ歪《ゆが》んでしまうかなど考えもしない、いかにも『黄金』の魔術師らしい物言いがここに展開される。

少女の三日月状の口の端から、透明な糸が垂れる。

『……だからわたしは、最大主教《アークビショップ》としての自分の義務を果たす代わりに与えられた権利だって最大限に使わせてもらうわ。浜面仕上《はまづらしあげ》はわたしの友人で、恩人で、今ある時代の後味の良さには欠かせない人材なの。よって、彼が死亡した時点でわたしは後味の良い時代の継続を諦める。これはただの、足し算と引き算よ。できない事はしない、という明確な業務契約の表明。薄っぺらな終末論に入りたくなければ、天国の鍵はきちんと保管しておきなさい？　はっきり言って、今日こんな理由で人類が滅ぶのは数あるシナリオの中でも相当つまんないオチだわ』

その硬質な空気は、相手が第一位でなければ人を窒息させる力を持つに違いない。

そこまでだった。

ふんわり空気を弛《し》緩《かん》させて。

ダイアン＝フォーチュンは改めて、会話という歯車を回す。

『そういう訳だから、改めてお願いするわね？　浜面仕上をよろしく。この条件が保たれる限り、わたしはいくらでもあなたに協力してあげる。この星の半数、魔術の世界。中でも対魔術師戦闘の極みであるイギリス清教《せいきょう》の力を全部あなたに貸してあげるわ』

一方通行《アクセラレータ》はくだらなそうに息を吐いた。

そして躊躇《ためら》わずに言う。

「ならオマエには何ができる？」

『言ったでしょ？　わたしの仕事は人間達の滅びをちょっとだけ先延ばしし、なおかつ、後味を良くする事だって。例えば、今そっちでやっている裁判の争点なんかも』

「……、」

ダイアン＝フォーチュンもまた即答だった。

第一位を前にそれを請け負う事が、どれだけのリスクを持つか理解した上で、だ。

『……そうね。あなたのカワイイ小細工とでっかいオーバーロードリベンジのてこ入れのために、こういうのはどうかしら。今世界中に残っている一万弱のクローン少女。〇〇〇〇〇号だか二〇〇〇一号だかドリーだかワーストだか、本当の本当に正確な数までは知らないけど、彼女達の居場所を作り、本当に大きな意味での世間へ完全に認めさせて……つまりは、き、ち、ん、と助けたくはない？』

6

ロサンゼルスはとにかく広いが、それでも徹底した無人の環境だ。音や光など五感を刺激する情報は意外なほど目立つ。それが銃声や硝煙だとしたら気づいた相手が警戒しないはずがない。まして、同じ空間にはR&Cオカルティクスの本社ビルがあるのだ。

よって、ステイル＝マグヌスは速やかに場所を変えた。

たとえ距離一メートルであっても、気づかれなければ狙い撃ちはない。

長身の神父が気絶した『黒幕の関係者』の少女を抱えて魔道書図書館と合流し、身を隠したのは、小さな店だった。ガラスのショーケースだけではスペースが足りなかったのか、壁にはフェンス、そこに太いハンガー掛けのような金具をつけてさらに商品見本を並べている。フルオート機能を切ったアサルトライフルやサブマシンガンの群れ。市販の拳銃にロングバレルやストック、さらに連射機能を追加する機関部改造キット一式。弾丸も体の中で柔らかく潰れるものから弾頭表面を人工ダイヤの粉末で焼き固めた徹甲弾までずらりと揃《そろ》っている。アメリカならどこにでもある銃砲店だった。ここは煙草《タバコ》の数より鉛弾の方が多い健康的な銃大国だ。

（やれやれ）

短くなった煙草《タバコ》の先を灰皿に押しつけて、ステイルは気づく。

もう続けて三本も吸っている。つまりそれだけの時間が経過していた。即断即決できない辺り、自分で思っている以上に迷いでもあるのだろうか。

必要であれば幼い子供であっても容赦をしない。

気負いもなくそう考えているつもりだったが、やはりやりにくいのかもしれない。

小さな子供は、あの子の過去と被《かぶ》るから。

「ふう……」

灰皿に押しつけて、決めた。

唯一の生存者であるヘルカリア＝グローサリーは何かを隠している。そしてそれを今すぐステイル達に話すつもりはないらしい。適当な手順を踏めば情報は開示されるかもしれないが、こちらには悠長にしている時間はない。

本来、そういう配役だった上条当麻《かみじょうとうま》はステイルとの情報共有を拒み決裂した。今から威圧役の神父が路線を変更しても、脅《おび》えたヘルカリアが短期間で心を開く展開はほぼない。

そうなると、

（麦酒《ビール》のルーン辺りかな……）

彼の扱うルーン魔術は、目標の物質に力のある文字を刻み、その文字を染色して効果を発揮する一連の術式群だ。魔術の効果を破棄する時は、逆に文字を削り取り消滅させれば良い。古くから、ルーン魔術は物品に特殊効果を付与する際にも使われてきた。例えば剣に勝利のルーンを刻んだり、金貨に魔除《まよ》けのルーンを刻印したりといった具合にだ。

同じように。

もしも、人の体に刃物を突き立て、色素で染め上げたら？

おしゃべりになるルーンを刻みつけたら、どんな効果が発揮されるか。

「だめ」

見透かしたように、だった。

いいや、一〇歳の容疑者の盾となるべく立ち塞がった銀髪のシスターは、魔術に命を預けるステイル以上にルーン魔術を深く理解しているに違いない。

彼は、相手が小さな子供だろうが容赦はしない。

これだけ武器で溢《あふ》れた環境でわざと目を離しておけば幼い手で拳銃くらいは掴《つか》むかもしれない。ヘルカリアにやましいところがあれば、必ず状況をネガティブに観察して行動を決めるはず。そう考えていた神父だったが、どうやらあてが外れたようだ。

(変な希望が残留してるな……。ヤツが撃たれる『瞬間』を見せられなかったからか?)

敗因は孤立化の失敗か。幼いヘルカリアは涙を堪えながら、インデックスの後ろに隠れている。一体どこで信頼関係を構築したのやら。まるで丁寧に仕込んだワイン樽《だる》の中に雑菌が入り、全部ダメになったのを見たような失態だ。

ステイルはそっと息を吐いて。

モードを切り替える。

「まだ何も言っていない」

「ゲルマン共通フサルクの一〇番目、ナウシズ。音価はn、その意味は苦しみ。そして『麦酒《ビール》のルーン』の術式を形作る上でも使われる一文字。いわく、あなたが悪い女に騙《だま》されぬように。実際の効果は器に毒がある場合は二つに割れる事で使用者の命を助ける術式。だよね?」

やはり、即座に暴かれる。

だがステイルが思わず手を止めたのは、別の理由からだ。

この少女だけは絶対に裏切れない。遠い昔にそう約束した。目の前でステイルを睨《にら》み返《かえ》す少女自身が、とっくに忘れてしまったとしても。

「そんなの人の体を中心に据え置いたら、嘘《うそ》をついただけで体が二つに裂けるかもしれない。そもそも人の体に刃物で消えない傷をつけるだなんて絶対に許さない。イギリス清教《せいきょう》は、魔術の脅威から人を守るための組織だったはずだよ。その魔術で苦しむ人を保護する側がさらに傷つけるだなんて、どう考えても間違ってるんだよ」

「ヘルカリアが無実の被害者だなんて、誰が決めた？」

ステイルは小さく舌打ちして、

「言ってもたかが数時間の付き合いだ。僕達が知り合う前に何をしたか誰にも把握できない」

「だけどとうまは助けた」

っ、とステイルは表情の変化を必死に抑えた。

完全記憶能力を持つこの少女に、さてどこまで通じたものか。

「とうまなら絶対そうする。だったら私だってそうするんだよ」

繰り返す。

インデックスという少女には完全記憶能力がある。一度でも見たものは決して忘れない。だから彼女の前ではどんな些細《ささい》な失態にも意味が生じる。死ぬまで記憶と共にあるのだから。

それでもステイルの唇が戦慄《わなな》いた。

思わず彼は、口の中でこう呟《つぶや》いていたのだ。

「……ほんとうに、今すぐあの男の死体にもう一発撃ち込んでやりたい……」

7

工業地帯と高級な海水浴場、ロングビーチと一言で言っても相当広い土地を指す言葉らしい。赤、青、ピンク。毒々しい一口チョコみたいな四角い住宅だか別荘だかが砂浜のすぐ傍《そば》まで迫っている。海では退役した戦艦が博物館化しているらしい。あらかじめ住所が分かっていなければ、この街だけで普通に遭難して樹氷になれる氷点下二〇度のオープンワールドであった。

上条《かみじょう》は夕焼けなど意識しなかった。

ぐっと辺りが暗くなっていく。もうすぐ二度目の夜がやってくるのだ。

「おいっ、もうそんな時間か？」

「冬のロスは日没も早いんだよ。五時のニュースなんて待っていたら真っ暗だぞ」

砂浜沿いに走って、上条達《かみじょうたち》はコンクリートで固められたヨットハーバーへ。

途中、波の音は聞こえなかった。不思議に思ってそちらを見るが、動きがない。浜は冷凍庫の中にこびりついた霜みたいなものでびっちり覆われ、海水は完全に白く凍りついていた。

「マジかよ。今年も流氷がやって参りましたって感じですらないぞ、スケートリンクみたいな一枚板になってるじゃんよ……」

「ロサンゼルス全人口の消失とは聞いているが、誤差が大きいな。水平線の向こうまで真っ白だ。スカイバス550だったか、空中待機している政府専用機は無事なのか?」

縁日の焼きモロコシがそのまま凍りついているのを見るような気分だった。

物理現象としてはできるかもしれないけど、わざわざそうしない。

ありえない光景は猛烈な無駄遣いを目の当《ま》たり《あ》にしたような、不謹慎な気分にさせられる。

ツンツン頭の少年がさらにそのまま電動のスティックボードを走らせていくと、

「ロングビーチ。ここか……。って、あれか⁉」

電動スティックボードから靴底を片方地面に擦《こす》りつけ、上条《かみじょう》は思わず頭のてっぺんから甲高い裏声を出していた。

スペースエンゲージ社。

アメリカで民間宇宙旅行を目指すハイテクベンチャー企業……とか言うから、てっきり全面ガラス張りの大層ご立派なスマートビルか、得体の知れない地下研究所を想像していたのだ。

しかし現実には、白く凍った海。

そして高級なヨットやクルーザーがコンクリートの地面にずらりと並べられているハーバーの片隅に、一つだけ不自然なものが置いてあった。

そもそも海に浮かべるものではない。

キャンピングカーにしては大きいくらいの、車輪のついた細長い小屋みたいなものだった。完全な四角いコンテナというよりは、角の丸まったカプセル形といった方が近いかもしれない。確かトレーラーハウス、とか言うのだったか。

引っ張って運ぶための車の部分はない。本当に後部の生活空間だけが切り離されて置かれていた。そこが会社の住所だと先に教えられていなければ、いらなくなったスクラップを勝手に捨てていったのではと勘違いしていたかもしれない。

これ一つだけ毛色が違うため、違和感がひしひしと漂う。デパートの水着売り場に何故《なぜ》かスキー板が置いてある、とでも言うか……。

「株主なら分かる情報、か」

「何だ人間、今さらR&Cオカルティクスでも警戒しているのか」

まあ、と上条《かみじょう》は呟《つぶや》いた。

カブとやらの仕組みはさっぱりだが、ベンチャーを傘下《さんか》に入れて飼い殺しにして、オモチャを取り上げた巨大ITも無関係ではないだろう。上条《かみじょう》の知っている情報は向こうも知っている。何か重要なヒントがあったとしたら、とっくの昔に特定されて回収されているかもしれない。

だとしたらここに残された情報は丸ごと改ざんされた嘘《うそ》、という可能性さえありえる。

　しかし肩の上のオティヌスは首を横に振った。

「多分それはないな」

「どうして？」

「逆に聞くが、何のためのトレーラーハウスだ？　公的な資料に登記されるのは建物の座標、つまり『土地』。R&Cオカルティクスが視察や調査に来た時だけラボを遠くへやって瓜二《うりふた》つの別の車両でも置いておけば良い。それで秘密は守られる。やらない理由が見当たらない」

「……、」

「いらないものなら処分すれば良い。ハーバーの契約料も安くないぞ。なのにメルザベスは最初期のトレーラーハウスをわざと残している。つまり、捨てるには惜しい何かを感じている訳だ。だったら警戒する。頭の中にある仮想敵に踏み込まれるようにはしていないさ」

　上条《かみじょう》は凍ったトレーラーハウスを眺めるが、内側からカーテンが引かれていて中の様子は見えない。スライドする鉄のドアには、鍵穴なんてなかった。代わりにドアの横に、電卓くらいの大きさの四角いパネルがついている。ただし何か偏りがあるというか、空白が多い。

「パネルの色は……赤と黒？」

「例の時計のバンドの色だな。デコイ車両は別の色の組み合わせなのかもしれん」

　近づいてみたらいきなり眩《まばゆ》いライトに視界を塗り潰された。

　そして柔らかい女性の声が辺りに響く。

『一字空きで結婚、こほん、会社いらっしゃいませ』

「うわ何だ怖い⁉　えっ、なにウェルカムされた？？？」

　上条《かみじょう》は最初驚き、そしてトランスペンに目をやった。神は呆《あき》れたように息を吐いて、

「典型的な泥棒《どろぼう》除けのセンサーだ。出入口に近づくと反応して光と音を出す。しかし変な吐息が混じっているし、こりゃメルザベス本人が吹き込んだのか？」

「つ、つまり誰もいないって事？」

「その判断は早計だがな。とにかく人妻のスマホだ、かざしてみろ」

　肩の上に乗るオティヌスに言われて従ってみると、驚くほどあっさりと鉄のドアが勝手に開いていく。長期滞在用なので、電源は外からケーブル接続できるのかもしれない。

　中も冷え切っていたが、凍りつくほどではない。

　そして一歩踏み込んだ瞬間から、異次元が広がっていた。

「すげえな、こりゃ……」

　状況を無視して上条《かみじょう》は思わず呟《つぶや》いた。元々はキャンピングカーからの派生だろう。観光バスくらいのスペースは、キッチン、トイレ、バスルームなどいくつかの空間に分けられ、畳んで壁に収納できるテーブルやソファベッドなどが取りつけられている。スペース省略のためか、テレビ、スマホ、パソコンなどは全部同じ薄型モニタに表示する仕組みらしい事も分かる。

が、

「……壁どころか天井までびっしり。このカラフルなの、やっぱり全部宇宙船関係なのか？」

ツンツン頭の言う通りだった。それこそ元々の壁紙の色が分からなくなるくらい、である。専門的な資料の切り抜きのあちこちに貼りつけられた計算式の付箋《ふせん》。さらにはそれらの間をカラフルなマスキングテープが繋《つな》いで技術の関連性や応用の可能性を可視化している。

テーブルの大半を占めているのはご馳走《ちそう》ではなく、二・五メートルはある巨大な模型だった。ちょっとしたサーフボードくらいありそうだ。

ロジスティクスホーネットだった。

壁や天井に目をやり、どこかオティヌスは呆《あき》れたように息を吐いていた。

「メルザベス・メソッド。なるほどな、そういう事か……」

「？」

「前に、五〇〇〇メートルもの巨体が翼を使って空を飛ぶのは難しいと話しただろ？」

テーブルの上に立つオティヌスは、天板の大半を埋めるくらい精巧な模型を親指で指し示して、

「五キロと言ったらもう電車で一駅、街の名前が変わるくらいの距離がある。つまり気温や湿度、風向き、果ては晴れか雨かなどの天気まで差が出てしまう。つまり最大の元凶は機体の部分部分で受ける風の強さや空気の抵抗が変わるため、『ねじれ』に負けて自分から空中分解してしまうからなんだが……ここにメルザベスは面白い仕掛けを施している。人肌だ」

「はだって、え？　もしかして機械だけじゃないのか、バイオ系の素材も使ってんの⁉」

「そこまでする必要はない。こいつは脳の構造より発想を得たニューロコンピュータ辺りからの派生かな。つまり、人工的な方法で脊髄を作ってロジスティクスホーネット自身に微細な皮膚感覚を与え、思考以前の『反射行動』で微調整を施している訳だ。指先で背筋をそっとなぞられたら総毛立つ、あの感覚を五〇〇メートルの巨体の隅々まで行き渡らせる事で空力調整用の鱗形装甲を器用に動かしている。こいつはすごいぞ？　総数で言ったら一〇〇万を超える。頭で考えて指示を出していたら、逆に間に合わない計算量だ。だから、メルザベスは考えるなと命令している。そこらのボンクラＡＩとは発想の段階からして全く違うぞ」

「……、」

「空中での姿勢制御自体にもメルザベス自身のデータが使われているらしい。ハンググライダーを使って得た『無意識的な筋肉の強張《こわば》りや重心の制御』の数値をあの巨大な発射台に組み込んでコントロールの参考にさせている。つまり体の芯からうぶ毛の一本まで、メルザベス＝グローサリーの無意識を全て組み込んだ飛行機械だよ。ハハッ、ここまでぶっ飛んだ空中要塞を作った人間なんかいるか？　電子制御のステルス機どころじゃない、感度良好な人妻の敏感ボディだけであんな巨体を制御して滑らかに飛ばしている訳だ。こんなの学園都市の『木原《きはら》』どもでも思いつかなかったんじゃないか⁉」

もう、言葉もなかった。

天才。

果たしてそんな単語でまとめてしまって良いのか。

おそらく上条《かみじょう》には、目の前に広げられた偉業の半分も理解できていない。天才なんて雑な言葉を投げるのは、理解のできないものへ保留の札を掛けるのと変わらないだろう。細かい数字の山に頭がくらくらしそうになるが、圧倒されてばかりもいられない。

上条《かみじょう》としてはどこかに消えたメルザベス＝グローサリーの足取りを知る『何か』が欲しい。懐《ふところ》から自分のスマホとリンクしたトランスペンを取り出す。ここまで乱暴な付箋《ふせん》の走り書きに通用するかは不明だが、挑まない訳にはいかない。

もう、未知の真実など恐れない。

メルザベス＝グローサリーは娘を人質にされて、自分で作った新技術を明け渡して巨大ITに飼い殺しにされる道を選んだ。その後もR&Cオカルティクスの支援を受ける傘下《さんか》の独立会社として様々な事を命令されてきたが、隷属に我慢しきれなくなって反旗を翻《ひるがえ》した。

結果、何かが起きて今のロサンゼルスがある。

オティヌスはサンジェルマンの丸薬のような『人を操る魔術』が使われたかもしれない、と示唆していた。あるいは、娘のヘルカリア以外に別口の脅迫材料があった可能性も。

ともあれ、だ。

アンナ＝シュプレンゲルは裏切り者の粛清として、メルザベスが最も大切にするものを踏《ふ》み躙《にじ》らせるつもりでいた。あらかじめ母と娘が対立するように仕組んで、行動を起こしている。だから、たとえ行為だけ見ればメルザベスがロサンゼルス消失に関わるような悪行に手を染めてしまったとしても、構わず一人の母親を救う。上条当麻《かみじようとうま》はすでにそう決めて行動を開始している。今さら『不都合な真実』が見つかったくらいで、少年の手が止まる事はありえない。

「これは……?」

上条当麻《かみじようとうま》はデジタルまわりにそれほど強い訳ではない。だからどうしても、そのまま見られるアナログ媒体に意識が向いてしまう。

無数のメモ書きとは別に、キッチンスペースの調理台には小さな写真立てがあったのだ。

真ん中には今よりさらに幼いヘルカリア。もうパッと見で男女の性別も判断しづらい感じだ。その隣で微笑《ほほえ》むのは共通の面影を持つ、銀髪褐色の女性。メルザベス＝グローサリー、か。

では娘を挟んで反対側にいる男性は誰だろう。

(順当に行けば、旦那さんなのかな……)

写真の上端には手書きで何か書き込まれていた。

一字一字しっかりした大文字。それは誕生日プレゼントにあったメッセージカードとは文字の感じが違う。となると、旦那さんの字かもしれない。

ガラスの保護板の上からトランスペンでなぞってみると人工音声が日本語に変換した。

『我が娘、ウェディングには月の石のティアラを』

上条《かみじょう》はもう一度写真立てを見て、小さく笑った。まだヘルカリアの性別が読めないくらい幼い頃からこうだったのだ。どうやら旦那さんの方も相当の親バカだったらしい。

(でも月の石って、どこからどうやって手に入れるんだ？　月にだって重力があるからそう簡単に地球には降り注がないだろうし……)

写真立てをひっくり返すが、コルク板以外は特に何もない。しかし留め具を外して中の写真を取り出してみると、紙の白い裏面に走り書きがされているのが分かる。こちらはメッセージカードにもあった、流れるような筆記体だ。

果たしてこんな一筆の崩れた筆記体まで安物の機械で認識できるかは全くの未知数だが、とにかく上条《かみじょう》は手にしたトランスペンでなぞってみた。

バカ翻訳はこう解きほぐした。

享年二九歳。多段式ロケット『ウラノスⅢ』、大気圏離脱に失敗

「……、」

上条《かみじょう》はそっと奥歯を噛《か》んだ。

もしかすると、迂闊《うかつ》に開いてはいけない原点に触れたかもしれない。そんな気がした。

娘の結婚式にこだわるのは、自分一人の気持ちだけではなかったのか、と。

「……なあ、オティヌス」

「何だ？」

ちょっと離れた所にある畳めるテーブルの上を行ったり来たりしていた小さなオティヌスがキッチンスペースの方に振り返ってくれた。

「その……スペースエンゲージ社だっけ？　そこじゃ、あの馬鹿デカいロジスティクス何とか以外にも、普通のロケットの打ち上げなんかもやっていたのか？」

「まさか。既存の方式なら経験の積み重ねと安心価格の独壇場だ。新興ベンチャーがゼロベースで宇宙開発事業に挑むなら、ＮＡＳＡが試した事もない手法へ専念するに決まっている」

（……じゃあこれは、メルザベスとは関わりのない発射実験か）

国が主導するロケット事業で大切な人を失った。

手に入らなかった月の石。笑って迎えられなかった未来の結婚式。だけど飛行士として宇宙を目指した夫を最後の最後まで理解していたからこそ、その妻は自分の都合で道を断ち切るほど宇宙を憎み切れなかった。

だから、もっと別の方法はないかと考えるようになっていった。

安全で、誰にでもできる。

そんな宇宙の夢を。

「オティヌス。宇宙なんて遠いだろ、雲を摑《つか》むような話よりもずっとずっと高い場所にある途方もない夢だ。なのに何でベンチャーって国に頼らずに自分達で叶《かな》えようとするんだ？」

「金のためだ」

オティヌスは冷酷に一刀両断した後に、

「何しろ国策としての宇宙事業に公平な競争なんてないからな。お役人に信用された企業だけが集中的に参入するから、実は言うほど技術の伸びは高くない。一回『信仰』ができると、そっちの方にばっかり研究を進めて尖《とが》らせたがるのを止められなくなる。例えばスペースシャトルがあれば安全で発射コストも低く抑えられるんだよとか、鉄より軽くて丈夫な非金属素材がこれだけ溢《あふ》れ返《かえ》った時代になっても未《いま》だに月面探査機はアルミで作るべしとかな」

「……、」

「お隣のロシアなんかもっとひどい。核エネルギーはクリーンな動力機関ですなんて言い張って、本気で稼働《かどう》状態《じょうたい》の原子炉を無重力の宇宙空間に放り出した。結局コントロールに失敗して衛星ごと地球に落下したがな。それでも未《いま》だにせっせと研究してるよ、クリーンな宇宙用原子炉とやらを。複数の企業がしのぎを削って公平に競争しお互いのデータを照らし合わせていれば、こんな『信仰』は長続きするはずもなかった」

何も宇宙に限った話ではないらしい。ゴルフクラブはカーボンだ、拳銃は四五口径にしろ。この手の『信仰』はシェアの狭い分野ほど蔓延《はびこ》っているものだとオティヌスは言う。

つまり、そこがスタート地点だったのだ。

間違った理屈が間違ったまま突き進む、誰も異を唱えられない一極集中の国策宇宙開発の流れを変える。誰もが自由に参入できる時代を作り、切磋琢磨《せっさたくま》の末本当に身近で快適な宇宙旅行を提供できる会社だけが生き残れば『不幸な事故』はもっと減らせるはずだと信じて。

娘の結婚式は宇宙で。

そんな冗談みたいな夢に本気で図面を引いて、徹底した安心を確保するために。

それを。

アンナ＝シュプレンゲルは、一体どんな形に歪《ゆが》めていった……？

「おい」

テーブルの上を行ったり来たりしていたオティヌスは、小さな両手で何かを抱えていた。彼女のサイズだと抱き枕のように見えるが、実際には口紅よりもコンパクトなＵＳＢメモリだ。

「なにそれ？」

「模型の中に入っていた。しかも一番重要なデジタル脊髄の保管室からだ」

オティヌスの身長は一五センチ。だとすると、二・五メートルを超える模型は大冒険だ。

象徴的だった。

ＵＳＢメモリの側面には、油性のペンで印がつけられていたのだ。

赤で大きく、バツの印を。

「おそらく意味のあるものだ」

　ストレートな第一印象では『中を見るな』というメッセージのようだが、だとするとUSBメモリに保存しておく意味は？　不要なデータなんて消してしまえば良いし、何だったらメモリ本体ごと二つにへし折ってしまえば誰の目にも触れない。永久に。

なのに、わざわざ残している。アクセスのできる形で。

人は何故《なぜ》ものを隠したがるのか。そんなの心理状態によって千差万別だろうが、上条《かみじょう》達《たち》にはメルザベスの思考を読むための事前のサンプルがあった。

　そう、スマートウォッチを金庫に隠す事で逆に重要だと教えようとした節があるのだ。

　思い返してみれば、ロッカーに隠れているよう指示されていたヘルカリアだってそうだったかもしれない。自分がダメだった場合でも、他の誰かに拾ってもらえる可能性を残した、と。

　メルザベス＝グローサリーは、大切なものを誰かに見つけてほしい時ほど敢《あ》えて目立つ所に隠そうとする。そういう癖を持った女性なのだ。

「このデータ、どうにかして見られないかな？　拾ったスマホじゃダメ？？？」

「ミリフォンだと直接は挿せない、変換コネクタがないな。それだったらパソコンで見た方が簡単だ、どこかにないか？」

「じゃあ俺のは？」

「健康管理アプリのために病院から勧められたヤツだろ、お前の格安シニアスマホなんぞ論外も論外だ」

「えっ!?　……これおじいちゃんモデルなの……??」

探してみると、冷蔵庫の裏にでっかいノートパソコンが隠してあった。画板みたいなサイズで、わざわざノートにする理由が薄そうだ。後付けで底に張りつけた追加の冷却装置のせいで、厚さの方もそこらの百科事典より分厚くなっている。もうコンピュータ本体どころかアダプター一個だけでもデカくてかさばる問題作だ。上条が両手でテーブルの上に置いた、四〇インチはありそうな馬鹿デカいノートパソコンの画面をオティヌスはしげしげと眺めて、

「……ベースはeスポーツ用のゲーミングパソコンらしいが、これ自体は単なる端末だな。宇宙まわりのシミュレータならこれでも全然足りない、おそらく『本体』はネット回線の向こうにでも鎮座しているんだろう。ロス市内にあるかどうかも分からん」

「パソコンだろ。どうでも良いけど、スイッチ押したくらいできちんと開くのか？　ほら、最初にあるじゃん。パスワードとか指紋認証とか」

「さて、指紋認証だったら話は簡単なんだが、そこまで都合良く進んでくれるかね」

「？」

まあ、昔のスパイ映画のように自爆機能がついている訳ではないだろう。試しにげーみんぐぱそこん？　の電源を入れてみると、大きなテレビと連動した。いきなり小さな窓に上条の顔が映る。なんか口元に四角いカーソルが重なり、ウィンドウの下に波線が表示された。どうやらパソコン側の画面の上にあるカメラが起動したらしい。そしてオティヌスは腹を抱えていた。

「ハハッ！　よりにもよって音声認証か。こりゃあザルもザルだ、いっそわざとやってるデジタル露出マニアかメルザベス＝グローサリーッ!?」

「えと？」

声を使った認証だとしたら、それこそ褐色ママご本人様がここにいないとどうにもならないのでは。伝説によって神だったり人だったりコロコロ変わるようだし、年代物の金髪ギャルは顔や声なんか自由自在にできるとでも思っているのか。

「……何か失礼な事を考えていないか人間？」

「いやそのええと、すみません」

「ふん、その正直さに免じて許してやっても構わんがな」

テーブルの上からお弁当のミートボールに添えるようなプラスチックのピンを投げつけられた。寛大な割にぐちぐち引きずる投《な》げ槍《やり》で有名な神様はこう続ける。

「あらゆる生体認証の中でも最も間抜けなのが指紋、次が声だ。何故《なぜ》なら指紋は日々生活しているだけでそこらじゅうにベタベタ残してしまうスタンプ状態だし、声についてはここ最近のレコーダーで録音したものなら普通に『個性』が保存されてしまう。つまり、メルザベス＝グローサリーの録音ファイルが一つあれば良い」

「ふぁいる……」

「おあつらえ向きに、貴様はさっき出入口の前でびくついていただろ。泥棒除《どろぼうよ》けのセンサーに使われているのはおそらくメルザベス本人の肉声だ、やれ」

もう一回ドアの前を行ったり来たりしたら、馬鹿みたいにあっさりログイン画面を突破してしまった。逆に上条《かみじょう》の方が及び腰になってしまう。

「……だっ大丈夫なのか、これ？　泥棒除《どろぼうよ》けのアイデア商品で逆にロックが開くとか」

「ま、テクノロジーは『守り』より『攻め』の方が進歩は速くなるのが世の常だからな。こういうのは、最低でも掌《てのひら》の静脈とか骨の並びとかで認証するべきなんだ。耳の穴でも歯並びでも構わない、とにかく『自分から外に出さない認証材料』でな」

これでＵＳＢメモリの中身を覗《のぞ》く事ができる。

ただその前に気になるものがあった。連動したテレビに映るデスクトップ画面には、アイコンが一つしかなかったのだ。明らかにそれだけを残して、他を全て削除している。左の上端にあるアイコンは、動画ファイルのものだった。

ファイル名は『メッセージ』。

見つけてほしい時ほど隠したがる、だったか。

「……ま、迷惑メールじゃないんだ。そういう名前のマルウェアという線は薄いだろうな」

腕組みするオティヌスはノートパソコンのタッチパッドを足の踵《かかと》で二回叩《たた》いてダブルクリックしていた。そういうこだわりなのか、アメリカではこれが一般的なのか。上条《かみじょう》が見た事もないプレイヤーが起動し、四角いウィンドウに過去の映像が表示される。

場所は……ここと同じトレーラーハウスのようだ。

おそらくこのパソコンのカメラでそのまま撮影したのだろう。学生証の写真に似た、真正面からののっぺりした画角でとある女性の顔が表示されている。

肩の辺りで切《き》り揃《そろ》えた銀のショートヘアに、小麦色の肌。

歳《とし》は三〇代か、もっと若いかもしれない。ぶかぶかの白いTシャツとタイトスカート、足を覆うのはパンストか何かだろうか。首回りの青いスカーフには菊の飾りがある。ラフだけど気品があって、でも普通のオフィスでは多分こんな組み合わせはありえない。スマホの新作発表会に出てくる社長みたいなイメージだ。

上条当麻《かみじょうとうま》は思わず呟《つぶや》いていた。

本人ではなく、その娘と一緒に写った家族の写真を思い浮かべながら。

「めるざべす……」

上条《かみじょう》は思わず呟《つぶや》いたが、当然ながら答える声はない。

銀髪褐色の美人は正面のカメラと向き合いながらも、時折、眼球だけを左右に振っていた。何かを気にして、外のちょっとした物音にもびくついているような素振りに見える。

『……強力な支援、違ういいや侵略を止められなかった、私には』

苦悩、屈辱。

そしてそれ以上にその顔に浮かぶのは、後悔。

投げ売り状態のトランスペンでは読み解ける情報に限りがある。それでも通訳する前の肉声や画面に映る表情からは、生々しい感情が滲《にじ》んでいた。

『最初は、夢に共感してくれていると思っていました。構わなかったビジネス利益でも。だけど、発言権を束ねて会社をコントロール支配し、人を悲劇すると決定したら話は別です』

未公開株か、パトロンを一本化したのは間違いだったな、と小さくオティヌスが呟《つぶや》く。

上条《かみじょう》にはその意味までは掴《つか》めないが、何か騙《だま》し討《う》ちでも受けたニュアンスは伝わる。

『……傘下《さんか》で縛られるしかないでしょう、会社。しかしここ、最初の始まりだけは親会社に伝えておりません。たまたまここを見つけたあなた赤の他人かもしれないし、同僚同じ夢を見たかもしれませんね。立ち去った一度は技術者でも良いです。R&Cオカルティクスの調査班あなたであった場合は、完全な負け私です。そうならない事を祈っている』

言いながら、画面の中の褐色美人はほっそりした指で摘《つま》んだ何かを小さく振った。

例の、赤いバツ印をつけたUSBメモリだ。

『これはある種のプログラムです』

「……、」

『一二機、ロジスティクスホーネット中心のドローンネットワークの相互認証信号に擬態して潜り込み自ら、命令系統を破壊する内側からプログラム。平たく言えば、これ一つで不可逆的にロジスティクスホーネット体制はできます破壊。……世間一般、正確な呼び名マルウェアとかワームと言うかもしれません。扱いを受けるべきでしょう、正しい目的で使わない限り』

何故《なぜ》、これを顔も名前も知らない他人に託すのか。

そんなご大層な切り札があるなら、自分の手でやろうとしないのか。

そういう風に思ってはいけない。

本当に大事な切り札ならオリジナルのデータ一つにしておくはずがない。一般的に、あ、、、らゆる、、、デ、ジ、タ、ルデ、ー、タ、は、コ、ピ、ー、で、き、る、は、ず、な、の、だ、か、ら。

上条当麻《かみじょうとうま》は歯噛《はが》みした。

「あいつ、それじゃあこれをぶち込むために……。そのチャンスを得るためにわざとR&Cオカルティクス側に留まって、協力者として本社ビルに潜り込もうとしたのかっ」

「自殺行為だな」

「っ」

夫の悲劇を繰り返させないため、そして娘の幸せのために完成させようとした、民間宇宙旅行の大仕掛《おおじか》けを悪徳企業に利用されようとしている。大きな流れを止められないから、せめて自分の手で決着をつけようとした。

その想《おも》いは、尊い。

単純に悪人へ大金を渡せばどんな事に使われるか。しかもロジスティクスホーネットには全世界で自由自在に天変地異を生み出す力まである。何があっても止めたかったはずだ。

メルザベスは最初から捨て身だった。そう考えると、ヘルカリアと合流できなかった事に別の意味が生まれてくる。自分で回収しようとすると、かえって娘を危険にさらすかもしれない。だからできなかった。唇を噛《か》み、血の涙を流してでも最後の挑戦に集中しようとした。

だけど結果は見えてしまう。火を見るよりも明らかに。R&Cオカルティクスは文字通り単、い、な、る企業ではないのだ。人の心をこっそり読んだり、先んじて封殺するくらい、プロの魔術師なら朝飯前だろう。普通の銃で身を守る程度で何とかなるリスクなら、オーバーロードリベンジで上陸していった学園都市勢はこんな惨敗《ざんぱい》はしていない。

挑んで、失敗した。

スマートウォッチ自体は外の基地の金庫にあったのだ。実際にはおそらく本社ビルへ入る前に砂の攻撃を受け、金庫の腕時計を隠してから捨て身で敵陣に向かった。ステイルや神裂《かんざき》でも攻めあぐねる本社ビルへと、魔術のまの字も知らないまま。

今ここに残っているのは、そうなってしまった場合の『保険』なのだ。

『……あなたの判断で構いません。選択に委ねますあなたの。もしも、ロジスティクスホーネットが飛び回る全世界になったとして。どんな小さな点でも良い、そこに世の中を良くない方向へ導くようなデンジャー何かを見つけた時は……』

それは、どういう気持ちで残した希望なのだろう？

娘の結婚式は宇宙で。

素朴で小さな夢に共感して自分を信頼してくれた同僚や部下が、一人また一人と立ち去っていく状況。それも自分で牙を剝《む》くためだった。だけど血の滲《にじ》む決断は誰にも理解されない。

宇宙開発を国からもぎ取り、誰もが自由に競争できる社会を作る事で飛行士だった夫のような事故を少しでも減らす。そんな夢を諦める事になってでも。技術者が抜けて空洞化していく会社を抱え、自分の娘から疑いの目を向けられても。

それでも。

大切な仲間と残った家族、それからこの世界をひたすら守るため、メルザベス=グローサリーは誰にも相談しないでたった一人孤独の中で生きる道を選んだ。

そんな想《おも》いさえ、踏《ふ》み躙《にじ》られて失敗に終わる。

最悪の結果を想定して残す、この遺言にどれほどの力を込めていたのか。

前を見て。

その女性は、自分の人生を全部否定するような言葉を放っていたのだ。

『お願いします。どうか、壊してください私達が始めた愚かな夢を。跡形もなく』

がんっ!! と。

気がつけば、上条当麻《かみじょうとうま》は握った拳でテーブルの天板を思い切り殴りつけていた。

これが、真相か？

本当にこの先は何もないのか。こんなので終わってしまうのか。一つでも、たった一欠片《ひとかけら》でも良いから、この母親に救いの言葉はもたらされないのか!?

「アンナ……シュプレンゲええル!!!!!!」

喉が裂けるほど少年が叫んでも、過去は変わらない。

動画はそこで終了し、なけなしの勇気も決意も途絶えてしまう。

遺言が終わる。

歴史の裏に隠れていた神秘の魔術結社・薔薇十字《ローゼンクロイツ》。この世の誰にも実態を掴《つか》めず、それでいて全世界へ一方的に強大な影響を発揮する形として選んだ巨大ＩＴ・Ｒ＆Ｃオカルティクス。その全てを牛耳るのは人ならざるシークレットチーフ・エイワスを踏みつけ、神をも超える力を自儘《じまま》に振るうアンナ＝シュプレンゲル。

だからどうした。

それが何だというのだ。

ここまで人の夢を踏《ふ》み躙《にじ》る権利なんかあるのか？　娘の結婚式は宇宙で。ただそれだけを願って天才達がアイデアを持ち寄り、ようやく形になりつつあった一つの夢を、金儲《かねもう》けに利用できるからというだけで横から手摑《てづか》みで持ち去ったクソ野郎がいる。戦争の道具として、自由に災害を引き起こす引き金として、万人を不幸にする材料として組み替えていった!!

結果として、夢を追いかけた誰かは切実に懇願する事になったのだ。

どうか。

お願いですから、自分の叶《かな》えた夢を跡形もなくなるまで粉々に砕いてください、と。

もう一度言う。

何度だって上条当麻《かみじようとうま》は問いかける。

人生を懸けた夢、生き甲斐《がい》そのものを嘲笑《あざわら》い、唾を吐き、よりにもよって叶《かな》えた当人の手でどぶに捨てさせる行為。そんなふざけた真似《まね》を強いる資格なんて、この世の誰にあるんだ⁉

努力をすればあらゆる夢が叶《かな》うだなんて、上条《かみじよう》はそこまで都合の良い事は考えない。

高校生には高校生なりの、冷めた目線というのは確かにある。

でも、だけどだ。

黙っていれば自然と叶《かな》うはずだった夢を、手前勝手な都合で毟《むし》り取《と》ってほくそ笑んだヤツがいる。そいつは世界の頂点を我が物にしていて、この星で暮らす全員に対して同じ事を強いる。

ビッグデータだのＡＩだのを駆使して世界中から叶《かな》う夢と叶《かな》わない夢を正確に仕分けし、叶《かな》う夢は切り取って収穫し、叶《かな》わない夢は諦めろと言って放り捨て、どちらも踏《ふ》み躙《にじ》る。

それは、流石《さすが》に。

最大効率だろうが何だろうが、どう考えたって間違えている。

スポーツ選手も宇宙飛行士も、料理人だってお医者様だって、夢っていうのは叶《かな》えた人にこそ微笑《ほほえ》むべきだ。頑張った分だけ幸せや成功を授けないと、おかしい。まして、何の努力もしないで夢とセットになっている報酬だけを切り離して横取りする権利なんか誰にもない。そう反射で断言してしまう程度には、上条当麻《かみじようとうま》だってまだ『夢』という言葉を信じている。

なのに。

夢は叶《かな》わない、どころじゃない。

アンナ＝シュプレンゲルが世界の天井を塞ぐ限り、たとえ夢を叶《かな》えても誰一人幸せになんかなれない。ただただ汚れた手で開きかけたつぼみを片っ端から枝から毟《むし》り取《と》られて、花開く前に残らず蜜を吸い尽くされ、無残に捨てられる。もしもとか、いつか遠い未来にとか、これはそんな仮定の話じゃない。誰も知らない間に、すでにそういう時代に塗り替えられている。

「……必死の努力の末に夢を叶《かな》えてもリターンを横取りされて何も受け取れない世界、か。なるほど、あれだけ不自然を極めた『ハンドカフス』の顚末《てんまつ》もここに帰結する訳だな。白い怪物は、『暗部』をなくすという夢自体には手が届いていたはずだったんだ。それを横からねじ曲げて毟《むし》り取《と》ったクソ野郎がいる」

「オティヌス？」

「いや、何でもない。こっち側の話だよ」

小さな神様は流れを遮る。

それからオティヌスは意図して話題を変えた。

「……ただ、アンナ＝シュプレンゲルの目的はこの辺にあったのかもしれないな」

「？」

「おかしいと思わなかったか？」

オティヌスは前提の確認に入った。

「アンナ＝シュプレンゲル。巫女《みこ》に近い立場にも拘《かかわ》らず実際には超越存在であるエイワスを自在に使役し、『魔神』を超えるほどの伝説的魔術師でありながら、だ。あの女は常に自分の足で歩き、敵の前に直接現れる。何故《なぜ》？　最強だから、気紛《きまぐ》れだから、自分で楽しみたいから。それもあるかもしれないが、もっと簡単な仮説を立てる事もできる」

「アンナ＝シュプレンゲルには、頼れる仲間がいない……？」

愕然《がくぜん》と、上条《かみじょう》は呟《つぶや》いていた。

直接間接を問わなければ、すでに複数回激突している。にも拘《かかわ》らず、今の今まで発想すらなかったのだ。アンナは台頭したその瞬間から世界の中心にいた。何でも持っていた。全てを嘲《あざ》笑《わら》い、否定してきた。そんな言葉とは無縁の存在だと思っていたのだ。

オティヌスは小さく頷《うなず》いて、

「『だから』欲しくなった。今まで全く気にならなかったのにいったん気づいてしまったら気になって仕方がない。……ほら、いかにもあのわがまま娘らしい短絡的なロジックだろ？」

それで世界を丸ごと振り回す。

ロサンゼルスを壊滅させ、三〇〇〇万人を消失させる。

いっそコツコツと綿密な計画を立てる悪の大魔王より、よっぽど始末に負えない怪物だ。

「黄色化、キトリニタス。『薔薇十字《ローゼンクロイツ》』にまつわる三つの聖典の一冊に書かれた文言だよ。黒、白、黄、赤の変化を経て、世俗の欲にまみれぬ達人のみが最終的に至高の結晶を獲得する。この黄色というのは、砂に埋めての『発酵』を示すんだ」

オティヌスはそっと息を吐いて、

「一度は死滅して腐った物体に地中で利となる変化をもたらし、新たな価値を付加する作業。ふん、アンナのヤツ、相当ご執心だったようじゃないか。自分を裏切り、背を向けたはずのメルザベスに『黄色化』をぶつけてやり直しを図った訳だ。掌《てのひら》を返し、自分に振り向けと」

「でもどうして……。あいつは巨大ＩＴのてっぺんで、それこそ表の社員なんて何十万っているんだろ。だったら、言っちゃなんだけどメルザベス一人にこだわる理由なんか……」

「同じだよ。……『だから』だろ」

鼻で笑って、オティヌスは即答した。

「全世界数十万の従順な部下どもの中で、唯一支配しきれずに最後の最後まで清らかな正義を振りかざした誰か。どんな甘言も脅迫も一切通用せず、もう負けると分かっていてもそれでも己が胸の中に宿る善なる心を捨てようとしなかった、恐るべき個人。そりゃあ真紅の宝石のように輝いて見えたんじゃないか、アンナからすれば。飼い犬に手を噛《か》まれようが火遊びで火傷《やけど》しようが笑っていただろうよ。何としても屈服させ、自分のモノにしたい。そう考えるに相応《ふさわ》しい人物という事さ、メルザベス＝グローサリーという天才は」

「……そんな……」

「たった一人を追い詰めるために戦争まで起こすのはおかしいか？　アインシュタインの脳みそは小分けにされて保存されているし、聖者トマス＝ベケットが四人の剣で暗殺された時は周りの連中は割れた頭蓋骨から飛び散った血や脳みそをかき集めて万病に効く薬だと信じて持ち帰った。……今回に限って言えば、単純にアンナがイカれているだけとも限らない。人間は、神秘を感じた存在に対してはそこまでやる生き物だ。メルザベスなる女性は、すでにそういった領域にまで入ってしまったと考えた方が良い」

そっと。

重たい息を吐いて、オティヌスが言い捨てた。

「……こんな方法で真なる『理解者』を得られるなら苦労しない。洗脳で得た自己承認なんぞに安らぎの時はないよ。ま、この辺はどこぞの第五位辺りが死ぬほど理解しているだろうが」

メルザベス＝グローサリー。

上条《かみじょう》だって思う。もしもこの人ともっと早く話をできたら。こんな人と知り合いになって、少しでも手を貸す事ができたなら、と。

でも、それは自分の都合で強要したところで何ら意味は生まれない。

メルザベスにはメルザベスの夢があった。

尊厳が、矜持《きょうじ》が、自分の命よりも大切に守っていきたい事が山ほどあった。

それらを全てまっさらにして存在そのものを乗っ取ったところで、そこに立っているのはもはやメルザベス＝グローサリーとは呼べない。

そんな事にも気づけないのか、孤独で寂しいアンナ＝シュプレンゲル。

「そして人間。状況は最悪も最悪だが、まだ行き止まりにぶつかった訳ではないぞ。ＵＳＢメモリがオリジナルかコピーかは知らないが、マルウェアは確かに存在する。今ならまだ一二機のロジスティクスホーネットを軸に世界を包む巨大物流網、あるいは深刻な気象兵器を、本社ビルの奥にある管理サーバーにＵＳＢメモリを挿し込むだけで奇麗にぶっ潰せる」

「ああ……」

噛《か》み締《し》めた。

理不尽な敗北。その先にある世界にしか生きられない少年が、歯を食いしばる。

「ああ‼　俺は確かに頼まれた。自分の手で叶《かな》えたはずの夢を壊してくれだなんて最悪の願いを、それでも一度も出会った事もない人からしっかりと託されたんだッ!!　……だったらやってやるさ。これ以上本当の天才達が自由に思い描いていった、一番初めの夢を好き放題に穢《けが》されてたまるかっていうんだ!!!!!!」

かたりという小さな音があった。

ただし、トレーラーハウスの薄い壁の向こう側からだ。それでいて、泥棒除《どろぼうよ》けのセンサーが反応しないのはどういう事か。

上条当麻《かみじょうとうま》もオティヌスも十分に理解している。今は三〇〇〇万人がくまなく消失していて、ロサンゼルスには物音を立てるような人間なんか残されていない、と。

そして。他人の夢を奪う事には何ら躊躇《ちゅうちょ》をしないアンナ＝シュプレンゲルは、自分自身の行動は些細《ささい》な邪魔も許さない癇癪《かんしゃく》持ちの子供のような人格の持ち主である事も。

「人間!!」

「分かって、るっっっ!!!!!!」

叫び、右手の掌《てのひら》を壁に向けて突きつけた時だった。

それは来た。

ゴッッッ!!!!!!　と。

その瞬間、アルミとステンレスでできた観光バスサイズのトレーラーハウスは紙くずのように引き千切られて、吹っ飛ばされていった。

だけど上条当麻《かみじょうとうま》は論点を間違えない。

恐るべきは『砂』だ。そいつに包まれてはならない。超高圧力で飛んできたレーザー兵器のような砂の奔流を右手で吹き散らしつつも、そこで満足せず、破れたトレーラーハウスの裂け目から外へ転がり出た。風上を意識し、入道雲に似た砂煙に呑《の》まれないよう十分に配慮する。

当然ながら、魔術師だけは自分でばら撒《ま》いた砂の領域に気を配らない。

黄色化。

キトリニタス、だったか。

慣れない調べ物で時間を食ったのか、外はもう真っ暗だった。そんな中、かちりかちりという硬い音があった。まるで大型犬が目一杯体重を乗せて、硬いアスファルトに太くて鋭い爪を押しつけながら歩いているような。

陸に上げられた高級なヨットやクルーザーの列を割るようにして。

濁ったカーテンの奥に、影が二つ。

ただし、あれは……何だ？

片方はすらりと立ったまま、犬のリードを掴《つか》んでいた。

そしてもう片方は首輪を嵌《は》められたまま、その足元に這《は》っていた。

犬。

と呼ぶには、妙に影が艶《なま》めかしい。前脚と後ろ脚で地面を踏み締める、とも違う。

あれは手と足だ。つまり人間が這《は》いつくばっている。

メルザベス＝グローサリーは何かしらの魔術で操られている危険がある。

三〇〇〇万人相手にここまでやったR&Cオカルティクスが、いちいち人権なんぞ考慮するはずもない。だから、捕らえた人間を『あんな風』に管理している恐れさえある。

そんな風に上条当麻《かみじょうとうま》は思っていた。

い、いや、でも違う。

「う……っ⁉」

砂のカーテンが冷たい風に吹き払われる。

相手は特に隠してもいなかった。

ヨットハーバーに立つ魔術師の正体を見た瞬間、上条当麻《かみじょうとうま》は呻《うめ》いていた。

太いリードの先、大きな首輪を嵌《は》められた影。自らの四肢でもって力強く地面を踏み締めている巨体は、重量五〇キロか、あるいはそれ以上？　一度飛びかかられたら、ただの高校生なんて押し倒されたまま何もできずに喉笛を噛《か》み千切《ちぎ》られてしまう。

そんな風に警戒していた。

「解析前の砂の魔術に、ロジスティクスホーネットを使った大規模な気象操作……」

でも違ったのだ。

それは二本の前脚ではなく、五指を揃《そろ》えた両手だった。

上条《かみじょう》の肩で、両手で抱き枕みたいにUSBメモリを抱き寄せたオティヌスが舌打ちする。

「……それでもおかしいとは思っていた。神裂火織《かんざきかおり》。曲がりなりにも世界で二〇人もいない、『神の子』の力を部分的に引き出せる『聖人』だぞ？　そのままだったらストレートに勝てたはずだった。どこで思わず手が止まったかと思ったら、そういう事だったのか……ッ!!」

犬のように這《は》いつくばっていたのは、服も肌もない硬い何か。球体関節を剝《む》き出《だ》しにした、女性的な人形。その顔には、板ガムくらいの黒い鉄板を曲げて作った籠のようなものがつけてあった。コーヒー缶くらいの突起が口から前に伸びているため、まるで犬の顎のようだ。それは縦に二つに割った竹筒やコップのように、パカパカと開閉する。

では摑《つか》んだリードごと力なく振り回されている影は何なのか。

「……じょうだん、だろ……？」

肩まである銀髪、小麦色の肌。

ぶかぶかのTシャツにタイトスカートとパンストの組み合わせ。首回りの青いスカーフ。動画で見たあの女性、メルザベス＝グローサリーで間違いない。のか？　様子がおかしい。左右で肩の高さは合っていないし、くたりと顔は横に傾き、瞳も理知的な光がない。口の端からは涎《よだれ》の筋が垂れていた。

リードと首輪の関係なんて成立していない。むしろしつけのなっていない猛獣のように、這《は》いつくばった人形の方が褐色美人を引きずり回してしまっている。

主と従は、不明。

……動画と同じ目鼻立ちだからと言って、ストレートに球体関節人形を叩《たた》き割《わ》ってリードを摑《つか》む美女を助け出せば正解、なのか？　本当に？？？　それにしては犬のように這《は》いつくばる人形があまりに自虐的だ。顔より高い位置に尻を上げ、ガツガツと後ろ脚で砂を蹴るような仕草をしている硬い硬い球体関節人形。そういえばメルザベスより一回り大きそうだが、例えば、あの中に人間が丸々一人無理矢理詰め込まれていい、い、い、い、る、という可能性は？

ストレート、以外。

裏の裏。

あのR&Cオカルティクスの、アンナ＝シュプレンゲルの悪意はどこにある？　裏の裏もありえる、迷いに迷って最初から見えている答えから遠ざける罠《わな》だって。あるいはもっと根本的な巨大ITらしい集団の大仕掛けの可能性は？　考えれば考えるほど、上条《かみじょう》の中でぐるぐると黒い不安が渦を巻いていく。

リードを摑《つか》んでふらつく美女か、首輪を嵌《は》めて引っ張る人形か。どちらであっても個人から尊厳を奪う何かがついていているのも事実。

操っているのは誰？　振り回されているのはどちら？

一体、問題の核は、どこにある。

倒すべきは誰だ。

「どっちだ……？」

上条《かみじょう》が呟《つぶや》く。ここにきて、また嫌らしい問題が頭をもたげてきた。

誰も殺す事のできない神裂火織《かんざきかおり》が、『聖人』としての己の破壊力を自覚しているが故に、思わず攻撃を躊躇《ためら》ってしまう訳だ。

明確な答えを出せず、万に一つを恐れて。

そんな一瞬の隙を突かれて、倒れてしまった訳だ。

凍える夜に上条当麻《かみじょうとうま》は右の拳を握り込んだまま、思わずこう洩《も》らしていたのだ。

砂の魔術は上条《かみじょう》も見てきた。真正面からでも右手の反応は追い着くか。まして間違った方に構えていたら致命的だ。

グロテスクに開ききった薔薇《ばら》の花が風景を丸呑《まるの》みしていくように。

綱渡りが始まった。

「……飼い主役と飼い犬役。どっちが本物のメルザベス＝グローサリーだ!?」

「やだねえ、こんなトコにまでR&Cオカルティクスかよ。ここは俺ん家だぞ」

「正面からのロビィ活動は止められませんよ。流石《さすが》は巨大IT、動いている額が違いますね。おかげで野党どころか与党の中からも今回の采配への疑問の声が上がっています。逆風から始まりますよ、今日のオンライン討論会は」

「(……表から記録に残る金の動きだけ、ってほどお子様じゃあねえよなあ。ったく、せっかくのゴールデンタイムに全米の注目独占だっつーのにキズつけやがって)」

ホワイトハウスの通路を歩く大統領ロベルト＝カッツェと副大統領ダリス＝ヒューレインに、補佐官ローズライン＝クラックハルトが後ろからそっと追い着いてきた。

「失礼、副大統領。ここより携帯電話の持ち込みは禁止です、預かっておきますね」

「おっと？　パンダOSじゃないぞ」

「愛国者法がまた細かく改正されたんです。グラップルでもベーグルでも全部ダメです、これは開発企業の問題ではありません。電源を切っていても普通にスパイ扱いされますよ」

「全世界へ生中継される論戦の情報をどう横流ししたら他国の利益に繋《つな》がるのやら……」

この通路は最後の悪あがき会議の場でもある。

ホワイトハウスは大統領官邸ではあるが、どこでもバスローブ一丁でうろつける訳ではない。特に多くの記者が押し掛けるプレス室となれば。

預かったスマホを懐《ふところ》に入れると、そのまま美人補佐官から大統領へ耳打ちが向かう。

「……オンラインのチャリティ討論会だ。だが野党は初手からフルアクセルで来るぞ」

「元々は動画サイトでPV広告料を集めて慈善にあてがうほっこりイベントなんだがなあ」

ロベルトはがしがしと、グローブみたいな手で自分の頭を乱暴に掻《か》きながら、

「つか俺も怒られんなら加齢臭のひどい野党連中じゃなくて、しっとり丁寧語ローズラインちゃんが良いなあ。見せつけられるとジェラっちゃう」

「安心しろ私は礼節と作法を重んじないセクハラ権力者には甘い顔をしないと決めている」

一体どこから敵対政党の原稿やフローチャートを入手したかは聞かない方が良いだろう。

「あなたはとにかく基本が抜けているから心配なんだ。ネクタイは？　靴下は？　アルコールは抜けているよな？」

「大丈夫だよ俺だってちゃんと考えてるよ」

「……聖書に手を置いて宣誓するのはどっちの手？」

「俺を馬鹿にしてんのか？　ほら、こうだろママ」

「言っておくが、タブレット端末の聖書も賛否は分かれているからな。これも没収だ」

スマホくらいなら懐《ふところ》にしまえば済む話だが、ローズラインはノートサイズのタブレット端末

を持て余しているようだ。

「……さっきも言ったが、ヤツら今回は本気だ。隙があれば責任追及からあなたの政治生命まで刈り取りに来るつもりらしい。小さなきっかけも与えるなよ、寝癖の一つで命取りだ」

補佐官の鋭い言葉にロベルトはそっと息を吐いて、

「なーに、またお金の奪い合い？」

「それだけじゃない。野党党首の息子夫婦がロサンゼルス在住だ、初孫まで例の『消失』に巻き込まれている。政治家もギャングも沸点は一緒だ、家族の中でもまだ自分の仕事を知らない世代を狙われるのが一番効く。間違いなく仕事の域を超えてがっついてくるぞ。とはいえ彼女が自分の感情に振り回されてしまえば、逆にチャンスかもしれんが」

「冗談じゃねえ、そういう陰険な頭脳プレーは苦手だよ」

「心配するな。常識人を怒らせる事にかけてあなたの右に出る者などいない」

実際、その通りになった。

多くの記者達が押し寄せるプレス室で待ち構えているのは、最大野党の党首だった。流石《さすが》に何百人も議員は入れないが、彼らはオンラインのＳＮＳアカウントを利用して発言できるよう待機している。こそっと聞いた話だと、どうにかアカウント乗っ取りができないものかと顔の見えないハッカー達もあれこれ暗躍しているらしい。政治家の目の前に原稿を表示する透明な板、プロンプターの管理者権限も以下略だ。まったく楽しい国だとロベルトは思う。

そして大統領が聖書に手を置いて宣誓の後、場を中立派のテレビ局に譲るまで、女帝になり損ねた天才が親指の爪を噛《か》もうとするのを力業で抑える場面をロベルトは三回も目撃した。

「大統領。つまりあなたは合衆国全軍の最高司令官である立場と自覚を放棄し、外国部隊に国内の治安を一任したと考えてよろしいのですか？」

「これは重大な職務放棄であり、同時に言い逃れのできねえ外患誘致罪に相当するって？」

ロベルトは鼻で笑って、

「国内の事件解決に四軍を動かす訳にはいかん。特に、『あるかもしれない攻撃』に対する先制攻撃は。基本中の基本だよ」

「ではあなたのご自宅は一体誰が守っているのです。てっぺんにいる大統領の命はシークレットサービスやＳＷＡＴはもちろん部分的には海兵隊まで動員してしっかり守るのに、あなたを信じて血税を払っている国民は捨て置くと。ロス市民が全滅するまでは、何があっても動かない。それがあなたの方針と考えてよろしいのですか？」

（今はとにかく大統領の失言を引き出したいのだろうが、それにしても綱渡りをする……っ）

離れた場所で聞いているローズラインの方が歯噛《はが》みしてしまいそうだ。

アメリカ政府は『ロサンゼルス住人の消失』について、午前の段階で報道各社を通して冷静に事実だけを公表している。が、ネットの反応はぽかんとしたものだった。原因不明、三〇〇〇万人の消失。あまりにリアリティがなくて、政府発表も込みで映画やドラマのプロモーションではないかというSNSの書き込みもかなりあったようだ。

そんな拙い楽観も、ここで明確に途切れる。

最大野党の党首が大統領を攻撃する切り札として取り出したのだ。世界中が見ているネット配信の真っ最中に。『確定』からくる衝撃と混乱は、どれだけの国を覆っていくだろう。

これはきっかけに過ぎない。

野党側から、次々と声なき声が文字の形で上がる。生配信のコメント欄に楽しいメッセージが連投された。それは左右に立つ大統領と野党党首の隙間を埋めるように、壁一面へ並ぶ。

『そもそもR&Cオカルティクスなる企業の本社ビルがL.A.にあるという確かな根拠は？』

『その巨大ITが法に触れているとして、経済事件なのでは？』

『ロス住人とその財産の避難と安全確認を終えない内から作戦行動を許したのは明確な誤りで、アンコントローラブルに陥っているのではないか』

ここでの質問は、実は明確な意味を持たない。

ひとまず問題をずらりと並べて、大統領側の思考に歯止めをかけるためのブラフでしかない。言ってしまえば、何本もの糸を絡《から》めて鳥の巣のようにしてしまう訳だ。

そして再び発言権は野党党首へ戻っていく。

教会や福祉施設に大量の献金をしてカメラの前でにこりと微笑《ほほえ》む時とは全く別の顔で。

「大統領。何故《なぜ》、あなたはそうまでして自国か他国かに関係なく軍という形にこだわるのですか？　国内で違法行為が疑われ、その捜査活動を行うのであれば、警察組織の手に任せるのが適法なのでは？　そうすれば学園都市やイギリスの介入は必要なかったはずです」

「……おいおい、また掌を返してくるね。俺は国家の指導者であると同時に合衆国全軍の最高司令官でもあるんだぞ？　軍にはこだわるなってのは揚げ足取りにしても露骨じゃあねえのか。首を縦に振ったら振ったで速攻ついてくるビジョンが見えるよ」

「あなたが手を結んだ学園都市では、国際法に違反する人間のクローンまで製造されていたと聞きます。それも軍事行動に耐えるクオリティで高度に組織化された集団が。この話は単なる悪意的なウワサではなく、現実に新統括理事長の裁判で公的に記録された証言の中に出てきているのです。あなたは、そんな野蛮な組織をこの米国本土に招き入れて自由に戦闘できる許可を与えた！　……ここで、右手を挙げて宣誓できますか？　合衆国全軍最高司令官として、自分の選択に誤りはなかったと。その決断に、たった一つの落ち度もなかったと!!」

「……、」

「おや、動きが止まりましたね。一体どんな天秤《てんびん》が頭に浮かんだかまでは存じませんが、その一秒は政治家として致命的となりますよ。今のあなたは何かしらの理由により断言はできないと、暗に示してしまった。全世界と繋《つな》がるカメラの前では話せない事情があるとでも？」

　補佐官はどこまで行っても補佐官。副大統領のダリスがロベルトの隣に立っている以上、彼を押しのけて助言を放つほどの権限などローズラインにはない。

記者達の邪魔にならない壁際《かべぎわ》にそっと立ちながら、美人補佐官がそっと息を吐いた。

まったく、虚実を同時に使うから野党党首は難しい。

まず、ホワイトハウスを軍が守るのは当然だ。大統領は合衆国全軍の最高司令官であり、官邸自体がシェルター込みで軍事機密の塊だ。つまり、『自分の基地を守っている』と解釈すれば海兵隊が常設していても不思議な話ではない。ロスに派遣するのとは事情が違うのだ。

ただ、こんな所でそっと胸を撫《な》で下《お》ろしていると、脇を刺される。

イギリスや学園都市の介入を許したのは誤りではないのか。三〇〇〇万人が消え、ろくな報告一つない状況では迂闊《うかつ》に答えられるはずもない。正しい情報が集まらなければ。

（……まあ、『まともな』戦力などいくらぶつけても人命の浪費に陥るだけなんだが）

とはいえ、これが分かるのは実際に魔術とやらを経験した者だけだろう。ロベルトやローラインは、かつてハワイ諸島でグレムリンの魔術師が闊歩《かっぽ》する派手な事件に巻き込まれている。

だが当然ながら、『分かる人にしか分からない』は開かれた公務では通じない。三〇〇〇万人が思わず認めざるを得ないほどの、きちんと噛み砕いて分かりやすく努めた明快な理論だけで説明を終えられなければ、ただの独裁政治とみなされる。

それが真実であるかどうかなど関係なく、一括で否定される。

国民は他にはない天才を見極めて投票したつもりになっているのに、議会は誰でも思いついて共感できる凡庸な解答を期待している訳だ。

（……そもそも軍を動かしたいと議員達に相談すれば、そのままR&Cオカルティクス側に筒抜けになるリスクもある訳だしな。札束のビンタになびいた守銭奴が何人いるかは不明。奇襲が事前にバレていたら、ただでさえひどい犠牲がもっとひどい事になっていたかもしれん）

こんな事をうっかり口走れば、三〇〇〇万人が消失した今以上にひどい状況などあるものかと野党総出で噛《か》みついてくるだろう。

しかしヒーロー気取りの彼らは気づいているのか。

あの『消失』で、ワシントンD.C.を直接攻撃してくるかもしれない可能性を。細かい発動条件や射程距離が未知数な以上、こちらには防ぎようがないのだ。ロスから離れた東海岸にいれば大丈夫なんて保証はどこにもない。同じアメリカで起きている事態なのに、自分だけは安全なテレビ越しに文句を言っているようなその口振りには流石《さすが》に呆《あき》れざるを得ない。外で見ている事しかできないのはもどかしいが、無益という訳ではない。

推定だが、R&Cオカルティクスは押せ押せの巨大企業らしく政治家にも大量の金を撒《ま》いている。ハニートラップやモバイルからの情報の吸い出しなど、操り方も一つではないだろう。もしも議論に強引な軌道修正があれば、それを誘発した議員が怪しくなる。オンラインの発言は簡単に記録を残せるのが良い。そいつを精査して交友・上下関係を線で結んでいけば例の巨大ITの影響力が見えてくるかもしれない。

これさえ分かれば、大統領も一人で決断しなければならない状況から抜け出せる。

「ただ……」

(今はしのぐ場面だぞ、こんな段階で攻めの討論をすべきじゃない。あのクソバカ大統領が誘いと称してろくでもない爆弾発言を投げ込まないと良いんだが)

ちらりと美人補佐官は大統領の隣に目をやる。

なんかそわそわしているのは副大統領のダリス＝ヒューレインだ。

大統領の一挙手一投足が気になって仕方がないといった仕草だった。おそらく健康志向で野菜と魚を欲しがる和食好きな胃袋がきゅうきゅう締め上げられている頃だろう。

(……私は間違いなく彼の気持ちが分かるというか、人としてどっちサイドが良いと言われたら大統領と同じ箱には絶対入れてほしくない派なのだが……。常識人であるが故に副大統領も心配だ。緊張から変なボロを出さなければ良いが)

9

拷問して話を聞くのは容易《たやす》い。

だが問題なのはインデックスだ。完全記憶能力を持ち、ちらりとでも見たものは絶対に忘れられないという彼女の前で、あまり切った張ったは見せたくない。

外はもう真っ暗だった。銃砲店から英国式のパブに場所を移し、ステイル＝マグヌスはそっと息を吐いていた。

(何を考えているんだかね、僕は……。自分のスタンスはとっくに決めているはずなのに)

「わあっ！」

ヘルカリアが悲鳴を上げた。インデックスと遊ぶ被疑者がコップを倒したらしい。小さな箱を両手で高く上げて庇っている間にもテーブルに広がる水の膜が天板の縁に達し、重力に引かれて褐色少女の太股《ふともも》や下腹部を濡《ぬ》らしていく。

「こっ、これどうしよう……？　服とか濡《ぬ》れていたらすぐにパキパキ凍りつくんじゃあ」

「じゃあこっち来て」

「着替えなんか持ってない……」

「なくても乾かす方法を私は知っているかも。必要なのは度胸っ！」

ヘルカリアの小さな手を引いて、インデックスは店の奥へと引っ込んでしまった。誕生日プレゼントのラッピングを褒められたからか、あるいはステイルという脅威と相対的に見ているのか。あれだけ脅《おび》えていた割にあっさりインデックスには懐《なつ》いたものだ。

何気なく見送って、それから一番大切なインデックスと容疑者一味のヘルカリアを自分の目の届かない場所に置いていると、ステイルは後から遅れて気づく。

(……意外だな。僕自身、心の底じゃそこまで警戒していない、のか？)

ややあって、ブォーン、というモーターの唸《うな》りが聞こえてきた。

『ぎゃあっ⁉　や、やっぱり爆発するかも‼』

『ドライヤーは爆発しないよ。でも着たままだと肌が痛くなりそう。ほんとにドライヤーで服を乾かすなら、いったんちょっと脱いでみよう』

『うっ⁉　お、オトナぱんつ……』

『ママの下着がすけすけなのを私は知っている』

「……何をやっているんだか」

しかしあっちにこっちにとふらふらスタンスを変えてしまうのも良くない。半端《はんぱ》なままでは助走が足りず、途中で失速して谷に落ちていくだけだ。

自分の意思で上条当麻《かみじょうとうま》を撃って、あの子にそれを黙っている。

ここから仲良しこよしになれるとでも思ったか。

自分の失敗は自分の甘えによるものでも構わない。ただそれであの子が倒れるのは違う。

(どっちみち、一極集中が基本。なら後はどっちの方向に力を全部注ぐかだ)

まず前提として、ロサンゼルスの街を襲った砂の魔術の正体は『黄色化』。薔薇系《ばらけい》の伝説で四つの工程を経て赤い結晶を完成させるまでの、三つ目の『発酵』を示す。

R&Cオカルティクスはダークウェブを利用して世界中の誰でも見られる形で魔術の具体的手順を公開してしまっている。しかしそちらのサイトを覗《のぞ》いても、例の『黄色化』の項目はなかった。つまり犯人はサイトを見たロス市民の暴走ではなく、巨大ITが用意した兵隊だ。

となると、

（……これについては応用抜きの原典主義か。ま、ロジスティクスホーネットを取り込んで派手にアレンジするのが前提な訳だから、調合《カクテル》の素材はできるだけ純粋なオリジナルに近づけた方が好みの味を出しやすい、という話なんだろうけど）

原典《オリジン》。つまりドイツ語の冊子だ。

「いや、まさか……？」

先ほどまでとは状況が違う。

あの二人がフロアに戻ってきたら、またぎゃんぎゃんとうるさくなるだろう。だからその前に、ヘルカリアの荷物を調べてみる必要がある。

上条当麻《かみじょうとうま》が掘り当てたとかいう、誕生日プレゼント。

中身に用はない。必要なのは一緒に添えてあった一枚のカードだ。

ハッピーバースデー、ヘルカリア。

何の変哲もない、流れるような手書きの筆記体。それだけだったはずだ。

しかしステイルはごくりと喉を鳴らした。

（……この筆跡。ドイツ語的な特徴が混じっていない……だと？）

文字のトメやハネからそんな言語学習の履歴まで分かるのか。筆跡鑑定なんてせいぜい本人か否《いな》かの確認ができれば御の字《おんじ》なのでは？　東洋人ならそんな疑問を持っても不思議ではない。

しかし判子という文化があまり発達せず、それこそ結婚から国と国の戦争まで当事者のサイン一つで全てを決定する欧州圏では筆跡に関するこだわりがずば抜けている。

実際、魔術サイドでも有名な話がある。世界最大の魔術結社『黄金』創設に関わる例の書簡だ。ウェストコットはドイツのニュルンベルグ在住のシュプレンゲル嬢との文通で指示をもらっていると主張しているが、懐疑側のエリック＝ハウらの筆跡鑑定の結果、手紙の綴《つづ》りはドイツ人ではなくイギリス人が真似《まね》て書いたものだとのちにはっきり明言される羽目になった。ネイティブな発音と一緒だ。イギリス人が後からドイツ語を覚える場合と、生まれた時からドイツ語を使っているケースとでは、やはり微細な誤差が生じる。

「……、」

ステイル＝マグヌスは目には見えない染料を取り出した。

学園都市でプリントアウトされた紙の束からでも、ある程度の残留思念は読み取れた。手書きの文字ならそれこそレコードの溝のように生々しい肉声が聞ける事だろう。

軽く息を吸って、吐いて、体内を循環する生命力から魔力を精製。

そしてメッセージカードの筆跡に、見えない何かを通していく。レコードにそっと針を置くように、聞いた事もない女性の声がまざまざとステイルの頭の中で弾《はじ》けた。

『ええーっと、この、さつ、さっちぇ？　ああもうっ、とにかくこのチョコレートのケーキをお願いします。いえ違います、チョコのプレートはクリスマスじゃなくてお誕生日用！　二人で食べる場合は何インチが良いのかしら……。えっ、ザッハトルテ？　あれってこんな字を書くんですかっ？？？』

すとん、と。

危うく儀式の終結を忘れてそのまま放心するところだった。

「はは、」

それは、家族を祝うための準備を進める、何気ないやり取りだったのだろう。

だけどステイル＝マグヌスにとっては致命的だ。

『黄色化』の術式はドイツ語の原典《オリジン》を読み解かないと習得できない。それは直接魔術を使うにせよ、ロジスティクスホーネットで間接的に支援するにせよ、必須の技術となる。魔術と科学の連携、なんて言えば簡単そうに聞こえるかもしれないが、実際は紙一重のアクロバット。相手がどう動くか正確に把握できなければ、とても実行できるものではないはずだ。にも拘《かかわ》らず、だ。

ザッハトルテなんてカイザー同様、ドイツ語としては基本も基本だ。そもそもアルファベットをエービーシーと読んでいる時点で、ドイツ語の基礎が決定的にできていない。それではハンブルクをハンバーグと読んでしまうのと一緒なのだから。

残留思念は嘘《うそ》をつかない。

自分で見つけた答えからは誰も逃げられない。

「メルザベス＝グローサリー……」

非を認めるのもまた強さ。意地のために真実を曲げる時こそ、本当の暴走が始まる。

敗北した神裂《かんざき》から、自分を犠牲にしてでも託されたもの。

だけどそこで沸騰するな。

そういう意味では、神父はまだ神父でいられた。彼は眉間に皺《しわ》を寄せ、煙草《タバコ》のフィルターを嚙《か》み潰《つぶ》して、そして自分の口に出して言ったのだ。

「くそっ、これじゃどうやっても彼女は『黄色化』に関われない。一〇〇％の冤罪《えんざい》か、それなら一般人は死なせられないぞ……っ!!」

10

上条当麻《かみじょうとうま》は知っている。

アンナ＝シュプレンゲルという女を知っている。

犬の顎のような拘束具をつけて犬のように這《は》いつくばる球体関節人形と、首輪につけたリードで力なく引っ張られる艶《なま》めかしい褐色美人。ストレートに美しい顔の持ち主が本人の可能性もあるし、一回り大きな球体関節人形の中に丸ごと閉じ込められているリスクだって否定できない。まるでババ抜きで一枚だけちょっと上にカードを突き出したような挑発だ。あからさま過ぎて、逆に怖い。でも深読みのやりすぎが致命傷になるかもしれない。

美しい女性は、だからってそれだけで一〇〇%信じられるか？　不気味な球体関節人形は、でも、中に本物の人間が丸ごと閉じ込められている可能性はゼロとまで言えるのか？

選択をしくじればロスの街もメルザベスも助けられない。思わぬ角度からの一撃で上条《かみじょう》も殺されてしまう。

だから、だ。だからこそR&Cオカルティクスの悪意を読み切れ。

そう思っていくほどに、どんな可能性もありえるのではと考えてしまう。美女にせよ人形にせよデコイは街中にいるんじゃないかとか、大勢の魔術師が寄ってたかってメルザベス一人の手足を操っているんじゃないかとか、前提のない可能性まで。

当然ながら、惑わされれば上条《かみじょう》の拳はあらぬ方向へと飛んでいき、いらない流血まで生みかねない。そんな状況を作ったとしたら、アンナはきちんと仕掛けを発動させ、こちらの正義や善性を踏《ふ》み躙《にじ》って、何としても馬鹿笑いがしたいに決まっている。

つまり。

「飼い主役も、飼い犬役も、どっちも関係なかった……」

もしも地雷を好きなだけ埋められる立場なら、敵兵に一〇〇%踏ませるためには何をすれば良いか。広い戦場で一つだけぽつんと置くのでは地形や心理学を駆使しても難しいし、わざわざ数を絞る必要も特にない。

地雷原、という言葉の意味を思い浮かべろ。

答えはこうだ。

「お前達は両方ともつまらない偽者《にせもの》だった！　初めからメルザベス＝グローサリーはどこにもいなかった、こうしている今も三〇〇〇万人と一緒に砂の中に閉じ込められているんだ‼」

犬のような拘束具の人形でも犬に引っ張られる人間でも、どっちでも良《い》い。

びっしりと、大人気《おとなげ》なく、全部塞ぐ。

上条当麻《かみじょうとうま》が攻撃した方が痛がって苦しむふりをすれば、間違って本物を攻撃したと思い込み、動揺する。こいつはその隙を突けば必ず勝てる。

あるいは他の可能性は？　美女にせよ人形にせよデコイはあるのだから街中に敵が潜んでいるかもしれない。R&Cオカルティクスは大会社なんだから糸を一本一本操るように大人数でメルザベスをコントロールする術でもあるのでは？

でも違う。そもそもメルザベスを操る魔術があるのなら、矢面に立たせて人質にすれば良い。複数の選択肢を並べて迷わせようとした時点で、少なくともこの二人はまとめてぶん殴って構わないはずだ。

『ぎひ』

そして。

そうして、だ。

『いひは!!　あははははハハハははハハハハハハひはははあはははははギビぎひあははははハハハハハははははハハハハハハはははははハハハハハひひは(■音声を正しく認識できませんでした。もう一度、ゆっくりとお願いします)!!!!!!』

切り裂くような冷たい夜に、哄笑《こうしょう》があった。

飼い主役と飼い犬役。どちらが、といった話でもない。

ふらつく銀髪美人と這《は》いつくばった人形で奇妙に声を合わせて、怪物どもが下卑た笑いを続けていた。まるでそれ自体がここにはいない本物の尊厳を奪っていかんばかりに。

これぱっかりは、きっと、トランスペンのスペックは関係ない。

球体関節人形が遠吠えのような仕草でいびつにひずんだ声を放ち大きく誇示する。

『ああ、ああ。肯定、じゃとも。醜い、ここにいる、作り物じゃとも!!』

ヴィウ!!　という凄《すさ》まじい羽音が響き渡った。

だけどそれは、魔術を使った超常現象ではない。カトンボを巨大化させたような無数のドローン。お腹《なか》の辺りにカメラを抱えた機材は、テレビ放映に耐える高解像度を誇るはずだ。

見上げれば、それこそ大空を埋め尽くす勢いで飛び交っていた。

「……ロジスティクスホーネットの援軍か」

上条《かみじよう》の肩の上で、オティヌスがそう呟《つぶや》いた。

となるとR&Cオカルティクスは自らの手で犯罪行為を配信しようとしている事になる。

ただしもちろん、自滅的な犯罪の自白という訳ではないだろう。

ぐるんっ!! と。

まるでイルカのジャンプのように地べたの球体関節人形が縦に大きく弧を描いた。銀髪褐色のシルエットもまた、地面を転がる。

首輪とリードが外れ、主と従が変化する。

球体関節人形がリードを摑《つか》み、首輪を嵌《は》めた銀髪の女性が犬のように這《は》いつくばる。どちらがどちらでも構わない。そもそも上や下、右や左という考え方自体存在しないかもしれない。

二つの口が同時に喚《わめ》く。

『どうした、だからそれ何じゃ？　実際、今立つここはメルザベス＝グローサリーと変わらない全く、顔でえーす。私が犯した罪は全て犯罪メルザベスの、という事になるのじゃ。事実はイージーねじ曲げられる、ルールでそういう風に決まっているのじゃ!!』

ぐるんぐるん、と。空中で円を描き、美女と人形は交互にリードと首輪を交換していく。

キトリニタス。

R&Cオカルティクス本社ビルの切り札、真なる護衛。

『悔しいじゃろうなあ？　無念じゃろうです？　溶けた、砂の中善人サマは噛《か》んでハンカチいるのやら。たとえる、このトークそのまま垂れ流す全世界としても、こう全て世界が判断する訳じゃ。ああ、メルザベス＝グローサリーが錯乱しておかしな事を吹いているぞ、とね！』

再び銀髪褐色の美人が這《は》いつくばる。顔より高い位置にタイトスカートのお尻を上げ、ぶかぶかTシャツがめくれ上がって縦長のおへそが見えてしまってもお構いなし。そもそも社会的に殺す、という役を負っているのだ。その辺りに気を配るはずもない。

「言いたい事はそれだけか……？」

音もなく、強く。

少年の拳が、何よりも硬く握り締められていく。

「地金が出ているぞ。この拳は、お前みたいなのを一撃で殺す力を持ってる。もう躊躇《ためら》ったりはしねえぞ。……だって、俺は知ってるんだ。人間じゃない魔術師を。人の頭を乗っ取るためだけに尖《とが》ったあの伯爵を。でも、それはそういった性質を持っているから必ずしも悪人になるって訳じゃない」

そう。

黒い丸薬の形で上条当麻《かみじょうとうま》の体内に潜り込み、その全身を乗っ取りにかかったあの魔術師は、でもアンナ＝シュプレンゲルの横暴に抗《あらが》うために力を貸してくれ、最後の最後には上条《かみじょう》を助けるために自分から消滅する道まで選んでくれた。

他のサンジェルマンがどうか、なんて話は知らない。

でも少なくとも、あのサンジェルマンは最悪で最低の存在なんかじゃなかった。

心の底から尊敬できる、一人の人間だった。

「だから、言い訳なんかさせない」

ただの高校生は、はっきりと言った。

人間じゃないから、えげつない魔術を使うから。じゃあもう仕方がない。そんな風に全部いっしょくたにされて、たまるかと。

かつてサンジェルマンに命を救われた少年が、今こそ真っ向から挑む。

「……テメェが最悪なのは、そういう存在だからとか、そういう魔術しか使えないからとか、そんな話じゃあねえ。どんなに最悪な性質を持ったヤツだって、最低な道から抗《あらが》う事はできる。つまりお前は、ただ抗《あらが》わなかった本物のクソ野郎だ。だから、もう、容赦なんかしない。右も左もどっちも敵だって分かってりゃ怖くはねえ。テメェを守るものは何もねえんだぞ」

『聞いていたのかえー、話を人の？』

這《は》いつくばった褐色の美女がタイトスカートで包まれたお尻を顔より高く上げ、涎《よだれ》でも垂らしそうなくらい笑みを引き裂いて謳《うた》う。

『私の犯した罪は全てメルザベスの犯罪という事になる。確かにそう言った私はずじゃが？つまりっ！　これからあ!!　わたくしめは一般ソーシャルでも取り扱いされるハッキリ犯罪行為を実行しますと言っております訳でございますがあああ!!⁉??』

ジャコン、という硬い金属音があった。

一つではない。大通りから、公園の芝生から、凍った木々の裏から、ビルの屋上から、とにかく四方八方ぐるりと囲む。巨大なカマキリとクラゲ。第三位と第四位の能力を機械的に再現した異形の駆動鎧《パワードスーツ》が、一〇〇や二〇〇では利《き》かない物量で一人の少年に狙いを定める。

無人化対応兵器。

有人と遠隔を切り替えられるハイブリッド型なら、無人の街でも展開できる。

オティヌスが言っていたではないか。学園都市は、乗っ取られた自前の兵器で壊滅させられた恐れがある、と。実際には砂の魔術を使ったのだろうが機械を操れないとは限らない。

『地金が出ているぞ』

おどけるような、言葉の繰り返しがあった。ぐるんっ、と。銀髪の美女がリードを掴《つか》み、球体関節人形が首輪を嵌《は》めて這《は》いつくばる。コインの表裏のように配役を変えながら、つるりとした顔で人形が喚《わめ》く。げたげたと、女性の声色で下卑た笑いを撒《ま》き散《ち》らしながら。

『そしてこの鉛弾は、お前みたいなのを一撃で殺す力を持っている!!　ギキぃひひっ、犯罪ありふれた死ねよ。メ、ル、ザ、ベ、ス＝グ、ロ、ー、サ、リ、ー、こ、れ、で、も、う、帰、れ、な、く、ど、こ、に、も、な、く、な、る、の、じゃ寸法で、え、ー、ッ、す!!』

胸糞悪《むなくそわる》い。

本当に、度《ど》し難《がた》いほどに醜悪。

紛れもない死の淵に立ち、体感時間すら歪《ゆが》んで見える状況に追いやられて、それでもトランスペンから機械的にもたらされる情報を耳にした上条《かみじょう》がまず思ったのはそこだった。

ありもしない罪を押しつけ、社会的な立場をズタズタにして。

家族の絆《きずな》も友人の輪も引き千切り、仕事を奪って生き甲斐《いがい》を踏み潰して。

R&Cオカルティクス以外の、いいや世界の裏側と繋《つな》がっている『薔薇十字《ローゼンクロイツ》』以外の一切の居場所を奪い尽くす。そうやって、一人の人間を徹底的に囲い込む。これが、こんなのが。人間の善性や正義に惚《ほ》れ込《こ》んで仲間に引き入れたいと願う者のやる事か⁉

「人間‼　所詮はネットワークで繋《つな》がった機械製品だ。通信や電子基板を破壊すれば活路は開ける。電磁パルスでも高出力マイクロ波でもいい、とにかく大電力の電気製品を破壊して大規模なノイズをばら撒《ま》けッッツ!!!!!!」

オティヌスの叫びに、上条《かみじょう》の体がほとんど跳ねるように動いた。

トレーラーハウスはすでに引き千切られて破壊された。だけどこのハーバーにはまだ設備がある。街灯くらいでは足りない。自動販売機やATMでも不足だ。だけど、例えば。街灯より高いステンレスの柱の上に音響機材を取りつけた、災害放送用の巨大なスピーカーなら？　業務用電源を大規模アンプでさらに増幅して地平線の向こうまで強力に音声を届ける防災設備なら、破壊と同時に目には見えない電磁波を大量にばら撒《ま》いてくれるはずだ！

『むだ、むだ』

再び、二つの影が宙で縦に回る。直立した球体関節人形が小さく人差し指を振り、這《は》いつくばった美女がぶるると首を左右に振る。

『どうやってそのチャチい手でステンレスの柱をへし折るのじゃあ⁉　右手そこ炎出るなら理解します、飛び出す真空のなら万倍でも実行するのじゃ警戒を。だけどお前の右手は幻想しか殺せないじゃろうがあ‼』

「ッッッ‼⁉⁇」

『やってみろお願いします、現実確かに右手でブレイク実行可能なら！　人の善意が満ちる物理法則など覆《くつがえ》る？　じゃったら奇跡または類義語見せてみろよ、できるものならなあ‼』

届くかどうかは問題ではない。

災害放送用のスピーカーまで辿《たど》り着《つ》かれたところで、何もできない。

そう考えているから、もはや魔術を使った妨害すらやってこない。ただただ、キトリニタスは予定通りに全周を取り囲むカマキリやクラゲどもへ無慈悲な命令を飛ばすだけだ。

スローモーションの世界で。

上条《かみじょう》の急所を狙うのは機銃どころではない。第三位に第四位。一秒後に襲うのは本物の死だ。

少年がどう体を動かしても回避不能。今度は服の下に紙束を仕込む程度では助からない。

死を回避する方法がない。

そして約束の一秒が消費された。


ガゴっっっギィンッッッ!!!!!! と。

鈍い音が響き渡った。

『な』


しかし。

その瞬間驚愕《きょうがく》の声を上げたのは上条当麻《かみじょうとうま》ではなく、キトリニタスの側だった。

人間の腕より太い銀色のステンレスの柱が、根元からぼっきりとへし折れていたのだ。

中を走る導線が千切れ、大電力の火花が副次的効果として大量の電磁波を全方位へばら撒《ま》いた。十分に対策されたファイブオーバーどもを、片っ端からダウンさせていく。

バーベルより重たい柱は、近くの高級なヨットの上に倒れ込み、船全体を押し潰す。

紛れもない本物。

砕ける音がどこか軽いのは、船の方が金属ではなく繊維強化プラスチックだからか。

結果を見て。

それでも信じられない顔で、『黄色化』の球体関節人形と這《は》いつくばる美女は同時に呟《つぶや》く。

『……摂氏マイナス二〇環境が疲労の金属済み？　砂嵐が表面を削り取ったとでも？　いや、いいや!!　質問ナニ今の、そんな事では説明つかん!!　ひひっ。な、何なのかその反則は？　普通の人間コブシで柱ステンレス製をへし折れる訳がないじゃろうがあああ!!!!!!』

分かっている。

これが反則なんだって事くらい、上条当麻《かみじょうとうま》にも分かっている。

彼にも説明できない。これは、拳を握った少年が起こした超常現象ではなかったからだ！

「いい、いい加減に」

かつん、と。

凍りついた世界に、足音が一つ。

「黙りやがれクソ野郎、とミサカは胸のムカムカを抑えながら冷静に忠告します」

呆気《あっけ》に取《と》られていたのは上条《かみじょう》だって一緒だった。

何故《なぜ》、こいつがここにいる？

栗色《くりいろ》のショートヘア。小柄な体軀《たいく》。名門中学校の制服の上から分厚いコートを着込み、額に特殊なゴーグルを掛け、何よりその手に強靭《きょうじん》な対物ライフルを摑《つか》んだクローン人間の少女。

第三位の軍用量産クローン、通称『妹達《シスターズ》』。

一体何が具体的にステンレスの柱を折ったかは明白。素手でダメなら武器を使えば良い。

呆然《ぼうぜん》と、上条《かみじょう》は呟《つぶや》いていた。

「どう、して……？」

「ミサカは元々世界中にいましたよ、とミサカは結論から説明します。学園都市の中だけでなく、各地の協力機関に。当然、米国系の研究所の手も借りていました」

あくまでも感情の読めない瞳のまま。

だけど確かに何かを宿した少女は、そう言った。

「そしてミサカネットワークを介して示し合わせれば、一ヶ所に集結する事も十分に可能です。イギリス政府からの情報に従い、あなたの危機に即応しました。後はまあ大体、現場でつかず離れずあなた達を観察して入手した情報とのすり合わせではありますが」

「……、」

「アメリカ仕込《じこ》みの個性が出てしまったら申し訳ありません、ファッ○ユー。いい加減、あのクソ野郎の好きにさせておくのはうんざりです、とミサカは戦闘参加の意思を表明します。そしてそれ以上に、あなたが良《い》いようにやられていくのを見るのは耐えられません」

『ひひっ』

ヴィウ‼　という電気シェーバーのような音が響き渡った。

キトリニタス、右も左も偽者《にせもの》のイカサマ魔術師の頭上を飛ぶカトンボに似たドローンだ。

『捉えた、ダイイング的な瞬間捕まえましたぞ大フール野郎‼　空撮ドローンは今こうしている映像を配信世界へ羽ばたいておるのじゃ。誤魔化しなんて今さら用量用法間違い。本当に貴様がクローン人間だというのなら、すでに戦う前行き着く先は、⁉』

球体関節人形のひずんだ哄笑《こうしょう》が人の人生を否定しようとした。

だが直後に、キトリニタスはそこで硬直した。

びくついていた。

ドローンで撮影され、全世界に配信していると公言されているのに、だ。

その少女は一歩も引かなかった。

いいや、一人ではなかった。かつん、こつん、と。ざし、ざり、と。ざざざ、ざざざざざざざざざざざざざざざざざざざざざざざ‼　と。まるで草葉が風に揺られる音のように、もはや数を数えるのも億劫《おっくう》になるほどの足音がこの公園へにじり寄ってくる。

同じ顔に同じ体。

もはや誰が見ても言い訳のできない、存在自体が国際法に触れるクローン少女達が。

悪党の所業に憤《いきどお》り、踏《ふ》み躙《にじ》られる尊厳のために立ち上がり、そして今必死に抵抗している少年の命を助けるために。

そう。紛れもない人間の心を持った誰かとして、躊躇《ちゅうちょ》なく戦場へ集まってくる!!

「……ここで起きた罪は全てメルザベス＝グローサリーの犯罪になると、あなたはそう言いましたね。事実なんていくらでもねじ曲げられる、ルールでそう決まっていると」

群体としての少女達が、一斉に銃器を突きつけていく。

一分の揺るぎもなく、妹達《シスターズ》は言い放つ。

「ならば、ねじ曲げられるものならねじ曲げてみろ、とミサカはここに宣言します。ミサカの群れ、同じ顔をしたクローン人間、その軍勢。キスマイ○ス化け物、ミサカ達とあなたの振うご自慢の改ざん技術《つまらないルール》のどちらが話題をさらうか、決着をつけて差し上げましょう」

『ひ、ぎひ』

「このミサカが暴きます、隠しようのない答えを。メ、ル、ザ、ベ、ス＝グ、ロ、ー、サ、リ、ー、は、何、も、悪、く、な、い。その助けとなるならば、世界の情報を好き放題操る巨大ＩＴ・Ｒ＆Ｃオカルティクスの処理能力をオーバーフローさせるため、クローンの真実なんぞ切り売りしても構いません」

もう、見てもいなかった。

言いたい事だけ言えれば良い。クソ野郎の反論なんかいちいち聞かない。

震えて一歩後ろへ下がろうとし、太いリードに手首を引っ張られて食い止められた球体関節人形を正面に捉えつつも、同じ顔をした少女達は別の少年を横目で見ていたのだ。

「軍なら軍で、テクノロジーにはテクノロジーを。鉛弾を使う雑魚共《ざこども》はミサカ達が引き受けます。あなたはあなたにしかできない決着をお願いします、とミサカは戦友《とも》に背中を預けます」

ぎぎぎぎ。

がきがきがきん、と。そこらじゅうで響き渡る機械音は、完全に破壊されなかったファイブオーバーどもが再起動でもしている音か。

それでも構わず、クローン少女達は告げる。

迎え撃つように、それぞれの手でアサルトライフル、ショットガン、対物ライフルなどを一斉に、ハリネズミのように構えて突きつけていく。

「そして本物のメルザベス＝グローサリーを救い出し、どうか最高のハッピーエンドを、とミサカは言うまでもない注文をつけます。それが当然で、何よりも簡単な答えで、この世界に横たわる自然な法則であるべきです。そのためなら、ミサカは共に戦える」

『ひハハ!!　ふざけんなッ、踏み倒す全部、ついでにクローン殺しもオプションしておいてやりますはい！　いひっは、××××（■特殊性癖にまつわる米国南部方面のスラング？）あの女を底な地獄まで追い込む「メルザベス＝グローサリーの犯罪」としてじゃあ!!!!!!』

11

深刻な顔を隠しきれない補佐官からそっと耳打ちされ、しかしロベルトは不敵に笑う。

「……顎の尖《とが》った整い顔の臆病者かと思っていたが、やればできるじゃあねえか」

クローン殺しの罪を自白して世論の逆風をわざと浴びる。

一万人を殺した悪党に加害者の椅子を独占させる。

そうしている間に『クローン人間そのものに対する嫌悪《けんお》や憎悪《ぞうお》』を逸《そ》らす。同じ顔をした少女達はあくまで被害者という枠に収め、安易に叩《たた》く事ができない椅子にさっさと座らせる。

……そうやって守りを固めて誤魔化しに終始するだけなら庇《かば》うほどの魅力を感じない。ここで見切りをつけても良かったが、学園都市の未熟な統治者はさらに一手を打ってきた。

危険を承知で、さらす。

人と同じように考え、踏《ふ》み躙《にじ》られる心を想《おも》って憤《いきどお》り、正しい目的のために武器を取る。剝《む》き出《だ》しの『人間』の部分で、少女達がこの世界に存在する事が是か否かを世界に問う。

大したギャンブルだ。

結果、想《おも》いが世界に届かなければ『クローンなんぞ何万人いようが国際法違反なんだから処分してしまえ』であっさり議論が終わってしまうかもしれないのだから。

そして、己の命より大切なものを躊躇《ちゅうちょ》なく賭けた一世一代の大博打《おおばくち》を見ると、この男はついこう思ってしまうのだ。

万馬券を狙えよ。

手堅く勝とうとしてやりたい事から逃げてもじり貧の先細りだろ、と。

「諸君!!」

力強くマイクを摑《つか》み、大統領の演説というよりプロレスリングのマイクパフォーマンスの方が似合いそうな声でロベルトは言い放っていた。

「学園都市だ？　クローン技術だ？　そこの野党党首サマはくだらん脇道に入ってこの俺の揚げ足を取ろうとしているようだが、敢《あ》えて真っ向から全力で買い食いしてやろうじゃねえか。何故《なぜ》なら真《ま》っ直《す》ぐおうちに帰るよりい、そっちの方が面白いからだ!!　いいかーUSN放送、それからテレビAMBも！　この大統領がお宅らのために視聴率を吊《つ》り上《あ》げてやる!!」

ばちーん、と全国放送のカメラに向けて片目を瞑《つむ》り、

「俺はよそからやってきた人間だ。それもメキシコ国境を人には言えない手段で縦断した不法移民からスタートした。そこから文字を学び数字の計算を覚えて、選挙制度そのものの修正に成功し、ついには国民に選ばれてヒスパニックじゃあ三人目になる大統領までのし上がった!!　高校中退の俺が選ばれた以上、合衆国は万人に平等なチャンスが与えられるべき土地だって期待を背負ったと俺は判断する。人種、民族、宗教、男女、言語、学歴、貧富、全部クソ喰《く》らえ

だ。そういうつまらねえ壁を片っ端から壊して回る世界で最高にイカしたこの国が、人を生まれで非難する道理はない!! 星条旗を大きく広げるこの国は、あらゆる事情を抱えてやってくる民を笑顔で迎え入れなくてはならない。ましてそれが、合衆国で暮らす三〇〇〇万人を救い! ロサンゼルスを取り戻し!! いわれのない罪から一般人を守るために、たった一つの命を懸けて銃を取る事を決めた少女達であるならなおさらだ!!!!!!」

ぐぬーっ、とローズライン補佐官がニホンのウメボシでも食べたようなくっしゃくしゃ顔になっていた。完全に本来の原稿を放り出して突然押し寄せてきたアドリブの大洪水にさしものエリートも頭の処理能力が限界を迎えつつあるのだ。毎度の事とも言う。

代わって耳打ちしたのは副大統領だった。大統領を第一に支えなくてはならない彼としては、ノリと勇気でしっちゃかめっちゃかにされては困るのだろう。

「大統領っ。まだ事実の確認が済んでおりません。例のクローンの目的は？　本当に、合衆国のために戦っているかは未知数です。単なる暴徒化の可能性もあるではありませんかっ」

「いいや!!　俺は絶対に信じてる!!　何故《なぜ》なら人には言えない奥の奥で精子と卵子がこんにちはしようが体細胞から抽出したDNA構造を利用しようが、生まれる人間には全く同じ心が宿るからだ！　L.A.の少女達は優しい心の持ち主だ、ヤバい立ち上がって色々叫んでたらちょっと勃起してきちゃったけどこれ少女ってキーワードに引っかかった訳じゃないからね!?」

「根拠が適当過ぎます!!」

「精子と卵子の方だからね！　それもまだ完全じゃない、ちょい勃起なら全然セーフだし！」

「そこバックするんじゃねえよクソ大統領!!　メルザベス＝グローサリー？　一体クローン人間とどんな関係があるのです、赤の他人のためにそこまでする可能性は極めて低いはず!!」

「そうかダリス!!　お前も白髪が目立ってきたな、だが東洋のウナギを食べればバッキバキ伝説はいまいち信用できん。アメリカ人なら夜の生活に困った時には肉だ、サーロインの一ポンドとニンニクを恐れるな!!!!!!　……ところでお前、自分で気づいているーん？」

はい？　と瞬《まばた》きする副大統領。

ついてこられなくなったようだったので、しっかりマイクに口を寄せてロベルトは言い直した。もちろん老人にもオススメの強精剤の話ではない。

「お前、何で冤罪被害者の名前がメルザベス＝グローサリーって知ってるの？」

一瞬、だ。

ダリス＝ヒューレインは言われた事に意識のピントが合わなかったようだ。

だが直後に気づく。ロベルト＝カッツェの感情に任せた演説を聞き流してはならない。彼は、わざと長々とした独演会を開いて注意力を散らそうとしていた。そう、あの中身のない演説の中では『いわれのない罪から一般人を守るために』としか言っていない!?

「……誰かが釣れると思ったが、お前かよダリス。可愛《かわい》いクローンちゃん達とは違って、実はL.A.でこっそり情報集めていましたーなんて離れ業はできねぇよな？　何しろここは全く正反対の東海岸で、お前の体は一つしかないし」

「あ……」

「でもって消えたロス市民は公的記録にない不法移民を含めておよそ三〇〇〇万人。そこからピンポイントで一個の名前が出てきてたまたま答えと当てはまる可能性は、さほど高くはねぇわな。適当にキーボード打って核発射コードが一発で当たるのとどっちが確率低いカナー？」

飄々《ひょうひょう》としていた。

だがその実、合衆国大統領の圧は押し潰すようでもあった。

与党が、野党が、ではない。彼が様々な作戦を練るのはこの国を良くするためだ。同じ与党の中で議員が苦虫を噛《か》み潰《つぶ》す顔をする決定を下すのも、自分の家《ホワイトハウス》に野党の党首を招いて怒鳴り合うのだって、争いから素晴らしいアイデアが出ると信じているからだ。

つまり究極的には、合衆国のためを想《おも》って働く人の間に敵味方などない。

だが、その逆は絶対にありえない。

その男は常に合衆国の仲間を見据えて握手をし、そして同時に容赦なく敵を切り捨てる。

「すみません大統領、公の場での職務中にスマートフォンで、」

「日本のつまんねえ密室裁判じゃねえんだ、討論会には普通に全国放送のカメラが入ってるよ？　カメラの数は一〇〇、あるいは二〇〇くらいか？　三六〇度ぐるぐる回していくらでも映像を精査できるはずだが、まだやるか。この討論会を開いてから今この瞬間に至るまで、お前が一度もモバイル機器に触っていない事が判明したらそこでジ・エンドなんだが」

「……、」

確かに今、この討論会は動画サイトで世界に公開されている。が、一方で参加する人達はモバイル機器の持ち込みを禁じられているのだ。ネット越しの情報は壁に表示される与党野党の議員達のコメントが全て。何でも自由に検索し、好きなようにネットニュースは見られない。

どれだけ世界が沸き上がっていようが、それを知る事はできない。

正直、『事態を知った』のは補佐官から直接耳打ちされた大統領くらいのものだ。

「つか、お前のスマホはすぐそこの通路で取り上げられてたろー。うちのカワイイ補佐官に。それとも女子高生と肩を並べて二台持ちか？　若いねえ感性が。それじゃ画面を見ていたと言うなら今出してみろ、お前の携帯電話を。できるなら。さあ」

「…………………………………………………………」

……………………………………………………………

R&Cオカルティクスは莫大《ばくだい》な金をばら撒《ま》き、ハニートラップ、モバイルからの情報吸い出し、広報関連の相談役など様々な手を駆使して国中に深く根を張りつつある。どこに二枚舌が潜んでいるかは誰も把握していない。

答えが出た。

ロベルト＝カッツェは肩をすくめて、ダリス＝ヒューレインはそっと息を吐いて。

二人同時に上等なスーツの内側からセミオート式のショットガンを抜く。

ガシャガシャ!! と。

折り畳んでいた杖《つえ》やハンガーのようなストックが一気に展開されていく。

至近も至近。互いが互いの急所を狙い、利き手《きて》だけで強引に銃を保持して、長い銃身を交差させるその光景は、もう西部劇の撃ち合いというよりフェンシングか何かのように見えた。

「一体どういうつもりで悪徳企業なんぞに尻尾を振ったかは知らねえが……」

頂点も頂点。

合衆国大統領官邸にて、にこっと笑って大統領は告げる。

「子供のケンカに大人が首を突っ込むどころか、平和なご家庭に汚れた手え入れて好き放題にかき回すイカれた所業。それがホワイトハウスの一員のやる事かダリス。合衆国の国民と世界の行く末を守る全軍最高司令官の俺様も流石にムカついてるぜ。ちょっと決闘しよっか？」

そして美人補佐官ローズライン＝クラックハルトは頭を抱えていた。

国家反逆罪モノの副大統領がいざという時に備えてホワイトハウスにこっそり銃を持ち込むなら、まだ分かる。もちろん常軌を逸した凶悪犯ならありえる、という意味においてだ。

だが問題はむしろこっちだ。

思わず状況も忘れて金髪美女は怒鳴り散らしていた。

「何故《なぜ》あなたがチャリティーの討論会に実銃を持ち込んでいる、クソバカ大統領!!!???」

「忘れたのか。ここは世界の中心たるカーチェイスとセックスとガンアクションの国だぜ？」

行間　三

『R&Cオカルティクス真犯人仮説』

提唱者、上条当麻《かみじょうとうま》。

飼い犬役と飼い主役が交互に入れ替わる球体関節人形と銀髪褐色の美女。彼らは全てR&Cオカルティクスが用意した偽者《にせもの》であり、何を選んでどう行動しても確定で破滅が待っている。本物のメルザベスは他の三〇〇〇万人と同様に砂の中に隠されている、とする仮説。

この場合、本物のメルザベスは三〇〇〇万人の消失には一切関わっておらず、全くの冤罪《えんざい》という事になる。

またR&Cオカルティクスの目的は本物のメルザベスに次々と冤罪《えんざい》を押しつける事で全世界から居場所をなくし、CEOアンナ＝シュプレンゲルの都合の良い操り人形になるまで徹底的に追い込むところにあった、という話で決着する。

メルザベス＝グローサリーは自分が開発したロジスティクスホーネットが悪用されるのを嫌い、従順に従ったふりをしてR&Cオカルティクス本社ビルへ潜入を計画し、自前のマルウェアを用いて巨大な物流ネットワークを破壊しようとした。この挑戦は未然に阻止されるが、巨大ITに属する他の有象無象の社員や役員と違い、最後の最後まで抵抗を諦めなかったメルザベスの姿勢にアンナが興味を示した、という推測ができる。

高潔で、清廉潔白だからこそ欲しくなる。

悪党として決定的に矛盾しつつも捨て去る事のできない渇望《かつぼう》かもしれない。

オティヌス、妹達《シスターズ》、大統領ロベルト＝カッツェ等が支持。

また別経路から、ステイル＝マグヌスがメルザベスはドイツ語が読めない事を確認。

魔術師キトリニタス、副大統領ダリス＝ヒューレインなどの黒幕の炙《あぶ》り出《だ》しに成功。

泣きじゃくる少女との約束を果たす時が来た。

後は難敵を倒すだけで良《い》い。たったそれだけで問答無用のハッピーエンドが待っている。

第四章　二者択一の外側　Duel_Against_R∴C∴O∴(for_Save_Mother).

1

ドパン!!　ががガカカッ!!　と。

ロサンゼルス、ロングビーチ。氷点下二〇度で海水まで凍りついた夜のヨットハーバーに、連続的な射撃音が響き渡っていた。軍用量産クローンと遠隔のファイブオーバーとが本格的な衝突を始めた大音響。『純粋な機械製品だけでオリジナルの超能力者《レベル5》を超える』ファイブオーバーと、『オリジナルには届かなかった妹達《シスターズ》』の戦いでは相当苦しくなるだろう。

だが、彼ら二人はそちらに視線もやっていなかった。

上条当麻《かみじょうとうま》とキトリニタス。

太いリードを摑《つか》む球体関節人形と、首輪で繫《つな》がれたまま地面に四肢を押しつけて這《は》いつくばった妙齢の美女。硬質な人形と銀のショートヘアと小麦色の肌を持つ女性は、いずれも偽者《にせもの》。どちらを助けても馬鹿を見るR&Cオカルティクスの罠《わな》でしかない。

『ぎぃひひ』

　トランスペンのバカ通訳だけでは説明のできない、ひずんだ声が叩《たた》きつけられる。

『積んだな？　お前は自ら以外の積み上げたのじゃ何かたくさん。まるで奇跡のようにでも見えているか、勝ったもうそれで？　むしろ力は借りれば借りるだけで失っていくぞえバランス。ピラミッドのトランプように！　だってお前ここから敗北折れたら、もう二度と這《は》い上《あ》がれないじゃろうしな確定です!!』

「言わせておけ」

　灼熱《しゃくねつ》の悪意を涼しい顔で跳ねのけたのは上条《かみじょう》の肩の上で細い脚を組むオティヌスだ。

「見れば分かるだろう。仲間のなの字も知らない、孤独で寂しい魔術師が勝手にあれこれ想像しながら近所でやってるお誕生日パーティにうるさいだの何だの難癖をつけているだけだ。心配するな、もっともらしい口振りのどこを切っても含蓄などない。……この『理解者』が保証してやるよ、人間。お前が手にした『力』は、世界の破滅を否定するほどの強さを持つと」

『じゃからその芯がだから折れたぼっきり瞬間のフェイス見たいって言っているんじゃろうがよおおおおおおおおお(■音声が一部可聴域を超えています)!!』

　ごくきん、という車のシフトレバーを動かすような鈍い音が響いた。

　犬のように這《は》いつくばった銀髪褐色の女性、その顎の関節から。

　限界以上に開かれた口の中、喉の奥から何かがキラリと輝いた。

ゴッッッ!!!!!! と。

直後に炸裂《さくれつ》した大音響は、飼い犬役の口からレーザー砲のように大量の砂が吐き出される音か、あるいは一人の少年がその一撃を右拳で吹き散らした音か。

あまりにも速過ぎて、もはや二つに違いなどなかった。『キトリニタスは鉄筋コンクリートを切断するほどの術式を使うらしい』という情報がなければ警戒する前に首を落とされていた。

そして、吹き散らせばそこで終わりでもない。

「風上っ!!」

「分かってる!!」

肩のオティヌスの叫びに呼応し、上条《かみじょう》は正面に突っ込むのではなく右手側に大きくスライド。一度は散った砂塵《さじん》が綿菓子のように膨らむのに巻き込まれるのを防ぐ。魔術師にハーバーの縁から海を背にされると危ないが、何だったら凍りついた白い海に足を乗せたってかまわない。

黄色化、キトリニタスが司《つかさど》るのは『発酵』。

人間含む生物を全て養分という形に置き換え、生きたまま砂に吸わせて閉じ込める魔術師。

つまりヤツの本質は切った張ったではなく、陣取りゲームなのだ。

囲い込まれ、覆《おお》い被《かぶ》さられ、丸呑《まるの》みされた時点で回避不能の即死攻撃が待つ。

逆に言えば、

「表面に触れるだけなら問題ない。空間さえ注意していれば、お前の魔術は怖くない!!」

『そうかえ!!』

風上に回り込み、そこから一気に上条《かみじょう》は距離を詰める。

狙うは太いリードを摑《つか》み、首輪の装着者に振り回される哀れな球体関節人形。つるりとした顔面。そこへ強く強く握り締めた右の拳を容赦なく突っ込んでいく。飼い主役も飼い犬役も、どちらも明らかに不自然だ。魔術で作られたものであれば、上条《かみじょう》の右手には耐えられない。

つまり一発直撃さえすれば、キトリニタスは倒せる。

柔らかい感触があった。

ぐるん、と球体関節人形が後ろへ大きく回る。

だが人の肉や骨の感じではない。球体関節人形なのに柔らかい感触が返るのも変だ。その直前で上条《かみじょう》の胴体よりも太い砂の柱が地面から立ち上がった。それで衝撃が分散されたのだ。

気がつけば空中で一回転した球体関節人形が犬のように這《は》いつくばり、回転扉でも回したように銀髪褐色の美女がリードを摑《つか》んで上条《かみじょう》と向かい合っている。

モードが変わった、のか？

「サンド、バッグ!?」

『ひひ。魔術は私の怖くない、じゃろ？　言った言葉を否定しないでくださいませ!!』

幻想殺し《イマジンブレイカー》による効果か。

直後に砂の柱が結合力を失って、四方八方へ弾《はじ》け飛《と》んでいく。

「っ」

それだけで、上条《かみじょう》は転がるようにしていったん後ろへ下がるしかない。そのわずかな間に、再び人形がリードを掴《つか》み美女が首輪をはめていた。這《は》いつくばり、ぶかぶかTシャツの首回りから胸の辺りがトンネルしてしまうのも気にせず、限界以上に顎を大きく開いていく。

ゴッ‼ と景色をコンクリごと抉り取る高威力があった。うっすらとした砂のカーテンを引き裂き、超高圧で圧縮されたレーザー兵器のような砂の飛び道具に襲われる。

陸に上げられたクルーザーの陰に身を隠しながら、上条《かみじょう》は静かに舌打ちした。

「くそっ、見境なしにバカスカ船を切り飛ばしていきやがって……。やっぱりヨットくらいじゃダメかっ」

「くらい、ね。貴様が今体を預けているこれ、大体三〇〇〇万くらいするぞ」

「……、」

一つ残らずぶっ壊されちまえ、と預金残高五八〇〇円の子（＊注、これからATMの動かない年末年始）は心の中で呪うが、実際そうなったら困るのは盾を失う上条《かみじょう》の方になるだろう。

「地味だけど厄介だな、幻想殺し《イマジンブレイカー》で打ち消しても殺傷力が途切れないってのは……ッ！」

「しかしその割に、キトリニタスは常時砂嵐で自分自身の体をすっぽり覆う訳でもない」

肩のオティヌスが恐ろしい事を言う。

確かに、即死ゾーンである『砂』で三六〇度囲まれてしまえば、近距離攻撃しか使えない上《かみ》条《じょう》はリードで繋《つな》がった二人（？）、キトリニタスへ近づく事もできなくなってしまう。

ただし、

「幻想殺し《イマジンブレイカー》の使い手は武器を使ってはいけないなんて禁止ルールは特にない。特に銃大国のアメリカでは、自分で自分の視界を塞ぐ事に躊躇《ちゅうちょ》でもしているのか？　あるいは、きめの細かい砂で自らの肺でも潰される事を恐れているのか……。何にしてもチャンスではあるか」

「……ひとまず最悪はないって事が分かっただけで、逆転のヒントって感じがしないぞ」

「当たり前だ、そんなすぐに何でもかんでも答えが出るか。相手は『薔薇十字《ローゼンクロイツ》』の精鋭だぞ」

ゴッ!!　とクルーザーが横一直線に切断されていく。

身を低くしたまま上条《かみじょう》は行動を始める。確かに空気中に散らばる砂は怖いが、鉄塔をも切り倒す威力だと盾に使えるものを用意できない。下手に距離を取っても一方的に狙い撃ちにされるだけ。近づいてもリスクが変わる訳ではないが、少なくともこちらの拳も届く。

すとんっ、という小さな音があった。大根や人参《にんじん》に包丁でも通すような響きに似ていたが、見ればハーバーの凍ったコンクリートの地面に透明な刃が突き刺さっていた。

何かキラキラしていた。

上条《かみじょう》の頭の上から、鋭いガラス片が大量に降り注いでくる。

ここは凍った海へ突き出したヨットハーバー。高層ビルの窓が割れるなんて事態もないはずなのに。だとすると、

「すな……ッ⁉　加工もできるのかっ‼」

『一つだけではない、砂場遊び公園デビューと思ったかえ終わるとでもお⁉』

慌てて身をひねり、上条《かみじょう》は近くの道路に停《と》めてあった牽引車両《けんいんしゃりょう》のジョイントレバーを倒す。真横に倒れたヨット、その頑丈な帆の下へ転がり込む。

テントよりも分厚い頑丈な耐水布の屋根。

襲いかかる音の洪水は雨音よりもかなり甲高い。ギィン‼　という鼓膜を直接傷つけかねないほどの高音の塊がコンクリの地面から炸裂《さくれつ》する。

「ぎっ⁉」

太股《ふともも》の辺りから灼熱《しやくねつ》の痛みがあった。

(シートをっ、貫通した⁉)

悲鳴を上げてもキトリニタスにダメージありと伝えるだけだ。顔をしかめて歯を食いしばり、足に刺さった鋭い破片に触れる。ざらりという感触と共に、透明な刃は砂に戻っていく。

いちいち止血している暇もなかった。

『ほら』

地面を這《は》う女性が大顎を開け、口の端からぼろぼろぞるぞると細かい砂がこぼれる。それら

は風の力で緩やかに舞い上がると、空中で一辺二メートル程度の巨大な箱へと圧縮される。

アシカのボール遊びのようだった。

『固まる逃げて隠れて続けるだけかえ？　おしまいはないって事じゃよなあ⁉』

頭に乗せた立方体を垂直に上げるようにして地を這《は》う美女が飛び上がり、球体関節人形が地を這《は》う。直立した銀髪褐色の女性が、落ちてきた立方体へ思い切り平手打ちを叩《たた》き込《こ》む。

まるで巨大なサイコロでも振るようだった。だが実際には重量五トン以上の巨大な砂岩。それは噛《か》みつくような格好で横倒しになったヨットをぐしゃぐしゃに破壊する。

上条《かみじょう》はもう転がり出るしかなかった。

思ったよりも距離が伸びたのは、爆発したヨットの勢いに押されて宙を舞ったからだ。

「があっ⁉」

『チッ。転がった方がガラスまみれ楽しかったのにいキラキラ』

飼い犬役と飼い主役、縦にくるくる回る二つのキトリニタスが同じように言って笑う。

(くそっ。ヨットって風の力で進むエコな乗り物じゃなかったのかよ⁉)

背中が熱い。

慌てて安い上着を脱ぎ捨てようとしたが、何かが引っかかって邪魔する。そして火傷《やけど》ではないと思い知らされた。何かの破片が――それこそ小指の先ほどのガラスや鉄片か――ジャケットの布地を噛《か》み、背中の肌に食い込む格好で突き刺さっているのだ。全部で何本か想像もできない。

どうやらあの二人、這《は》いつくばった女性を猟犬のように解き放って獲物を追い立て、球体関節人形が獲物にトドメを刺すといった戦い方はしないようだ。どちらかというと魔女のホウキとか水晶球とかと同じ、武器や道具などの装備品として認識されているのかもしれない。

もっとも、もちろん、どちらが主で従なのかを論じる事に意味などないのだろうが。

『失敗じゃったやはりじゃないかえー？』

にたにたと。

直立する人形と這《は》いつくばった人間が、奇妙なほどシンクロしながら嘲笑《あざわら》う。

『エンプティ勝算なんか。保証は何もないぶっつけ本番でなかったのじゃ！　それが真実じゃろ⁉　だったら巻き込むクローンやめるべきじゃった。協力しますと言われてはいそうですかと頷《うなず》いた時点で、泥沼お前は彼女達を引き込んだのじゃよ‼』

「いいや」

それを、切る。

拳を握り、自分から前へ出て。一切の迷いをここに断つ。

「……俺は信じてる。妹達《シスターズ》の善意や好意は裏目になんか出ない。ただの高校生の俺なんかより、よっぽど強い『人』達なんだ。何の迷いもなく、安心して背中を預けられる、頼れる仲間なんだよ‼　だから心配なんかしない‼　間違ってなんかいるものか。ロサンゼルスの、メルザベス達母娘《おやこ》の、みんなの幸せを願って立ち上がってくれたこの奇跡が！　裏目になんか出るものかあッッッ!!!!!!」

2

同じ時、同じ場所で、短い連射音が続いていた。

無人の街の中、ロングビーチだけは花火大会よりもド派手な大音響に包まれていた。第三位や第四位を超えるモノとそこに届かなかったクローン少女達が激しく撃ち合っているからだ。

だから何だ。

単純に出力の高いレールガンを撃てれば全てに勝る訳ではない。砲身を束ねてガトリング化すれば能力者を圧倒できるとも限らない。前線に参加した個体も世界各地で待機する個体も、総数一万弱にも及ぶ妹達《シスターズ》は互いの脳を電磁波で結んで巨大な並列演算装置《ミサカネットワーク》として自己を定義する。その圧倒的な計算能力があれば導き出せる。

紙一重でかわし。

針の穴を通すように関節やセンサーへ狙撃する道筋が。

そんな中、だ。

「どうしました？　もう休憩ですか、とミサカ一九五五九号は質問してみます」

輪切りにされたクルーザーの裏に背中を預けて座る影に、全く同じ顔の少女が声を掛けた。

座り込んだ少女は首と肩でアサルトライフルを挟んで保持したまま、しばし黙った。

それから、

「すみません……」

彼女はぽつりと呟《つぶや》いたのだ。

「……聞き入ってしまいまして、とミサカ一〇〇八九号は夜空を見上げて正直に吐露します」

まあ、分かる。

たとえ不可視のネットワークで繋《つな》がっていなかったとしても。

窮地に立たされた少年が背中を預けてくれた。言葉にすればそれだけだが、そこに、どれだけ重たい価値がある事か。

だから噛《か》み締《し》め、味わい、飲み込んで、少女達はそっとこう囁《ささや》くのだ。


「『遅すぎるぜ、ベイビー』」


休憩は終わりだ。

もう一度立ち上がり、銃を構えて、少女達は死と破壊の向かい風に真正面から立ち向かう。

冷たい夜にマズルフラッシュの花が咲き乱れる。同じ顔をした少女達の間で替えのマガジンを投げ、再装塡の時間を稼ぎ、互いが互いを支えながら標的を破壊していく。

「ミサカには大切な人がいます」

ズタボロにされた高級ヨットやクルーザーの残骸を踏み越え。

足元に転がるカマキリの頭へ至近からトドメの一撃を加えて、

「彼のためになるのなら。それでロサンゼルスの皆を助けられるのなら」」

複数人のクローンで分厚い盾を構え、裏から身を乗り出して対物ライフルを突きつけ。

必殺の一撃をお見舞いして先へ進みながら、少女達はただ世界に宣言する。

「「「この程度の危難など、恐怖の内にも入らない!!　とミサカははっきり断言します」」」

きりきりかりかりかり……という機械の低い作動音が耳についたのはその時だった。

たとえるなら、精密なコンピュータの作動音にも似た……。


バガッッッ!!!!!!　と。

すぐ近くのクルーザーがガラス細工のように砕け散る。


とっさに、だ。

同じ顔をした少女達がミサカネットワークを通じて連携し、一斉に身を伏せていなければ大量の鋭い破片を浴びて血まみれになっていただろう。

そしてこういった横殴りの雨のような鈍器の嵐には覚えがある。

ベクトル操作。

「……いえ、そのものではないようです、とミサカ一六三六〇号は冷静に分析します」

ガキュガキュカチカチ、という硬質な音がいくつも連続した。自らの手で遮蔽物のクルーザーを吹き飛ばしたため、もうその身を隠すものは何もない。

ワゴン車よりも大きなカニの化け物、に見える。

横向きに身構える機械兵器は巨大な盾を構えて正面からのシルエットをほとんど覆い隠している。そしてその盾こそが本領。表面でＣＤに似た七色の光沢がぬめるように移動していくのは、目に見えないほど小さなイソギンチャクに似た何かでびっしりと覆われているからだ。

Five_Over OS.

Modelcase"Accelerator".

「最後に立ち塞がる壁が『あなた』の名を冠するとは。これもまた運命の皮肉でしょうか、とミサカ一九五五九号は静かに呟《つぶや》きます。……だけど本物なら、絶対に彼の邪魔はしない」

「人の手が介入した時点でそれはもう運命とは呼べません、とミサカ一〇〇八九号は冷静にツッコミを入れて自分の反応速度をテストします」

ファイブオーバーそれ自体は、純粋な機械製品だけで超能力者《レベル5》と同じ方式を再現し同等かそれ以上の破壊力を生み出した兵器を指す。これは第三位で思い浮かべると分かりやすいが、よ

り強大なレールガンを搭載すればファイブオーバー達成、という事になる。

しかしOS、アウトサイダーは違う。

「超能力者《レベル5》とは違う方式を採用しつつ、見た目の上は超能力者《レベル5》と似た結果を出力できる兵器」

「髪の毛より細い一〇億以上の群体制御シリンダーか、あるいは分散型電気収縮ジェルでも使っているのか。一体どうやってベクトルを操っている『ように見せている』のか、詳しい方式が攻略の鍵となるのでしょうが」

「どっちみち、本物を再現する方法が見つからずに回り道して体裁を整えた、妥協の産物。ただミサカは失敗作だろうが何だろうが容赦はいたしません。同じ欠陥品として、上から目線の手加減は意外と傷つく事も知っておりますので、とミサカ一六三六〇号は判断します」

ジャカカッ!! と一斉に少女達は銃器を突きつける。

本当にベクトル操作をしているのでなければ、活路はある。盾を構えた方向しか守れないのであれば、やはりあの第一位ほどの威圧を感じない。

「本物でないなら怖くない。背中を預けてくれた人を見捨てる理由にはなりません、とミサカ一〇〇八九号はあの指を立てて逆に宣戦布告いたします。ファッ〇ユー」

遠く離れた平和主義な北欧の国では、ネット界隈《かいわい》で非難の応酬が始まっていた。銃を持つなんて野蛮だ、それもわざわざ外国まで来てハイキング感覚で乱射でもしているのか、と。

だけどふと、その中の一人がこう書き込んだのだ。

それは、教科書通りの理想論者かぶれ達をたっぷり黙らせるには十分だったという。

『でもぶっちゃけ、羨ましいのは事実っしょ？　顔も名前も見えない安全地帯から石を投げてるより、よっぽど正義のヒーローっぽくてさ。人間らしい、いってのは、そういう事だよ』

フランスの高級ホテルでは、気位の高い学者達が人間のクローン技術を非難する声明を発表しようとした記者会見場に、プラカードを掲げた多くの若者達が雪崩《なだ》れ込むところだった。

揉《も》みくちゃになりながらも、どこか楽しげにカメラの前で若者が叫ぶ。

『書類仕事で指差し確認して一万人もの女の子達を処刑していくのが本当に人道的な行いか⁉　L.A.の危機を知っても諦めず、それでも人間のために戦う少女達を壁際《かべぎわ》に並べて銃殺しようとする事が！』

『対岸の火事なら何でもアリですか、恥を知りなさい‼　あなた達の売名行為で虐殺を許したら、その時こそ人間は胸を張って前を見られなくなってしまう……。私達はクローンに模範ってヤツを示さなくてはならないんです‼』

『確かにルールは必要だよ。でもそれは、作った連中を裁くべきで作られた少女達をさらに追い詰めるためのものじゃない。ようこそ世界へ、少女達。素晴らしい社会を見せてやる』

同じアメリカの民家では、何やらガレージがガチャガチャ騒がしかった。

『お母さんどうしたのお、こんな時間にショットガンなんか取り出して？』

『おお私のフェアリー、ネットの動画は観《み》てないの？　クローンだか何だか知らないけどようは年端《としは》もいかない女の子の集まりでしょ。私は嫌よ、まだまだ可能性のあるティーンエイジャー達が鉛弾を浴びて血の海に沈んでいくライブ動画なんぞただ指を咥《くわ》えて観《み》ているのは！　そんなのは全くアメリカ的じゃあない‼』

『……ロサンゼルスまで三〇〇キロはありますけど？』

『たったの三〇〇。何のためのハーリィよ、馬鹿デカいバイクでハイウェイをぶっ飛ばせばまだ間に合う！　具体的に何かは知らないけど、何かはできるわ。モノエッタ＝スプリングを舐《な》めるな。正義のためなら地球の何にでも首を突っ込む、そいつがアメリカ流ってヤツよ‼』

『あー、パパの単車勝手に酷使してスクラップにする気満々ならついでに持ち主も捜してよ。てかパパよりミリフォン！　私のアルカロイド系じゃ手に入らないアプリがあるしい？』

日本では厚紙とプリンタがあれば簡単に作れる３Ｄ立体マスクの図面がネット経由でばら撒《ま》かれ、渋谷や六本木の街を全く同じ顔した少年少女が練り歩いていた。

南米ではクラブイベントがゲリラ的に開催され、ＳＦ作家や映画監督達がビール瓶片手に人類平等の叫び声を繰り返していた。

バチカンでは体細胞クローンは胚《はい》を壊していないから問題なし、というローマ教皇の見解が厳かに述べられていた。

中国では我が国は一三億人も抱えているんだから今さら一万人くらい地球の人口が増えたって気にしないという書き込みがちょっとした流行ワードになった。

そして。

一つのスマホを横に倒し、互いの頬をくっつけるようにして眺めている少女達がいた。

御坂美琴《みさかみこと》と食蜂操祈《しょくほうみさき》である。

「どうしよ。どうしよどうしよこれどうしよ黒子《くろこ》になんて説明しようッ⁉」

「あなたなんかまだマシよ。私、マジで警策《こうざく》さんにぶっ殺されるかもお……？？？」

ぴろぴろぽろぽろ、着信音が止まらない。両親や友人からのメッセージの嵐。アイコンの隅で未読の件数は見た事ない数になってる。そりゃあ一体どうなっているんだとなるだろう。

とはいえ、だ。

誰かの命令じゃない。自分の意志で守るべき人々のために武器を取る少女達を眺め、常盤台《ときわだい》のエースと女王は思わず優しげに目を細めてしまうのであった。

どちらともなく、巣立ちの時を見て超能力者《レベル5》二人はそっと口を開く。

眩《まぶ》いものでも見るように、彼女達は囁《ささや》いた。


「「……格好良いじゃん、あなた達」」

3

氷点下二〇度の空気が肌を切り裂く。

ロサンゼルス、ロングビーチ。そのヨットハーバー。奇怪な魔術師キトリニタスと向き合ったまま、上条当麻《かみじょうとうま》は右拳を強く握り締め、そして構えていた。

勝つ。

勝たなければならない、何としても。

その上で、

「……黙っていればガラスの雨にやられるし、盾を用意しても砂のレーザーとか固めた大岩とかでぶっ壊される。例のサンドバッグで拳も防がれちまうし、地味だけどほんと厄介!!」

『地味地味言うなよな。傷つくのじゃちょっと』

トランスペンが音声を拾った。首輪を嵌《は》めて這《は》いつくばった美女が子供みたいに唇を尖《とが》らせ、しかしそのまま大顎を落とすように開いて、容赦なく超高圧縮の砂の刃が解き放たれる。

ヘタに逃げてもじり貧だ。特大の恐怖に心臓を鷲掴《わしづか》みにされながらも、身を低くしたまま上《かみ》条《じょう》はリードで互いを縛り上げるキトリニタスへ飛び込んでいく。右拳を振るうが、やはりイルカのジャンプのような格好で美女が飛び上がり、人形が這《は》いつくばると、分厚いサンドバッグが立ち上がって拳の軌道を塞がれてしまう。

肩のオティヌスは辺りに目をやっていた。

「……どこかにタンクローリーはないか？　下水処理の浄化槽でも良い」

「？」

「キトリニタスは砂を操る」

オティヌスは短く言ってから、

「ヤツ自身は圧縮発射、鋭利なガラス化、重たい砂岩など様々な性質を使い分けて利用するが、逆に言えば砂の性質から逃げられないという意味でもあるのさ。だったら、こっちも逆手に取ってやれば良い。あるだろう？　煮沸《しゃふつ》消毒《しょうどく》と並ぶアウトドアの基本。川や泉の水を口にする前の、ちょっとしたエチケットというヤツだ」

「砂利や活性炭の……浄水器？」

「ヨットやクルーザーなんかでも雨水の再利用案として使われているな。そしてそいつには砂も使っている。手作りろ過装置は汚れた川の水を奇麗にしてくれる代物だが、別に質量保存の法則を否定している訳じゃない。汚れは浄水器の中に引っかかり、溜《た》まっているんだよ。通常の数倍から数十倍もの濃度に圧縮された形でな‼」

すでに分かっているはずだ。球体関節人形と銀髪褐色の女性、キトリニタスは自分自身を常時綿菓子みたいな分厚い砂塵《さじん》で覆ったりはしない。視界を遮るのを嫌がるのか、あるいは細かい砂粒で肺をやられたくないのか。そんな風に予想を立てていたではないか。

ただの砂ですら、取り扱い次第では危ないのだ。

なら、もっと有害にしてやれば？

「ふぐの毒はふぐが自分で作る訳じゃない。わずかな毒性を持つ細菌をプランクトンが食べ、それを小さな貝やカニが食べ、さらにそういった餌をふぐが山ほど口にして体内でしこたま圧縮するからこそ明確な致死性を帯びる。今のあいつも一緒だよ。地球上の誰にとっても些細《ささい》で当たり前な大気物質だろうが、不自然な魔術を扱うキトリニタスだけは不自然な被害をもろに浴びかねない‼」

上条《かみじょう》の視界の端が何かを捉えた。

自販機よりも小さな箱形の機材と、側面にある拳銃みたいなノズルと太いホース。お上品な船の燃料がガソリンかディーゼルかプルトニウムか赤ワインかなんて知った事じゃないが、見た目はガソリンスタンドで見かけるような機材に近い。

タンクローリー、と例に出していたのはオティヌスだったはずだ。

「あそこっ!!」

『ひひっ』

三〇〇〇万人が消え、活動を止めた街にキトリニタスの不気味な笑みが浮かぶ。ひょっとしたらロサンゼルスは、未だかつてないほど空気が奇麗になっていたかもしれない。

くるん、と。再び縦に回って銀髪の美女が這《は》いつくばり、球体関節人形が伸び上がってリードを摑《つか》んだ。何かの予兆だ。

『甘い甘い。特性サンドを活用する発言なら……やってくれないとこれくらいはなあ！』

ごっ、と。

何か大きな影が上条《かみじょう》の頭上を覆った。

日蝕《にっしょく》よりもなお不自然に天空へ蓋をするモノの正体は、巨大な構造物だった。くの字のシルエットの中心にぽっかりと穴を空けて、後ろに尾翼のような三角形を流す、全幅五〇〇〇メートルを超える全翼型の空中式宇宙機発射台。

「……ロジスティクス、ホーネット……」

『分かっていた元々はずじゃぞ。アンサー、私は一人で三〇〇〇万人を消しておる!!』

爆音が炸裂《さくれつ》した。

ギャリギャリとオレンジ色の火花を洩《も》らして円の周りを何かが加速し、後ろの尾翼から勢い良く天高く発射されていく。同時にくの字の翼の流れに沿って蜂の群れのように多くのドローンが射出された。

ナフサ、または液体窒素。

その正確な分布。

『それはつまりい？　応用次第では大技ロサンゼルス全域を吞《の》み込《こ》む一撃を繰り出せるって事でえええええーっす‼‼‼』

大気が動く。

一つの街の気象条件が丸ごと変化する。

それは、厳密にはロジスティクスホーネットの持つ莫大《ばくだい》な貨物運搬能力を活用し、空中の任意の場所でナフサや液体窒素をばら撒《ま》いているのだろう。寒暖の差を操る事で大気の密度、つまりは気圧を操作し、タブレット端末を指先で操る感覚で自在に天候を確定させる。そういう科学技術でしかないのだろう。そもそも南にあるロサンゼルス一帯が氷点下二〇度なんて不自然な寒波で覆われているのも、このロジスティクスホーネットのせいだ。

だが、今はそんな表面的な話をしているのではない。

季節風にしてはあまりに不自然な、一方向からの猛烈な風。それを演出する事ができれば、

右から左へ薙《な》ぎ払《はら》う格好で、猛烈な砂嵐でロス全体を覆い尽くす事すら可能となる⁉

『さあ』

二本の足で立つ球体関節人形が、硬く軋《きし》んだ両手を広げていく。

その真後ろから、迫る。

それはまるで陸から海へと押し寄せる、逃げ場のない逆回しの大洪水。

あるいはオペレーション・オーバーロードリベンジに参加して上陸した学園都市やイギリス清教《せいきょう》の混成部隊も、こんな光景を目の当《まあ》たりにしたのだろうか……？

横一列。

そして天をも貫く分厚い壁。乾いたビッグウェーブ。高層ビルの群れや別荘地の過密地帯を丸ごと呑《の》み込《こ》み、砂浜から海にまで容赦なく襲い、最後の一欠片《ひとかけら》の土地すら許さない。そんなノアの大洪水のような、あまりにも巨大な壁が。

一人の女性が夫の事故を乗り越え、娘と夢を叶《かな》えるために組み上げた新技術。

その全てを、端から端まで一滴も残さず悪用して。

『刃向かえるものなら刃向かってみろよ挑戦希望‼　この私の必殺にぃ‼‼‼』

4

合衆国大統領ロベルト＝カッツェと副大統領ダリス＝ヒューレイン。

一メートル以内で互いの胸板にショットガンを突きつけ合う二人は、もはや一言もなかった。

映画やドラマでお馴染《なじ》みのポンプアクションと違って、セミオートは銃身の下にあるフォアエンドをガシャガシャとスライドして一発一発装塡する必要がない。

初弾さえ薬室に送れば、後はただ引き金を引くだけでいくらでも死の雨が降り注ぐ。


バガンッッッ!!!!!! と。


爆音と共にロベルトは体を大きくひねる。いや、引き金を引き、反動を殺さずむしろ自分の体を振り回したのだ。普通ではありえない動きにダリスは至近の標的を見逃す。何もない空間を焼き切る鉛の粒が勢い余ってホワイトハウスのプレス室、その壁の時計を粉々に破壊する。

そしてもう一度言う。

セミオートショットガンに装塡動作はいらない。ただ引き金を引くだけで『次』が出る。

体を大きくひねったまま、だ。ロベルト＝カッツェのショットガンが、下から副大統領の顎をかち上げる格好で狙いを定める。躊躇《ちゅうちょ》なく死の一撃を解き放つ。

「おおアッ‼」

「大統領おおおお‼」

銃身と銃身をぶつけて狙いを逸《そ》らし、射撃の反動を利用して後ろへ下がり、牽制《けんせい》に射撃すると見せかけ身を低くした大統領が再びダリスの懐《ふところ》へと飛び込む。銃身同士のかち合う重たい音に鼓膜を突き破るような銃声、マズルフラッシュと足元に転がるカラフルなショットシェル。

悲鳴や怒号が炸裂《さくれつ》し、集まった記者達が転がりながらも出口に向けて殺到していく。

ホワイトハウスには銃を手にしたシークレットサービスもいるはずだが、誰もが呆気《あっけ》に取《と》られてまともに動けない。そもそも現職の大統領と副大統領が互いに銃を突きつけてどつき合いをしているのだ。どっちを狙えば良い？　外から銃で狙っても、流れ弾がもう片方に当たらないのか？　前代未聞《ぜんだいみもん》過ぎて、そこまでの綱渡りをするマニュアルも度胸もないはずだ。

ちょっと離れた場所から、いくらか破天荒耐性のある補佐官のローズラインが叫ぶ。

「こっ、この野郎‼　ほんとこれこんなメチャクチャにしてどう場を収めるつもりなんだ……ッ⁉　いくらでも自由にホワイトハウスの奥の奥でひきこもれるあなたと違って、実際に報道陣の前に立つのはこの私だぞっ。やだよおここまで珍事を極めやがって記者会見の質問攻めで何をどう取り繕うんだよおおッ⁉」

「ああ、ローズちゃん愛情たっぷりのお説教なら後でたっぷり聞いてあげるから今は頭を低くしてさっさとホワイトハウスの外まで逃げちゃってねぇ‼」

「もうこいつを今すぐどこぞの収容所に放り込みたい……ッ‼」

「……頼むよ。流れ弾でアンタが倒れたら、俺は本当にこいつを殺しちまうかもしれねぇ」

それ以上はなかった。棒立ちで状況を見送っているよりはマシと考えたのだろう。黒服のシークレットサービス達がちょっと黙った補佐官の腕を摑《つか》んで速やかに退場していったのだ。

これで、正真正銘の一対一。

そしてやはり、どう考えても銃撃戦とは言えない。

むしろ扱いはもっと古い時代の、刀剣を使って互いの名誉を賭ける騎士の決闘に近い。

ギリギリと、まるで鍔《つば》迫《ぜ》り合《あ》いでもするようにショットガンの長い銃身同士を力強く押しつけ合いながら、もはや一〇センチ以内の極至近で二人の猛者《もさ》が吼《ほ》える。

「ハハッ‼　よりにもよって一二番かよ。最初っから殺す気満々じゃねぇか‼」

「そういう大統領こそ一粒のスラッグ弾でしょう？　防弾ジャケットごと人の体に握り拳大の風穴を空けられる代物ですよ……ッ⁉」

「じゃあ質問だ、R&Cオカルティクスに何を吹き込まれた？　アメリカは自由を重んじておきながら意外と宗教色の強い国でもある。俺を裏切れば、報酬として何が手に入ると？　これでも一応大統領だ、政治の世界で使える力は金だけじゃねぇって事くらいは理解してるよん」

例えば裁判所や議会などの行政機関で聖書に手を置いて宣誓するのだってそう。他にも、宗教は選挙にだって関わってくる。政策や公約、資金力やタレント力の他に、その候補者がどんな宗派の人間かだって影響を及ぼすのだ。有権者からすれば、自分と同じ共通ルールを信じている人の方が好感だって持ちやすいだろうから。

移民を排斥しろ、または広く受け入れろ。

これだって、政治の世界では自分に共感してくれる人を最大数確保するという、極めて生臭い理由も付き纏《まと》う。同じ十字教でも旧教と新教では共通ルールは違うのだ。もちろん大小様々な神話や宗教の全部が全部アメリカ国内で最大派になれる訳ではない。でも最大派になれなかった人達の意見が大多数を刺激して化学反応を起こす事でモラルやマナーが色を変え、主張できる政策の幅に違いだって表れてくる事もある。

「副大統領がそれ以上に上り詰めるための方法は一つです。分かっているでしょう？」

「……、」

「大統領が、何かしらの方法で失脚すれば良い。そうすれば、臨時の代理として副大統領がその職務を引き継ぐ事ができます」

「だから俺をそそのかして、イギリスや学園都市に間違ったゴーサインを出させたと？　ロサンゼルス三〇〇〇万人が犠牲になる事も全部分かった上で」

権力のためならそこまでやるのか、と思うくらいでは内面まで届かない。

ロベルト＝カッツェはゆっくり目を細めていく。

そして、そもそもの核心を抉《えぐ》ったのだ。

「……お前、俺に選ばれた事が許せなかったのか」

「副大統領は、国民に選ばれた存在ではありません」

黒い、黒い。

その瞳の中には憎悪《ぞうお》と呼ぶのも生ぬるい。

黒々とした闇があった。

「私はあなたの一存で任命される懐刀《ふところがたな》でしかない。私はっ!! あなたのおこぼれやお情けでホワイトハウスを出入りするに過ぎない！ 本当だったら私の党のはずだった。あなたはただの広告塔だ。それなのに、気がつけば……ッ!? 私は全てに勝っていた。あなたの持っていないものを全部持っていた。だというのに、一時の人気で。ただの流行で……っ!!!!!!」

ロベルト＝カッツェは決して頭は良くない。

実際の能力はさておいて、少なくとも書類の記録に残る学歴の範囲では。

誰もが学歴を聞けば驚く。えっ？ 高校も出ていないのに議員になれるんですか??? 反応が分かっているから、さっさとジョークで切り返して笑いを取るのも簡単なくらいだ。

それはまあ、屈辱だろう。

名門の家柄に生まれて八大学の一つを首席で卒業し、様々な人脈を駆使して秘書から政治家にまで上り詰めていった『真っ当方向』の王者ダリス＝ヒューレインからすれば。

そんなのなくても大統領になれるよ？

合衆国の自由度に際限なんかないよ？

誰の夢だって平等に叶《かな》うチャンスはある。いくつになっても夢は追いかけられる。一見すれば美辞麗句だが、実際にそんなロケットブースターで三段飛ばしに追い抜かれていった人からすれば、自分の人生の努力を一瞬にして全て否定されるのと同じなのだ。

そっと、ロベルトは息を吐いた。

その上で、

「諸君‼　セックスに興味はあるかあッッッ‼⁉⁇」


時間が止まった。

ダリス＝ヒューレインは、互いにセミオートショットガンを突きつけて命を奪い合っている最中である事すら忘れてしまったらしい。

大統領官邸ホワイトハウス。あまりにも不釣り合いなその言葉に、口をパクパクさせて、

「な、なばっ、一体なにをっ……？？？」

「ちなみに俺はある。すっげえー興味あるーっっっ‼‼‼」

「何をッ言っているんですかあなたは⁉」

直撃はないと諦めた上で構わず引き金を引き、壮絶な銃声で大統領の鼓膜を揺さぶりながらダリスが叫ぶ。鍔迫《つばぜ》り合《あ》いが解除されるが、しかし関係なかった。片手で構え直し、剣のように銃身と銃身を激しくかち合わせるロベルトの瞳は、もうキラッキラしていた。

生きたいように生きている人間は、それだけで強い。ただし学歴も家柄も安全は確約してくれない。自由は誰にでもあるが、発言や行動の責任を取るのはいつだって本人だ。

「バカか、こんなもんその辺のガキだってイエスって答えるよ。誰だって分かる当たり前の本音を認める事もできない、自分の人生を美辞麗句で埋め尽くしてマイナスの角を丸めていけば票集めの邪魔にはならない？　テメェは自分の穴という穴から蠟《ろう》でも流し込んで永遠に腐らない人間の標本でも作ってんのか⁉︎　別に俺が特別優れていた訳じゃあねえ。ＳＮＳで話しかけたってＡＩアシスタントよりお堅い模範解答しか返さない、そんなクソつまんねえ人間なんか誰にも信用される訳ねえだろうがッ‼︎」

「っ」

「人から信用をもらう第一の条件はな、学歴でも資金力でも、流行でもカリスマ性でもない。まず正直である事だよダリス君？」

真正面から、だ。

破天荒を極めたその大統領は、しかし何故《なぜ》か常に正論を抉《えぐ》っていくのだ。

本当にオブラートのない剝《む》き出《だ》しの正論は盾ではなく剣にしかならない。政治家なら誰でも知っている理《ことわり》が、ダリスの胸を的確に抉《えぐ》っていく。

「クローン人間が怖い、なるほど。得体の知れないテクノロジーが理解できない、別にそれだって一つの意見じゃねえか。何で隠す？　ぐちぐちと回りくどい理屈をこねてイエスともノーとも言わないもじもじ野郎に成り果てやがって。まるで意味深な言葉だけ適当に並べてから後付けで必死に答えを当てはめていくノストラダムス様だぜ。右に転がっても左に転がっても全部お見通しでしたって言える環境をきちんと整えなくちゃあ今日の天気の話もできねえのか？　そういう細工を繰り返すほどに、自分が惨《みじ》めになっていく事くらい分かってんだろうに」

「問題発言製造機が……。ただの悪目立ちとカリスマ性を勘違いしているだけのお飾りマスコットのくせに、上から目線で道を極めたこの私に政治を語るかあッ!!」

むしろ、ダリスの方から切り込んできた。

複数の銃声が交差し、硝煙の匂いが空気を焦がし、そして二人は再び鍔迫《つばぜ》り合《あ》いに入る。

力で押す。

「俺の発言に問題があるかどうか勝手に決めてんのはカメラ映りを気にするコメンテーター様だろ。つまり、問題発言とやらをきちんとパッケージングして完成させて世間を騒がせてんのはそいつらだ。こっちはただ快適なお料理のために包丁を売ってるだけだぜ、それを使って人を刺してんのは俺じゃねえ。当たり前の事を当たり前に話して何が悪い？　おいおい。お前の憧れる大変眩《まぶ》しい合衆国大統領ってのは、肩を縮めて目玉を左右に振って、常に周りへお伺いを立てて震え声でおっかなびっくり発言するような小っちぇーえ存在なのかあ???」

正面で構えて相手の銃身をギリギリと押さえ込むセミオートショットガンへ体重を乗せたまま、ひげ面《づら》の大統領は舌なめずりすら交える。

自分の命を懸ける事。

そうまでしても貫きたい我を持っている事に、喜びすら覚えているのだ。

「だから言おう、世界の誰もが憧れる大統領としてこの俺が言ってやる!! 夫婦の営み? 夜の生活だあ? ビビってセックスとも口に出せないつっまんねえーお前の代わりにはっきりと言ってやろう!! 俺は女が好きだ、酒が好きだ、車が好きで銃が好きでギャンブルが好きでアメコミが好きで遊園地が好きでハリウッドの安っぽい感動話が好きでポップコーンが好きで脂でギトギトのハンバーガーが死ぬほど好きだ!! この国の全てを愛している!!!!!! ……そして何より、少年少女の未熟な正義感に基づく行動、いわゆるアオハルってヤツが大好物だ。思わず応援してやりたくなるじゃねえか、こんな歳食《としく》ったおっさんでもな。別に恥ずかしがる必要なんかねえ、俺はそういう人間だ」

ぐっ、と。

至近で、鍔迫《つばぜ》り合《あ》いをしながらも、副大統領の言葉が詰まるのを確かに感じた。

罵詈雑言《ばりぞうごん》で全てを否定したがっておきながら、ダリスの瞳には羨望《せんぼう》の光があったのだ。

こうなりたかった男が、こうなれなかった男へ吼《ほ》える。

「言えねえだろ？　支持率がどうの株価がこうの、世論、好感度、批評家サマの星五つ、とにかく自分の心よりも上につまらねえ判断材料をバカスカ積み重ねるからお前は身動きが取れなくなる。本当の自分を見失う。票が減るのを恐れてバターも使ってねえバンズで大豆を固めたパティを挟み込み、好みの味も自分のやりたかった事も全部曲げちまった今のお前は、心からの言葉ってヤツを出せなくなっちまったんだ。だから俺が守るぜ、この国を守る。炭酸が好きだ、添加物が好きだ、ジャンクフードが好きだ、できればカワイイ制服を着こなす奇麗なお姉ちゃんに笑顔で運んできてもらいたい、それで一体何が悪い⁉　どれだけ馬鹿馬鹿しくても自分の思っている事を普通に言える自由の国を、国民に選ばれたこの大統領が自ら銃を手に取り命を懸けてでも守り抜くと言っている‼　移民の母娘《おやこ》でもクローンの少女達でも、人が生まれた時から持っているその権利は誰一人としてわずかばかりも欠ける事はねえってな‼‼‼」

「こっ」

ここだけは、もう戦術もクソもなかった。

強引に足で蹴飛ばしてでも鍔《つば》迫《ぜ》り合《あ》いを解き、セミオートショットガンを片手でレイピアのように振るう副大統領は奥歯を噛《か》み締《し》め、憎悪《ぞうお》の瞳を向けてこう宣言したのだ。

「こんな何も犠牲にできない、自分の部屋も片付けられないっ、自分ばっかりのクソ野郎に……ッ‼　合衆国と世界の命運なんぞ預けておけるかあ‼‼‼」

「……面白れえ。ちょっとは男の顔になったじゃねえか、ダリス。これは一対一の決闘だ、一方的じゃあつまらねえ。やっぱりタイマンってなあ、やるかやられるかでなくちゃ張り合いってヤツがねえもんなあ‼」

5

幻想殺《イマジンブレイカー》しに、意味はない。

たとえ殴って吹き散らしても、ロスの街全体を呑《の》み込《こ》むビッグウェーブ、砂の壁は崩れて倒れかかってくるだけだ。砂に包まれたらアウト、という条件だとこれでは生き残れない。そもそも魔術うんぬん以前に、単純な質量で押し潰されてしまいかねない。

決断するしかなかった。

「人間‼」

「くっ⁉」

目の前の敵から、身を翻《ひるがえ》す。身振りでクローンの少女達にも促すが、届いているか。

とにかく砂を直接浴びなければ良い。しかもキトリニタスの意表を突ける場所で、できれば頑丈であれば頑丈であるほどありがたい。そうなると、辺り一面にあるヨットやクルーザーは違う。逃げ場のない小さな箱に飛び込んでも、外からこじ開けられたら逃げ場を失うだけだ。

もっと大きな。

中に入ったキトリニタス自身が圧倒され、思わず迷ってしまうくらい複雑な。

「あそこっ!!」

「なるほどな、貴様の感性に任せる!!」

コンクリートで固められた海辺には、ヨットやクルーザーとは明らかに違う巨大構造物があった。かと言って、豪華客船やタンカーでもない。

全長は二七〇メートル、最大で三〇〇〇人弱が共同生活を送るよう設計された船舶。

斜めのタラップを駆け上がるだけでも大変だ。太股《ふともも》の痛みも気にせず歯を食いしばり甲板上から分厚い鉄の扉に取りつく。体当たりなんて全くの無意味。派手な音と共に体の中を衝撃が走り、太股《ふともも》や背中が再び灼熱《しゃくねつ》を思い出す。乾いた血で塞がり始めた傷が一斉に開いたのだ。

どうにか水密扉を開けて、血まみれで中に転がり込む。

戦艦アイオワ。退役した後は博物館として海に浮かべて丸ごと展示されている、鉄筋コンクリートのビルより硬い最強の船だ。

通路の床に倒れ込んだまま、上条《かみじょう》は鉄の扉を足で蹴飛ばして閉めた。

直後に外の世界を全て砂が埋め尽くしていった。

「早くレバーを引いて密閉しろ!!」

「っ、くそ。妹達《シスターズ》はどうなった……？　ついてきてないじゃん……」

「気にしている場合か⁉」

「ヨットやクルーザーじゃ袋のネズミだって考えたのは俺自身だぞ……。あいつらは、俺を助けるために世界中から集まってくれたんだ‼　メルザベスとヘルカリアの話を知って、救い出すのが当然って言ってくれたんだよ！　それをっ、ちくしょう、ほんとに何もできないのか⁉　ちくしょうが……っっっ‼」

「いいか、人間」

肩のオティヌスはこういう時に、甘い顔はしない。

『理解者』はそんな風に腐敗を促さない。

「……もしも私がヤツの砂を浴びて、『発酵』にやられて閉じ込められたとして、そこで貴様がやるべきは自分を責めて諦める事ではない。一刻も早くキトリニタスを倒す方法を見つけ出して、この私を砂の中から引っ張り上げる事だ。違うのか⁉」

「……、」

「過ぎた事はやり直せない。起きてしまった結果の中から最善を目指すしかない。幸い、軍用クローンの状況はロサンゼルスの三〇〇〇万人と同じだ。まだ死んだ訳じゃない、それなら助ける道はある。最後の生存者である、お前がやられてしまわない限りはな‼」

それでようやく、上条当麻《かみじようとうま》は再起動した。

歯を食いしばって、俯《うつむ》いてしまいそうな顔を無理にでも上げる。

戦艦アイオワ、今はその博物館か。

外から見れば山のような威容だったが、中に入ってみると狭い通路や入り組んだパイプ類のせいで、かなり手狭な印象がある。幅なんて学校の廊下の半分あるだろうか？

ゴリゴリガリガリ!!　という異音が外から響いた。

キトリニタスだ。

肩を震わせて身を低くする上条《かみじょう》だが、そこで気づく。すぐさま壁が破られる様子はない。さしもの砂の魔術でも、巨大な戦艦の鉄壁を切り裂くのは一筋縄ではいかないらしい。

「のんびりできないぞ。今の内に距離を取れっ、はやく」

肩のオティヌスが急《せ》かしたが、貴重な助言は活《い》かせなかった。

ガゴギンッ!!　と。

やはり水密扉か、あるいは通気口かもしれない。とにかく装甲の弱い部分を狙って強引に傷を広げ、大きな塊が二つ通路へ転がり込んできたのだ。

球体関節人形と這《は》いつくばった美女。床に散らばるガラスよりも鋭い鉄片なんぞ、気にする素振りすら見せない。

本物の戦艦でも、あの斬撃は防ぎきれない。

みしみしぎしぎしと鉄の船全体が軋《きし》んだ音を立てていた。おそらく表面的なダメージだけではない。今ので船全体が歪《ゆが》み、場所によっては腐ったモンスターのツギハギみたいに壁が破れている箇所も出てきているかもしれない。

人に直接ぶつけられたらどうなるか。

もう、砂を浴びたら人の体が消失する、だなんて次元ですらない。

「キトリニタス……」

『決めたのじゃ誰が、人を助けられるなんて』

嘲笑《あざわら》い。

突き刺すようにして、一人の母親の顔を借りた魔術師が言い放つ。威嚇する犬のように、床をしっかりと踏みつけて下から吼《ほ》え立《た》てる格好で。

『というか、メリット何の私の側に？』

「っ」

滲《にじ》む。機械的なトランスペンから、いやにどろりとした悪意が。

『私はただ居場所を奪うメルザベス＝グローサリー、R&Cオカルティクスに屈服させればそれで良《い》いのじゃ。取る必要ない人質じゃろう、決定的三〇〇〇万人など殺してしまった方が私バズっています（■誤訳の恐れあり？）』

それは。

確かに、凍った街を調べる中でも議論してきた事のはずだ。

飼い主役が飼い犬役を引っ張り、飼い犬役が飼い主役を振り回し。一本のリードで互いを振り回すキトリニタスは、何故《なぜ》『消失』にこだわった？　『殺害』した方が簡単なのに。

「ブラフだよ」

肩の上に腰掛けるオティヌスが、腕組みしながら即答した。

「本当に救いがないならわざわざ口に出して揺さぶりをかける必要はない。こちらが何を考えてどう動いたって行き止まりなんだから、放っておけば良いだろう。何故《なぜ》揺さぶる？　外から方針を変えさせようとする？　それはつまり、私達が正解を引き当てそうだからだ。ババ抜きで一枚だけカードを上に突き出すようなもんだよ。実は貴様だって怖いんだろう、キトリニタス？　私達の手でまんまとすり抜けられるのが。本当の強者ならそんな細工はしない」

『……、』

「キトリニタスは自分で選んで『殺害』しなかった訳じゃない、『消失』しかできなかった。悪いがすでに出た仮説だよ。貴様は集団戦には不向きだ。この私は魔術と詐術と戦争の神だぞ？　くだらん正論で自分を取り繕ったり、弱点を隠そうとする嘘《うそ》には敏感なんだよ」

『ひひっ』

ざらざらと。

犬のように這《は》いつくばった女性の口の端から、不自然に細かい砂が落ちていく。

追い詰められて、しかし、楽しげに。

『見えた、見えた、弱い柱お前の見えたぞ。乗ってる肩のそいつ、そこからぶちゅっと潰してしまえばぼっきり折れるじゃろうなあ！　芯がお前のおッッッ‼』

ゴッ‼　と再び外の大気が大きく動く。

地下鉄のトンネルを列車が突っ走るような歪《いびつ》さだった。ロジスティクスホーネットがナフサや液体窒素をばら撒《ま》くだけで、大気の条件はいくらでも変わる。ありえない向きから莫大《ばくだい》な風が押し寄せ、再びロサンゼルスの街を大洪水のような砂の壁が覆い尽くしていく。

屋内か屋外か、はもうあまり意味はないだろう。

元々水密扉の密閉は完璧ではない。二つの影、キトリニタスは壁の弱い部分を切り裂いて艦内に入ってきた。ロジスティクスホーネットの力を借りなくても、砂の魔術があればコンクリの建物くらいなら切断できるのだ。どこに風穴を空けて大量の砂を呼び込むかなんて、ヤツからすれば自由自在のはず。たとえ巨大な戦艦だって、そう何発もは耐えられない。

にも拘《かかわ》らず、

『あ？』

その瞬間、怪訝《けげん》な声を出したのはキトリニタスの方だった。

軋《きし》み、ねじれ、溶接部分から引き裂かれた縦長の隙間。破れた縫い目のように広がる景色の向こうで、異変があった。

サーフィンの大波を何百倍にもしたような分厚い砂の壁が不意に崩れた。霧でも晴れるように。形を失って自分を支えられず、到達前に莫大《ばくだい》な壁ははるか遠方で散らばってしまう。

『なにが……? 散布計算ロジスティクスホーネット誤った、いや違う。間違いはない数字、なら失敗どうして気象操作起きたのじゃあ⁉』

ぼっ、という低い音が遠方から響いてきた。

炎が酸素を呑《の》み込《こ》む音。

それで分かった。

元々、ロジスティクスホーネットの気象操作のベースは空気の密度の変化、つまり『寒暖の差』だ。そのため、厳密に計算した座標でナフサや液体窒素を散布している。

では全長五〇〇メートルの空中式宇宙機発射台より莫大《ばくだい》な炎を生む存在があったら?

冷たい夜の闇が、凄《すさ》まじい光に引き裂かれていく。

あの男の魔術は。

ルーンのカードの枚数さえ揃《そろ》えれば威力に際限はなくなるはずだ。

「すて、いる……?」

6

どこかのビルの屋上で、オレンジ色の火が点《つ》いた。

ある神父の口の端にある、煙草《タバコ》の先端だ。

「ふん」

神裂火織《かんざきかおり》からは託された。自分がもうやられると分かっていても、救いを求める事すらしないで。逃げ場のない空中で、それでも七本のワイヤーを使って砂のカーテンを引き裂いて。

一つは、ロジスティクスホーネットによって砂の魔術が増幅されている、という情報。

でもそれだけじゃない。

「……ああ、彼女は残してくれたとも」

確かに全幅五〇〇〇メートルものロジスティクスホーネットは、液体窒素やナフサを使って寒暖の差を操り、空気の密度、つまりは気圧を自在にデザインする事で地域一帯の気象条件すら自在に操る。『砂を被《かぶ》せた相手を溶かして土壌に吸収する』キトリニタスにとって、風向きを設計し砂嵐や竜巻を自在に生み出す気象兵器の組み合わせは絶大だ。

だけど。

純粋な物量作戦であれば、規格外の力をぶつける事で外から干渉できる。

実際、神裂火織《かんざきかおり》は『聖人』としての力を使って、R&Cオカルティクス側が正確にデザインしたはずの砂の壁を容赦なく切り裂いている。

具体的な数字は分かっている。

推定で『聖人』ランク。

もちろんステイル＝マグヌスにそんな天性の才能はない。彼はどこまで行っても足りない力を知識で補う、『持たざる者』から始まった魔術師だ。

ただし。彼のルーン魔術は、一帯にばら撒《ま》くラミネート加工のカードの枚数によって効果範囲や破壊力を増幅させる事ができる。

そしてロサンゼルスの街は三〇〇〇万人が消えてしまったが、電気は通り文明の利器はいつも通りに取り扱う事ができる。つまり、足りないカードなんぞいくらでもプリンタで増産する事ができる。数さえ増やして物量作戦で正面から競《せ》り勝《か》ってしまえば、ロジスティクスホーネットが生み出す気象操作をかき乱す事ができるはず。彼を捨て置いたのは明らかに失策だ。

「……すまなかったね、ヘルカリア」

一人、ぽつりとステイルは呟《つぶや》いていた。

ここにその少女はいないし、許される事もないだろうけど。

それでも口にしなくてはならないと、その神父は考えていた。

「失点は今から全部取り返す」

そう、ヤツは空気を温めるか冷やすかの二択『だけ』で気圧に変化をもたらす。

つまりナフサの大爆発を上回るほどの大火力があれば、ステイル＝マグヌスはたった一人で五〇〇〇メートルのテクノロジーを圧倒できる!!!!!!

「出ろ、魔女狩りの王《イノケンティウス》」

炎でできた巨人が、高層ビルの群れから頭を突き出した。

7

だんっ‼　と。

誰もいない無人の戦艦に、鈍い音が炸裂《さくれつ》した。

キトリニタス、球体関節人形の懐《ふところ》へと上条当麻《かみじょうとうま》が大きく踏み込んだのだ。飼い犬役が首輪を使ってリードを強く引いて無理に距離を取らせたが、それで明確にスタンスが確定した。

上条《かみじょう》が攻めて、キトリニタスが防戦。

ぐるんと後ろに回って球体関節人形が這《は》いつくばり、銀髪褐色の美人がリードを掴《つか》む。

サンドバッグの前触れだ。

『きはっ‼』

哄笑《こうしょう》を無視して、人の胴体よりも太い盾を弾《はじ》き飛《と》ばす。

一見すると狭い屋内は空間全体を砂で埋めやすいかもしれない。

でも違うのだ。

周囲を壁で囲まれているなら、空気中を漂う砂を風に乗せて運ぶ事はできない。空間が限られるのであれば、常に後ろへ下がって距離を取り、飛び道具に頼り続けるという戦術も使えない。実際、屋内戦闘は近距離向きだ。単純な立地だけで言えば、状況は上条《かみじょう》に味方する。

そして忘れてはならない。

確かに三〇〇〇万人は消失した。だけど街の設備はそのままだ。電気が通っているのであれば、廊下を埋める砂にはこういう対抗手段を取る事もできる。

上条《かみじょう》は力強く掌《てのひら》で壁を叩《たた》く。

厳密にはそこにあった火災報知機を。

『くっ⁉』

ごおっ、という鈍い音と共に空気が動く。廊下に漂っていた砂のカーテンは、ありふれた排煙口に吸い込まれて消えていく。

戦艦アイオワは大戦から紆余曲折を経て冷戦にも参加し、最終的には巨大な巡航ミサイルまで搭載する事になったが、今はそういう話はしていない。

そう、本当に実際のところ、アイオワ自体のダメージコントロールや防火設備の詳細なんて高校生の上条《かみじょう》に分かるはずもない。だけど、だ。この現代で博物館として改装されているのであれば、非常口や消火器などの安全基準は今の時代に対応しているはずなのだ。つまり、誰でも使えるボタンやレバーが後から取り付けられていないとおかしい。よって上条《かみじょう》に専門的なミリタリー知識はいらない。風景から浮いている不自然《ふつうの》な設備に飛びつくだけで良い。

邪魔するものがなければ、後は上条《かみじょう》の独壇場だ。

逃げる必要はない。今度こそ、今度の今度こそ、少年はキトリニタスの懐《ふところ》へ潜り込む!!

褐色美人の足運びだけでは回避できなかった。サンドバッグも『触れるだけで壊れる盾』と考えれば最小の力で破壊し、リズムを崩す道筋だってできる。

ぐるん。四肢を床に押しつけて犬のように這《は》いつくばっていた球体関節人形の方が無理矢理縦に回って、リードを掴《つか》んでいた褐色美人と位置を交換していく。

右拳は避けられたが、派手に顔から壁へ激突して、分厚い音を響かせる。

硬質な光を跳ね返す人形はつるりとした顔を押さえつけている。鼻っ柱の辺りか。硬質な顔なのに、不思議と憎悪《ぞうお》の視線に突き刺されるのを上条《かみじょう》は感じ取った。

べき、ぺき、ぱき、と。押さえても押さえても、小さな音が止まらない。押さえた掌《てのひら》から小さな虫が抜け出すように、顔全体に黒い亀裂が走っていく。

当たった以上、幻想殺《イマジンブレイカー》しは確かに効いているのだ。

後ろに下がり、その肩を怒りで震わせて。

ひずんだ声で絶叫する。

『いいよ、もおいいよお!! ロジスティクスホーネットだ何が、役に立たないオモチャなら必要ないのじゃ。今すぐ命令するッお前に、墜落今すぐクソ邪魔臭い炎の魔術師を押し潰せえ!!!!!!』

「なっ」

『ひひっ。五〇〇〇メートルの大質量じゃ。炎と炎だけ力比べノーじゃろう。そんなにご自慢な炎なら、ロジスティクスホーネット落ちてくるを焼き尽くしてみせろお!!』

8

銃声。爆音。金属と金属のぶつかる重い音。

ワシントンD.C.、ホワイトハウス。世界で最も銃声の似合わないその場所で、大統領ロベルト＝カッツェと副大統領ダリス＝ヒューレインの激闘が続く。

「ああ、怖い……」

硝煙や火花で焼けたセミオートショットガンを突きつけたまま。

しかし唇を噛《か》んで、ダリスは投げやりに吐き捨てたのだ。

「怖かったとも、あなた達が!!　合衆国は移民の国だ、誰が来たって両手を広げて歓迎すべきだ。分かっている、分かっているけど力が大き過ぎるんだ!!　加減を知れよ、遠慮をしろよ、察して黙れよ!!　親切やモラルっていうのはな、限度ってものがあるんです!　もっともっといくらでもで食い潰されちゃ堪《たま》らない!!!!!!」

「なに宗教バランスの話？」

「逆だ、全くの逆」

太い銃身と銃身をかち合わせ、ダリスは至近で吼《ほ》える。

「結局は科学ですよ。これが一番怖かった。移民が来るのは良い、一緒に働くのだって構いません。だけど、彼らが最新テクノロジーを片っ端から手中に収めて大会社を築き、国民の情報を好き放題に吸収するモンスターに化けるとなったら話は別だ‼ 私は移民と共にありたいが、かと言って移民に生活の全てを支配されて踏みつけにされる事まで認めたつもりはありません。ロジスティクスホーネットが本来通りに運用されていれば、一体どこと契約を結ぶかも読めない移民系企業が弾道兵器まで開発できるようになっていたんだぞ‼」

はあ、とロベルトはため息をついた。

確かに、発射コストに革命をもたらすロジスティクスホーネットがそのまま完成していれば、高額で不安定な旧式ロケットにすがる国策としての宇宙開発なんぞあっさり絶滅していただろう。宇宙の覇権を民間企業に奪われるという事は、ＧＰＳや衛星通信サービス、ドローンや自動運転車の大規模コントロール、月面旅行や発電衛星など——すでにできる事、これから実現するであろう事を問わず——様々な分野で半永久的に後れを取るという意味でもある。ＮＡＳＡはアメリカ政府が世界に誇る巨大極まりない広告塔だ。それが萎《しお》れて縮んで傾いていく光景に、ダリスという男はある国の行く末でも眺めたつもりになったのかもしれない。

ただし、

「……どんなに入り組んだ陰謀が待っているかと期待してたのによ、結局は遠い昔の日本車コンプレックスの焼き直しか？　あるいは中国や韓国の新型スマホ、インドやブラジルの格安白物家電にでもビビっちゃいました？　同じだよ、その恐怖はオリジナルじゃあない。お前はただ、取りつかれたんだ。定期的にアメリカって国で流行する、はしかみてえなヤツにな」

「あなたには共感なんてできない……」

鼻で笑われて。

そんなものかと嘲《あざけ》られて、副大統領の顔はいよいよ屈辱の赤に染まる。

「……実際に移民から始めてアメリカ国籍を獲得し、ついにはルールを変えてまで大統領に上り詰めたあなたにはッ!!　R&Cオカルティクスは技術を管理してくれる。次々と現れて制御もできない無数のベンチャー達の頭を押さえて一元化してくれる!!　アメリカという国を守り、移民と共に歩むためには、ああいう管理組織が必要なんです。政府は総合受付を一つだけ注視すれば済む。外から来た移民は、外から来た巨大ITが勝手に面倒を見れば良い!!!!!!」

「そいつは自由もなければ夢もない」

「っ」

「なーあダリス君？　建国わずか三〇〇年くらいの『古き良き』名門のお坊ちゃんにどこの馬の骨とも知れない俺から一つ質問するけどよ。お前、アメリカって国を舐めてる？　自由と夢。

この二つを取っちまったらな、アメリカはもうアメリカじゃあなくなっちまうんだよ」

「……ッッッ!!⁉⁇」

「誰でも夢を掴《つか》める国、正しい努力や発想の転換が素直に報われる国。それがこの大統領様が守る世界最強のアメリカだ。何かを叶《かな》えたければ他人の足を引っ張るんじゃあねえ、お前が移民に負けない誰かになりゃあ良かったんだ！　舐《な》めるなよ、ダリス。アメリカを舐《な》めるな。勝負から逃げて努力を諦めた今のテメェに、一体この国の誰の成功《ゆめ》を否定する権利がある⁉」

しかし戦いは戦い。高密度の緊張だからこそ、永遠には張り詰めていられない。

その瞬間、ロベルトは真上に立てたショットガンの引き金を引いていた。

爆発めいた大音響。

だが眉をひそめたのはダリスの方だった。至近での銃声はそれだけで脳を揺さぶる効果がある。銃身を横から押され、狙いを外されても構わず引き金を引くのはそのためだ。

わざわざ自分の頭に銃身を寄り添わせ、脳を揺さぶるメリットなど何もない。

そのはずだった。

が、

「おおアッ!!」

「しまっ」

ロベルト＝カッツェが吼《ほ》える。

あらかじめ自分の頭を揺さぶり、わざと麻痺《まひ》させるからこそ、この一瞬だけはダリス側からの爆音や衝撃波は通じない。至近で発砲されても、激しい銃声や閃光《せんこう》を無視して行動できる。

この時。

まだ大統領には、行動を選択するだけの余裕すらあった。

銃口を押しつけて発砲するのではなく、折り畳み式のストック側を使ってダリス＝ヒューレインの側頭部へ殴りかかったのだ。

「な、ぜ……⁉」

「テメェはうちの補佐官を殺さなかった、人質に取らなかった、危害を加えなかった。そっちの方が楽なのに、敢《あ》えてそうしなかった。そこだけは評価してやるぜ、ダリスッ‼」

ボッ‼　と。

副大統領の体が、いきなり霧散した。

ストックで殴りつけるどころか、たとえショットガンを至近距離から浴びせたって、人間はこんな風にはならない。まるで、人の体が砂にでも変わったかのようだ。

「っ？」

さしものロベルト＝カッツェも息《いき》を呑《の》む。ストックで殴りかかった勢いでたたらを踏む。

沈黙。

静寂。

銃身の長いセミオートショットガンをレイピアのように摑《つか》み直《なお》し、銃口をくるりと回して、そしてそっと大統領は息を吐く。科学と常識に照らし合わせればありえない一言を洩《も》らす。

「……本体じゃ、な、か、った、って事？」

しかし科学にしても魔術にしても、『外にいる人間』の常識など何の役に立つというのか。

思い返すと、ダリス＝ヒューレインがどうやってロスの状況を正確に知ったのかは不明のままだ。スマホは使っていない、誰かの耳打ちでもない。てっきりR&Cオカルティクス側から事前に計画を教えられていたから、とも思っていたのだが、そうではないとしたら？

リアルタイムでロサンゼルスに身を置きながら、遠隔でワシントンの討論会に出席していた。

だからこそ、D.C.では知るはずのない情報がぽろっと口から出てしまったのだとしたら？

ロベルト＝カッツェはぽつりと洩《も》らした。

何となく、もう二度と会える気はしなかった。

「政治だの巨大ＩＴだの、つまらねえ搦《から》め手《て》なんぞに溺れやがって。こんなにすげえ『力』があるなら、正面切っての勝負で俺を殺しに来れば良かったんだ……」

9

待った。

待って、待って。

待ち続けて、そしてぽつりと出た。

『なん、じゃ……？』

キトリニタスだった。

ぱき、ぴき、と。球体関節人形の顔から一面に広がっていく亀裂も気にせず、首輪で繋《つな》がれた銀髪美人はもっと上を、鋼鉄の屋根を貫いてはるか天空でも見上げているようだった。

褐色女性の口から、叫びがあった。

『作業、落下が終結しない何故《なぜ》じゃ？　命令私のロジスティクスホーネットに拒絶されておる‼⁉⁇』

いつまで経《た》っても隕石《いんせき》のような破滅的な震動と大音響はやってこなかった。

誰かがそれを止めたから。

いや、キトリニタスが何度も無駄なコマンドを繰り返しては拒否されるという事は、たまたま一回の入力ミスではなく悪党を締め出し、悠々とロスの大空を旋回しているのだろう。

奇跡、だったのかもしれない。だけどただの神頼みじゃない。普通に考えてありえない現象が起こったとしたら、普通はやらないような努力の積み重ねがあったはずだ。

つまりは、

「メルザベス＝グローサリー……？」

『今その名前、何故《なぜ》、出てくるのじゃ』

思わずといった上条当麻《かみじょうとうま》の呟《つぶや》きに、球体関節人形が亀裂だらけの顔を向けた。犬の顎みたいな鉄板の拘束具で顔を戒めていなければ、逆にもう頭部全体が砕けていたかもしれない。

トランスペンが魔術師の混乱を、拾う。

『魔術師でもないあんな雑魚《ざこ》も雑魚《ざこ》、撃破しておるとっくの昔じゃろうが！　あの女は何もできなかった、染《し》み込《こ》んでいったのじゃ砂の中に何もできないまま!!　そんな名前女の何故《なぜ》ここで……っ!?』

「もしも私が失敗したら、このマルウェアはあなたに預けます」

肩の上に乗るオティヌスがそんな風に囁《ささや》いていた。

「しかしだからと言って、メルザベスもまた最初から失敗するつもりでR&Cオカルティクス本社ビルへ潜り込もうとした訳ではあるまい。あの女は、いざという時の保険をかけておいてから、自分にできる全部を賭けて難問に挑んだはずだ。勝つために。あくまでも、必ず、何としてでも、自分の作ったロジスティクスホーネットにトドメを刺すためにな」

『そんな、馬鹿な、そんな事が……』

「現実にはそんな夢など叶《かな》わなかったかもな。そこまで驚くという事は、メルザベスを食い止めたのは貴様自身か？」

オティヌスは鼻で笑って、

「そして忘れたのか。あれだけ巨大なロジスティクスホーネットは並みの手段じゃ飛行状態をキープできない。あれは光ニューロコンピュータから発展させたデジタル脊髄を組み込み、ある人物のハンググライダーの姿勢制御や重心移動のデータを学習させて初めて飛行機械としての体裁を保てるようになっている」

『……、』

「つまりは、メルザベス＝グローサリー。夫の死を嘆き、それでも娘のために夢を捨てられなかった一人の天才さ。部分的にでもその神経網を手に入れたロジスティクスホーネットが、いつまでも貴様なんぞに力を貸すとでも？　夢を踏《ふ》み躙《にじ》り、家族を泣かすクソ野郎に」

「学んでいたんだよ……」

自身、呆然《ぼうぜん》としたまま上条《かみじょう》は呟《つぶや》いていた。

そう、

「マルウェア攻撃は失敗だったかもしれない、USBメモリは本社ビルの機材に挿せずに終わったのかもしれない。だけど、その無念をロジスティクスホーネットは拾っていた。同じメルザベスの失敗だからこそ共鳴できた！　だからあいつは、自分の判断で攻撃を止めたんだ!!　娘の結婚式は宇宙で。そんな目的で設計されたって理解した、踏《ふ》み躙《にじ》られて怒りを覚えた。考える頭はないかもしれないけど、それでもデジタル脊髄から全身に行き渡っていた人工の神経が共感して行動を促したんだ。そうでもなければ、こんな奇跡が起きるものか!!!!!!」

必ず助ける、と思っていた。

でもそんなのは井《い》の中《なか》の蛙《かわず》だった。上条達《かみじょうたち》の方こそが助けられたのだ。

メルザベス＝グローサリー。

ただの記号やキーアイテムじゃない。彼女もまた、あらゆる可能性を持つ一人の人間だ。だから、ありえる。同じ舞台《ロサンゼルス》に立つ以上、大きな勝敗に直接関わる立場を毟《むし》り取《と》る事だって。

誰もが夢を叶《かな》えられる、自由の国。

ただの奇麗ごとじゃない。メルザベスは実際に成し遂げた者だ。

そもそも『あの』アンナ＝シュプレンゲルが喉から手が出るほど欲しがる人物だ。何もできない人間で終わってたまるか、何か大きなどんでん返しがあってしかるべきではないか。

ざんっ‼ と。

上条当麻《かみじょうとうま》が改めて一歩前へ出る。自信を持って、大きく。右の拳を強く握り締めて。

元々、空間の限られた屋内戦闘では上条《かみじょう》の方が有利だった。

迷いがなければ、もう怖くない。

『ひ』

飼い犬役と飼い主役が、震える。

震えて、犬のような拘束具を嵌《は》めた人形と犬のように這《は》いつくばる美女が首を横に振る。

『ひひ。ふざけるな、ふざけるんじゃあねえぞ。最初から結局こうなるように見えない用意されていたシナリオがだけじゃ。シュプレンゲル嬢とメルザベスのこれは綱引きなのじゃ!!　別に、凡才がお前みたいな何か私に勝った訳じゃない!!』

「ああ、俺はただの高校生だ。このままだと留年になっちまうかもな」

『っ』

「そんな普通か平均以下の高校生がぶっ壊すぞ。お前の価値なんかその程度だ。メルザベスもヘルカリアも、ロサンゼルスの人達も、お前なんかのオモチャにされてたまるか」

それ以上はなかった。

砂の攻撃やサンドバッグの防御は構わず右手で吹き飛ばせば良い。辺りに散らばる細かい砂は、火災報知機と連動した排煙口が吸い取ってくれる。

邪魔するものはない。

その懐《ふところ》まで、一直線に飛び込める!!

重要なのは、むしろ踏み込んだ足だった。とっさに大顎を開いて超高圧縮の砂を吐き出そうとする這《は》いつくばった美女の首輪と繋《つな》がる太いリードを踏みつけ、床まで一気に押し込む。

もう、ぐるぐる回って交代なんかさせない。

この一点を押さえつければヤツの動きは封殺できる。

動きを封じたのは這《は》いつくばっていた銀髪美人だけではない。リードを摑《つか》んで不規則に振り回されていた、球体関節人形の方だって同じだ。

「『薔薇十字《ローゼンクロイツ》』も、R&Cオカルティクスもどうでも良い。もしもお前が、特別な魔術さえ持っていればどんな人の想《おも》いでも踏《ふ》み躙《にじ》れると本気で思っているのなら」

そして。

動きを止めてしまえば、届く。

今度の今度こそ、上条当麻《かみじょうとうま》の右拳が全てを終わらせる‼

「まずは、その幻想をぶち殺す‼‼‼」


鈍い音が炸裂《さくれつ》した。

リードを踏みつけたにも拘《かかわ》らず、球体関節人形は後ろに向けて薙《な》ぎ倒《たお》されていった。

すっぽ抜けていた。

リード側に千切れた手首を残し、硬く軋《きし》む体が冷えた戦艦の狭い通路でのた打ち回る。

『あ、が、が、が、が、がァあああああああああああああああああ⁉』

とても人の言葉とは思えない絶叫。だけど、上条《かみじょう》は初めてこいつの肉声を耳にした気がした。

崩れていく体を押さえるように、壊れた両手で必死に顔を覆う硬質な人形。だけど指と指の間から、ぱきぱきという音が聞こえた。先ほどとは違って、その勢いは加速度的に増していく。

ざあっ‼　と。

いっそ全てが砕けて落ちる音は、大量の砂を落とすのに似ていた。

一〇本指の間から覗《のぞ》くのは、しわくちゃの肌だった。そもそも女性ですらない。奥に潜んでいたのは、あらゆる水分を抜いたミイラのような老人だったのだ。ただの人形、ではなかったのか。最初からそういう風に染めたのか、長い年月の中でそうなったのか。ボロボロの黄の外《がい》套《とう》をはためかせ、ある母親とは似ても似つかない老人はここにはいない誰かへ嘆く。

『なぜっ。私は……私は、栄えある薔薇《ばら》の魔術師。第三の工程を支配する「黄色化」、キトリニタス（■詩的な暗喩かもしれません）!!。しない成功おかしい、かのシュプレンゲル嬢より達人たる授けられたこの私が位階、なぁぜこんな所でええええええええ!!!???』

「……黄色化。発酵。第三の工程を支配する者、か」

上条《かみじょう》の肩の上に腰掛け、細い脚を組み替えながら鼻で笑ったのはオティヌスだった。

「つまり裏を返せば、結局四つ目の完結までは届かない魔術師、という話だろう？　知っているか。黒、白、黄、赤。至高の叡智《えいち》を得るための四つの作業だが、薔薇《ばら》の教義では大抵の術者は三つ目までは完遂できるものの、最後の四つ目で生まれた鳥は最後まで扱いきれないらしいな。何でも、俗世の欲に囚《とら》われてよそ見をしてしまうから、あと一歩のところで物の本質を見失ってしまうのだとか」

『……い、ぐう……』

「自分でそう名乗ったのではなく、アンナからそう名づけられたか、副大統領？　だとしたら流石《さすが》に哀れだな。お前の期待値は最初からその程度。だからメルザベスという至高を得るために動員されたんだ。いらない人を捨ててでも、より使える人を得る。海老《えび》で鯛《たい》を釣るために」

『ぐうう‼‼‼』

うずくまり。

小さくなって、ボロボロの老人は震えていた。

そしてオティヌスは哀れなほどみすぼらしくなった老人を見ても、容赦をしなかった。彼女は『理解者』を助けるためなら何でもやる存在だ。

だから指摘した。

「そして人間、気づいているか？」

『っ⁉』

右拳でもう一発。

鈍い音と共に、首輪とリードで床に押さえ込まれ、獣のように這《は》う銀髪褐色の美人の形が崩れた。ぱさぱさの砂のように。それで今度の今度こそ、最後の不意打ちのリスクも途切れる。

ぼろ、と。這《は》いつくばった美女の影が崩れると、砂の山から出てきたのは丸い塊だった。握り拳よりも大きいくらいの塊は透明で、ぷるんとしたゼリーに似た覆いの中には作りかけの雛《ひな》鳥《どり》のようなものが丸まっている。黒い羽根で覆われたそれは、真っ赤な血で染まっていた。

そういう生き物、には見えない。

命の輝きを感じられないし、グロテスクさがないのだ。死んだ何かをホルマリンに漬けたのとも違う。どれだけリアルでも、そういう食品サンプルといった方が近いのかもしれない。

「……首を刎《は》ねられた王と王妃は一度溶け、二種の結合で卵を形成し、砂に埋め発酵を促す」

オティヌスのその呟《つぶや》きの真意など、上条《かみじょう》には到底理解できなかった。

だけど次の一言だけは。

はっきりと把握できた。

「黄色の核だ、右手でその霊装を破壊しろ。それで全部終わるよ」

10

氷点下二〇度、不自然な寒波はスイッチでも切ったように途絶えた。風を操り砂の魔術を底上げしたロジスティクスホーネットが、R&Cオカルティクス側の命令を拒絶したからだ。

そしてロサンゼルスのあちこちで、ざわざわとした物音が増えていく。人の気配やぬくもり。風の吹《ふ》き溜《だ》まりには、きめ細かい砂が山のように集まっていた。そこからぼこぼこと音を立てて、まるで水面から顔でも出すように、人間が生きたまま吐き出されていくのだ。

「ぷはっ」

同じ顔をした少女達もそれは一緒だった。軍用量産クローン、通称『妹達《シスターズ》』は学園都市のテント基地から拝借してきた銃器をがちゃりと鳴らしながら、

「どうやらまた生き残ってしまったようです、とミサカは天空を見上げて案外楽勝な世の中へ思いを馳《は》せてみます。ファッ○ユー運命だぜ、ベイビー」

おっかなびっくり、といった顔で人々は大きな通りへ出ていく。その中には元々ロサンゼルスで暮らしていた人も、軍服を着た学園都市の人間もいた。

そんな中、だ。

「ふう、ふう」

上条当麻《かみじょうとうま》はある女性に肩を貸していた。銀のショートヘアに小麦色の肌。だけど、右手を使って体を支えてもこの人は砂のように崩れたりはしない。

通りの向こうから、別の小さな影があった。

親から譲り受けた銀髪褐色の女の子。

煙草《タバコ》臭《くさ》い神父と真っ白な修道服のシスターに挟まれたその少女は、小さく震えていた。自分が見ているものが夢や幻のように消えてしまわないか、脅《おび》えているかのように。

それでも時間は進む。

恐る恐る、少女は大きな通りを進む。歩いて、走り出す。

上条《かみじょう》もまた、これ以上は無粋だと思った。貸していた肩を外し、その背中を掌《てのひら》でそっと押す。

一歩、二歩と進んで。

そして、女性はゆっくりと膝を折った。

ずっと会いたかった人。自分の娘と目線の高さを合わせるために。

もう少女の方も迷わなかった。


大きな通りの真ん中で、泣きながら母と娘が強く抱き合った。

これが、一つの事件の終わりだった。


確認すると、上条《かみじょう》はそっと息を吐いた。

それから踵《きびす》を返《かえ》す。

静かに立ち去ったのに、ついてくる影があった。隣に追い着いたのは長い銀の髪のシスターだ。母のメルザベスを追った上条《かみじょう》とは逆に、娘のヘルカリアを庇《かば》って人知れず戦った少女。

「とうま」

「そっちはどうだった？　神裂《かんざき》とか」

「他の神父達と一緒に砂の中から引っ張り出されていた」

言われて、上条《かみじょう》も遅れて気づいた。何もキトリニタスの砂の術式にやられた魔術師は神裂《かんざき》一人ではなかったのだ。やはりR&Cオカルティクス、一回の被害が違う。

でもここから先は、彼らが巨大ITの本社ビルを攻略する番だ。

インデックスは隣からこちらの顔を覗《のぞ》き込《こ》んで、

「名乗り出ないの？　三〇〇〇万人は俺が助けましたーって」

「やだよ、面倒臭い。そもそも空港に誰もいなかったからって、そのままゲート乗り越えてロスの街に入っちゃったんだぞ。最初の入国審査から全部アウトじゃねえか。アメリカの法律とか知らないし、その後いくつ地雷を踏んづけたかなんてもう数えたくもないぞ」

肩にオティヌスを乗せたまま、上条《かみじょう》はうんざりしたように息を吐いて、

「……それに、こういうのでいちいち貸し借りを意識するのはナシだ。困った時に助けてもらうなんて話は、当たり前の貸し借りゼロで良い。そういう世界の方がよっぽど幸せだろ」

「ふふっ」

小さく笑って、インデックスは横から寄りかかってきた。

上条《かみじょう》は眉をひそめて、

「なに？」

「いや別に。ふふふふふー」

最初の入国審査から全部アウトなのだから、イギリスなり学園都市なりの力を借りてこそこそ日本に帰るしかないのだろう。

だけど泣いてすがりつく前に、巨大なハンバーガーをつまみ食いするのも悪くない。

終章　その『人間』は帰還せり　Science_Side,Interrupt.

『同じ顔したクローン少女達へ巨大ハンバーガー争奪戦に挑む日本の高校生、ｉｎ Ｌ．Ａ．』

『うげえ⁉　なにこれ映えるッ‼』

『守って良かったよ。こんな癒やし系がまとめて殺処分とかどれだけ悪夢なんだっつの』


表ではそんな声もちらほらと聞こえる中、学園都市では一つの裁判が復帰した。

ネットやＳＮＳの流れを見れば分かるが、クローン人間は概《おおむ》ね好意的に受け止められている。つまり同じ人間だと認識されつつある。何だかんだ言って、人は人を排斥できないのかもしれない。キャラクターの顔が描かれたお菓子の袋を開ける時、つい顔の部分を避けるように。

これからどういう扱いを受けるかまでは分からない。だけど感情移入さえできるのなら、殺処分の心配はなさそうだ。しかしそうなると、別の問題が浮上する。

「つまりあなたは金銭や怨恨《えんこん》ではなく、純粋に自分の能力を吊《つ》り上《あ》げる、ただそれだけのために人を殺す事を受け入れたのですか？」

「はい」

「それを一万人以上も？　誰かが止めてくれなければ、最大で二万にまで届いたと？」

「面白かった、日々の成長を実感していた。そいつは事実だ」

「ああ、ああ、恐ろしい。相手はただの実験動物ではない。生まれの方法は違っていても、紛れもなく我々と同じ命や心を持つ存在だというのに」

白い髪に赤い瞳の怪物。

一方通行《アクセラレータ》は、誰にも気づかれないようにそっと笑っていた。

……やっと世界が、ここまで来てくれた。

だからこそ、第一位にして新統括理事長への情状酌量の余地は、一切ない。

「静粛に。これより最終集計に入ります」

隣では弁護士がおろおろしていたが、第一位が雇った人間ではない。制度上の必要とはいえ、こんな勝ち目のない裁判にあてがわれたのだから彼もまた不運だっただろう。

被告自身に勝つ気のない裁判など、どうやったって不利益を被《こうむ》るだけだろうから。

「本名不明、通称一方通行《アクセラレータ》」

裁判長は、氷のような瞳で怪物を見下ろしていた。

正義の執行者。

遅すぎるよ、という一方通行《アクセラレータ》の唇の動きにさて老いた裁判長は気づいただろうか。

世界中が勝利に沸き躍る中、誰よりもそれを願った人間だけが地獄に落ちる。

新統括理事長の狙い通りに。

正義の天秤《てんびん》を司《つかさど》る裁判長は冷たい声でこう宣告したのだ。


「判決を言い渡す」


「ロジスティクスホーネット、今、最後の一機が南大西洋に着水したそうだ。これで一二機全部が無力化されたとみなして構わん」

そうか、とロベルト＝カッツェは小さく呟《つぶや》いた。ホワイトハウスの執務机に革靴を履いたまま足を乗せながら、大統領はどこか上の空という感じで報告に生返事だ。普段はあれだけ辛辣な補佐官のローズライン＝クラックハルトもまた、この時だけは余計な追撃はしなかった。

明らかに何かが足りない。ぽっかりと空いた空間には、いつも副大統領がいてくれた。

「……ダリス……」

椅子に体を投げて、しばし天井を見上げ、そしてロベルトは戦友の名前を口に出す。

悔やむように。

「もう二度と会える気がしないとかって思ってたのに、あっさりロスで逮捕されてんじゃねえよバカ!!　なんて顔してお前と会えば良いってんだ!!⁉⁇」

ローズラインは額に手をやって世界を呪うような低い声を出していた。

「……男なんてみんな詰めが甘い幼稚な生き物だ、と言ってしまっては差別にあたるのだろうな。特に多様性を肯定する合衆国で政治を志す者なら口に出してはならない一言だ。分かってる、全部分かっている。だが敢《あ》えて言うけど男なんて一人残らずクソの集まりかあッッッ!!!!!!　あなた達のくだらん意地だのプライドだのの戦いとやらでこっちがどれだけ火消しに奔走しなくちゃならないと思っている⁉　今夜も胃薬飲んで徹夜だぞうもう二六日なのに今年の仕事に終わる気配がないぞうーっっっ!!!!!!」

「よせそれは俺の自慢のコレクションっ」

「今は立派な証拠品だあ!!」

セミオートショットガンを掴《つか》んで暴れる美人補佐官と取っ組み合い。銃の扱いに不慣れなのか初弾の装填を忘れてくれているようで何よりだ。でなければ弾みで何発か暴発している。

ぐっ、と。

割と命懸けの攻防だったはずなのに、気がつけば大きな机に華奢《きやしや》な補佐官の背中を押しつける形になっていた。まるでそっとベッドに体を押すように。

不自然な格好でのしかかられたまま、しかしローズラインは悲鳴を発しなかった。

ロベルトは取り上げたショットガンを脇に放り捨てて、

「いつも助かってる……」

「よせ、大統領」

「お前が背中を守ってくれるって思わなくちゃ、あんな博打《ばくち》は打てねえよ」

「……私とあなたは致命的に趣味が合わない、だからいくら時間を重ねてもスキャンダルは生まれない。そこが私とあなたの最大の武器だった。だろう？」

でも、拒まない。

これは明らかに間違った選択。だけど二人とも、いつの日かこんな間違いが発生する事でも期待していたのかもしれない。

その時だった。内線からスピーカーフォンで何かきた。

『あのうー、使用済みのゴムをぐるんぐるん振り回すジェーンと名乗る謎の娼婦《しょうふ》が正門前まで来ていますが対応はいかがいたしましょう？　こいつの染色体を調べれば大統領の知人だと分かると発言しておりますが、こちら疾病管理予防《しっぺいかんりよぼう》センターに鑑定を命令なさいますか？』

そして補佐官は小さく笑った。

笑って大統領の体が軽く浮かび上がるほどの勢いで股間を蹴り上げると、今度の今度こそ火薬の匂いが残るセミオートショットガンを丁寧に操作して初弾を薬室に装填する。

『来たわよーダーリン!! ショットガンで生ゴミにされたい合衆国の敵は誰だーっ!?』

『ぐおお俺のハーリィのエンジンがまとめて焼け焦げてるうっ!?』

ロサンゼルスに活気が戻っていた。そして英語だろうが何だろうが、聞き取れる限界を超えてしまうと日本人の耳にはわいわいがやがやに聞こえてしまうものらしい。今は夜。海外では割と早くお店が閉まるという話だが、今日だけは違う。みんなで喜びを分かち合いたいのか、誰もが自分から仕事をしてでも『いつものリズム』を取り戻したと実感したいのか。

ハンバーガーショップの一角だった。ボックス席に陣取るようにして上条当麻《かみじょうとうま》とインデックスとオティヌス、後は全く同じ顔したクローン少女達がひしめく羽目になっていた。

柔肌と柔肌と体重と柔肌で普通に押し潰されそうになりながら上条《かみじょう》は叫んでいた。

「目立つ目立つ目立つ目立つ目立つ!! ぎゅぶえ。なにっ? お前達ちょっとは身を隠そうとするっていうか世間をお騒がせしない精神とかあったじゃん。あれ一体どうなった!?」

もう顔が赤くて仕方がない。

もちろん被写体は妹達《シスターズ》なんだろうが、巻き添えだけで動物園のパンダくらいシャッターを切られまくっている。変な連射の閃光《せんこう》で軽く頭がくらくらするくらいだ。

そして妹達《シスターズ》は気にしない。一つのお団子っぽくまとまったモンスターが抑揚なく呟《つぶや》く。

「ミサカはもう遠慮はやめました、とミサカ一六三六〇号は最前列からひっついて答えます」

「一番の功労者はハグして頭を撫《な》でてもらう決まりができています、とミサカ一九五五九号は自分アピールに余念がありません」

「フ○ック、世の中目立ったもん勝ちだぜフ○ック。今日はもう検体番号《シリアルナンバー》なんてどうでも良いです、この昂揚感《こうようかん》と爽快感はミサカネットワークで共有しまーすっ」

ネットワークで繋《つな》がっているくせに個性溢《こせいあふ》れる妹達《シスターズ》である。しかしアメリカ育ちだからフ○ックフ○ックはちょっと語弊がある気がする。一体ナニの何号だかは知らないが、間違いなくこいつ個人の趣味や嗜好《しこう》の問題だ。むしろ本場の国ほど避けたがる言葉のはずだし。

「分かった分かった！　なに、一等賞のＭＶＰを決めれば良いの？　じゃあ誰か一人と握手するから、後はミサカネットワークで経験を共有すれば良いじゃんか」

「……、」

「……、」

「……、」

無言の圧がこわいっ!!　と上条《かみじょう》は隣（で共に潰されている）の修道女に助けを求めた。

「ぐうう……。こ、これがレギオン。とうま気をつけて、今こそ右手のしましまを使うべきぱんつなんだよしましま」

「おいどうしたインデックス、視覚に思考を惑わされているぞ。って、顔真っ赤じゃねえか！　これは、のぼせている……だと？　まっ、まさかこいつが実力的に叶《かな》うはずのないミツバチがスズメバチにまとわりついて熱で殺す、命知らずの必殺技かあ!?」

「……ハチ関係だとテキトーな名前つけて第五位辺りが即死奥義《そくしおうぎ》でも開発しそうだな」

ぼそっと低い声で言ってるオティヌスは特に上条《かみじょう》を助けるつもりはないらしい。

とにかくご褒美《ほうび》を求めるクローン少女達の魔の手がイソギンチャクみたいに迫りくるので、もう上条《かみじょう》は今の内にテーブルの上にあるものは全部食べちゃう事にした。この迫力で育ちざかりの胃袋。放っておいたらフライドポテトの一本どころか付け合わせのパセリすら残らない。

が、

「えっ、なにこれ大豆？　じゃねえっ、じゃあ俺は今一体何を食べてるの!?　普通にお肉っぽくて逆に気持ち悪い!!」

「心配するなよ人間。別に代替肉なんて珍しくもない、貴様が夜な夜なこっそり食ってるカップメンドルに入ってる四角い肉だって大豆ベースだろ。貴様がいつも誘惑に負けてコンビニで買ってる無駄遣いジュースは大体みんな無果汁だ、謎薬品のカタマリだよあんなもん」

「結局これナニ!?　ちゃんと脂身っぽい部分があって美味《おい》しいんですけど!!」

ここにいるのは彼らだけではなかった。

テーブル席の対面には、銀髪褐色の母娘《おやこ》が仲良く佇《たたず》んでいる。ボックス席の片側だけに妹達《シスターズ》が殺到しているので、対面側までは押し潰されていない。

『大豆食べたい、植物、ヘルシーです極める』

相変わらずのバカ通訳と共に、ヘルカリアは両手で巨大なハンバーガーと格闘していた。彼女だけの特等席、つまり母親メルザベスの膝の上に陣取りテーブル下で小さな足をぱたぱた、すっかりご満悦である。普通に上条《かみじょう》のスネにぶつかってきて痛い。

というか、だ。

「それにしてもアンタ、普通に日本語できたんだな……」

「日本語、ロシア語、英語ならまあ何とか。宇宙関係は広いようで狭い業界ですから。医学と言ったらドイツ語なのと同様に、この道を進む際には必須になってくる言語なんですよ」

そういえばトレーラーハウスでのメッセージ動画でしか観《み》ていないが、あれは日本人に向けて決め打ちで作っていない。相手が日本人と分かっていれば始めから日本語を使っただろう。

それからメルザベスは改めて、

「このたびは、私達の問題に深く巻き込んでしまって申し訳ありませんでした……」

「なに何の話？」

「あらあら、そういう所は意外なほどにオトナなんですね。それでも何かお礼はしませんと、なら、そうですね、こうしましょう」

『わっ』

その瞬間、メルザベスは膝の上に乗せたヘルカリアの両目を掌《てのひら》でそっと覆う。

そして。

頬に、だった。

一瞬だけ触れた柔らかい感触の正体は、指先ではないだろう。

そっと顔を離した母親は淡く笑っていた。

『？』

ヘルカリアはキョトンとしたままだ。口の周りについたハンバーガーの（これも成分不明な）ソースを母親の手で拭われ、無邪気に両足をぱたぱたしている。

だが娘をどうしようが肩のオティヌスは見ていた。お団子状クローン少女達も見ていた。

そしてがっつりインデックスも目撃しているのだ。

「待って待って待ってケアするならちゃんとケアして今のはこう欧米では当たり前ですよ的なご挨拶テンションだって注意書きまで説明してメルザベスってちょっとなに顔赤くしてんのナニ急にファーストネームで呼ばれたから照れてしまいましたってそんな話じゃないし今ぁーっ⁉」

死の一歩手前であった。

テーブルの端に置いていたおじいちゃんスマホが工夫のない着信音を響かせたのだ。

モバイルを取って画面を眺め、上条《かみじょう》は顔をしかめる。

「何だよ、おい。非通知だと怖いよ、ここ海外だぞ！」

どこに電話があろうが地球の裏側から連絡できる事にも気づいていないバカは自分のスマホを包み込むようにして、おっかなびっくり声を出していた。

『こっちは……終わった……』

「あん、どうしたステイル？　お前はR&Cオカルティクスの本社ビルに向かったんだろ。USBメモリもいらないようだし。何だ、もう戦闘終了のお知らせ？　まあ防衛の要《かなめ》だったキトリニタスは俺達でやっつけたし、後は楽勝だったとか？」

『ん、でる』

掠《かす》れた呟《つぶや》きは、電波状況によるものではない。

ステイル自身の声が安定しないのだ。眉をひそめる上条《かみじょう》に、彼はもう一度言い直した。

『死んでる。R&Cオカルティクスの重鎮達が、軒並み血の海に沈んでいるんだ……』

言われて。

上条当麻《かみじょうとうま》は、自分の頭の後ろで痺《しび》れに似た何かが疼《うず》いている事にようやく気づいた。

受け止めきれない。きちんと日本語が耳に入ってきたはずなのに、頭が解きほぐして呑《の》み込《こ》んでくれない。だから上条《かみじょう》は、不自然に顔をひきつらせ前後の繋《つな》がらない質問を返す。

「……おいどうした、何だ。幻覚とか？　専門家が必要な場面なのか、例えばインデッ、」

『ダメだ、連れてくるな。あの子は天真爛漫《てんしんらんまん》なようでいて意外と鋭い。完全記憶能力で一度頭に詰め込んだ後にいくらでもリピートで精査できるからね。だから、絶対に気取《けど》られるなよ』

呻《うめ》いていた。あれだけ魔女狩りを極め、過酷な戦闘を乗り越えたステイル＝マグヌスが。

これは本当にまずい。

電話では、映像は見えない。それで良かったのかもしれない。長身の神父は果たして自分で気づいていただろうか？　上条《かみじょう》に向けてではなく、誰にともなくこう呟《つぶや》いていたのだ。

『こんな地獄、忘れる事のできないあの子になんか見せられるか……』


その少し前の話だった。

アメリカ合衆国、カリフォルニア州、ロサンゼルス。

R&Cオカルティクス本社ビルの防衛に動員された魔術師・キトリニタスは撃破された。三〇〇〇万人の市民も、学園都市・イギリス清教《せいきょう》の戦闘部隊も砂の中から引きずり出された。

そうなると、もう一つの決着がやってくる。

R&Cオカルティクス本社ビル、その重役会議室である。

「おい、どうするんだ、おい！」

「ドローン管理サーバーの分解状況は？　『Rローズ』さえ運び出せれば固定のビルは捨て置ける、ロジスティクスホーネットはこうしている今も世界の空を制圧しているんだっ!!」

「こちらのコマンドを受け付けない役立たずのオモチャにいつまで固執するつもりよっ、ネット通販以外にも主要収益部門はいくらでもあるわ。今はとにかく行方を晦《くら》ませ、!?」

びくんと、高級なスーツを着た女性の肩が震えた。

心理状態だけではないだろう。

無数の攻撃を浴びた世界のＶＩＰの一人は、床に倒れた時には全身が腫れ上がっていた。その表情が読めなくなるほどに。それどころか、膨らんだ皮膚の奥で何かが蠢《うごめ》いている。

「うん、うん」

かつん、という足音が一つ。

絶句する重役達の視線を受けて、その誰かは正面から聖域に踏み込んでくる。

女だった。ベージュ色の修道服を纏《まと》う、不自然に肩の辺りで金髪をばっさり切った女。

「ツェツェバエとも迷ったが、やっぱり研究するならヤドリバエに限るな。体が大きく、頑丈で、高速、変異次第では人間の皮膚を突き破って卵を産みつける。そして」

泡を食って逃げようとした重役の背中に、その誰かは人差し指を向けた。いいや、正確にはカードサイズの小さな水鉄砲か。ゼリー状の何かを浴びた標的へ、黒や銀の残像をビームのように引き、無数の殺人蠅《さつじんばえ》が曲線軌道で鋭く襲いかかっていく。

匂いを敏感に嗅ぎ分けて集まるハエは、実は人の手で操りやすい昆虫の代表格でもある。

「カスタムして時速五〇キロくらい出せるようにすれば人の足ではもう逃げられない。やってしまったな。これ、そこらの鉛弾より便利だぞ。物陰に隠れても防弾装備でも防げない」

『やれやれ』

誰もがぎょっとした。

謎の人物に答えたのは、どこからどう見てもゴールデンレトリバーだったからだ。

『敢《あ》えて嫌われ者のハエを最凶のオモチャとして抜擢《ばってき》する、か。そいつは「分解者」と「媒介者」への敬意《トリビュート》のつもりかね？』

「あの双子の専売特許でもない。害虫くらい統括理事の薬味《やくみ》久子《ひさこ》も自在に操っていたよ」

ゴールデンレトリバーはそっと息を吐いて、新しい葉巻の先を鋭く切る。

同じ虫でもせめて高い毒性で知られる蜂、蜘蛛《くも》、サソリなんぞに一撃で殺されるなら納得のしようもあるだろうに、無数のウジに皮膚下の柔らかい組織をごっそり食い破られて死ぬだなんて最悪も最悪だ。そんな、明らかに他人行儀な同情の仕方であった。

「ヤツはもういらないと言ったからな」

くるくると、掌《てのひら》に収まるほど小さなガス式水鉄砲を軽く回しながら修道服の女は気軽に答えたものだった。片目を瞑《つむ》り、空いた手で自分のこめかみをつつきながら、

「なら、科学技術の『暗い部分』は私が拾おう。なに、ファイブオーバー、軍用量産クローン、アンドロイド、ナノデバイス、人工幽霊、筋繊維疑似増加、AIM拡散力場、後は犬が人語を話すのに必要な技術もそう、何より能力開発。『書庫《バンク》』はいらないよ。表も裏も、学園都市製なら大体全部ここにある。……掌《てのひら》の上にないのは、あの右手くらいのものだ」

『中ボス軍団の安易な復活、あるいはガジェットを寄せ集めたスペシャルボスに大したロマンはないぞ。実際の数値の問題じゃないんだ。そういう安直な強敵はインパクトが薄い、四天王の力を一人で全部使える大魔王なんて案外あっさり葬《ほうむ》られるものだよ』

「手持ちの旧式技術だけでドヤ顔最新ボスに立ち向かうと言っても？」

『ほほう？　その言い方はずるいな、そう言われると少々ロマンが疼《うず》く。旧ドイツの八八ミリ使ってパレード気取りで迫り来る複合装甲のハイテク戦車をぶち抜いてみるとか？』

「できない事を言うなよ」

『真顔でそんな大前提からバッサリ切るんじゃねえよ、できないからロマンなのっ』

「お前、まさか……」

重役の一人が、椅子から腰を浮かす事もできずにただ呻《うめ》く。こんな奥の奥まで踏み込んできたという事は、すでにR&Cオカルティクス本社ビルの警備は全滅したと考えるべきだ。

たった一人の人間の手でそうされたとみなすべきなのだ。

「まさかっ!?」

「ああ、先ほどから君が一向に椅子から立てないのは性格が臆病だからではないよ？　恥じる事はない。みんな、すでにそうだ」

動けない。

手足どころか、瞬《まばた》きや呼吸すらもおぼつかなくなっていく。

『が』

そして何かが蠢《うごめ》いた。ベージュ修道服の女の後頭部からだ。

『がぼぐハアっ!!』

何かがあった。ショートヘアでは居心地悪そうに、髪の輝きの中に顔の、よ、う、な陰りが見て取れる。そいつは確かに人の言葉で、まるで空気に溺れるように喚《わめ》いていたのだ。

『おい、そこのお前。お前達。誰かこいつに反撃しろっ!!　じゃないとますます付け上がりたりける。あのアレイスターだぞ、挫折と失敗だらけなりし「人間」だぞ。格好つけさせたるな、引きずり下ろせっ、隙なんていくらでもありけるはずよ!!　だから……っ!!』

「はっはっは。ローラ＝スチュアート、あるいは大悪魔コロンゾン、そして運命共同体よ。それは古き良きツンデレ、嫌よ嫌よも好きの内と捉えておこう」

『おぞましい……ッッ!!!!!!』

「悪いが今回だけは、私の完全勝利だよ。負けるのは次の機会で良い」

馬鹿げたやり取りを、しかし誰にも止められなかった。すでに完全に指先一つ動かせなくなっていたのだ。方法は一種類ではない。殺人蠅《さつじんばえ》の制御など広げた手札の一つに過ぎない。

元々、科学技術の中に含まれる全てがこの女（？）のオモチャなのだ。

「アレルギー物質は口から摂取するより皮膚から吸わせた方が劇的に働く場合もある。食物アレルギーに指定されていない物質でも普通に取り込んでくれるしな。それにこの方法だと、実際に効果が全身に回るまで危機感を覚えて回避行動を取るきっかけすらも得られない。だから無防備なまま一方的にダウンを獲《と》れる。青酸カリやトリカブトと違って、検死したって不審点も出てこない。本人も気づいていなかったそういう体質で、そういう不幸な事故だった、で処理してもらえる訳だ。事件のプロの目から見てもな？」

「……、が……」

アナフィラキシーショック。医療や捜査の関係者すら誰も疑問に思わない明確な死因が外から勝手に後付けで設定され、そして二度目の衝撃で重役達を音もなく蝕《むしば》んでいく。

その女は興味なさそうに部屋を一瞥《いちべつ》してから、

「CEOのアンナはここにいない、か。まあそんな事だろうとは思っていたが」

『……あれだけ完全勝利と吹いてこうか。やはり必ずどこかに落ち度が出てくるな、君は』

呆《あき》れたような大型犬の言葉も、特に気にする女ではない。

悪い偶然には、もう慣れた。

ベージュの修道服の女は小さく笑う。目的の人物がお留守ならメッセージを残すまでだ。

「なあシュプレンゲル嬢。あんまり休み癖がつくとそのままずるずるとひきこもりになりそうだし、私もそろそろ自分の仕事をしようと思うんだ」

もちろんすぐに学園都市とイギリス清教《せいきょう》の混成部隊が本社ビルへ到着するだろう。それまでに誰にも消せない決定的な文字列を刻みつけ、速やかに現場を離れる必要がある。今の学園都市は表も裏もないらしいから、変な隠蔽はしないでそこにあった事をきちんと世界に発信してくれるだろう。それは間違いなくアンナ＝シュプレンゲルの耳まで届く。

楽勝である。

その女は豪奢《ごうしゃ》なテーブル上の鈍いペーパーナイフを手に取り、柔らかい人差し指の腹で先端に触れる。これで人を傷つけるとしたら、それはそれは強く力を込める必要があるだろう。確認し、女は身動き一つできず脂汗でびっしょり濡《ぬ》れた哀れな犠牲者の前へゆっくりと回る。

ペーパーナイフを逆手に持ち替え、杭《くい》か何かのようにわざわざ構え直す。

とにかく笑って言った。

奇妙に清々《すがすが》しく。自分の口を引き裂くような、これ以上にない『暗部』の笑みで。

「だからブライスロードで全てを終わらせた『人間』アレイスター＝クロウリーが、結社《おまえ》の始祖を殺しに行くよ」

あとがき

一冊ずつの方はお久しぶり、まとめ買いの方は初めまして。

鎌池《かまち》和馬《かずま》です。

脱クリスマス、二六日の物語!!　はいかがでしたでしょうか。創約3は割と真っ黒どろどろだったので、今回は上条当麻《かみじょうとうま》がとにかく一直線に事件の中心へ突っ走っていく構成にしています。上条当麻《かみじょうとうま》と浜面仕上《はまづらしあげ》。どちらも最善を尽くしたはずだったのに、何がそこまで違ったのか。絶対に信じる、悪人であっても構わない、と言い切って自分以外の赤の他人のために命を賭けて戦い抜いた上条当麻《かみじょうとうま》が何を摑《つか》んだのかをあれこれ想像してもらえますと。

それから今回は無数の仮説をまず目一杯広げてから、徐々に答えを絞っていく過程を文章で視覚化してみたかった、という行間部分の挑戦もあります。

久しぶりにステイルが登場したので、ここぞとばかりにシビアな選択を。やっぱり胡散臭《うさんくさ》い煙草《タバコ》神父《しんぷ》はこうでなくては。ただ、ここで手を切ったり報復を考えたり、としない辺りが上《かみ》条《じょう》らしさなのかも。それにしてもやっぱりルーン魔術は便利だなあ……。文字を選ぶ、刻む、溝を染める、削り取って文字を破壊する、と魔術の準備、発動、停止までの一連の手順が視覚的・物理的に分かりやすいのも良《い》い。ただ、エンタメだとあまりにもオールマイティで便利過ぎるキャラは逆に出しにくい、というジレンマもあるので悩みどころではありますが。

また、創約1から話題に上っていた一方通行《アクセラレータ》の裁判についても、裏方ながら今回は向かい合っています。第一位まわりについては、アンナ＝シュプレンゲルが邪魔さえしなければこういう善なる流れを生み出せる、という訳ですね。

今回は母娘《おやこ》がテーマでもあったので、前半では娘のヘルカリア、後半では母親のメルザベスに集中しています。これも、何気に今までこのシリーズではあまりなかった動きかもしれませんね。また、メルザベスについては『本人』をあまり出さずに外堀を埋めていく事で、その存在感を増せないかなと思っていたのですが、いかがでしたでしょうか。

イラストのはいむらさん、伊藤《いとう》タテキさん、ファイブオーバーまわりで葛西心《かさいしん》さん、担当の三木《みき》さん、阿南《あなん》さん、中島《なかじま》さん、浜村《はまむら》さんには感謝を。砂の魔術は実際の効果と見た目のインパクトにズレがあるため、何気に大変だったかもしれませんね。でもって恐怖のロジスティクスホーネット。今回も無茶ぶりにお付き合いいただき、ありがとうございました。

そして読者の皆様にも感謝を。英語が苦手な上条当麻《かみじょうとうま》のアメリカ物語、いかがでしたょうか。アメリカ感についてはでっかい車やバイクよりも、何気にオティヌスの『……、実はアメリカ発のこういうオモチャは嫌いじゃない。電動立ち乗り二輪車とか』がポイントかなと思うのですが、いかがでしょう？　次回もよろしくお願いします!!

それではこの辺りでページを閉じていただいて。
次回も表紙をめくってもらえる事を願いつつ。
今回は、この辺りで筆を置かせていただきます。

やっぱりエンタメ大統領ならステルス戦闘機くらい乗り回してほしいよね！

鎌池《かまち》和馬《かずま》

世界の片隅で、鈴を鳴らすように可憐《かれん》な声があった。

「あら、もう良いの？」

対して、見た目は一〇歳くらいの少女、アンナ＝シュプレンゲルはそっと肩をすくめる。

「まあ元々、あの会社はこうする予定で作った訳だし」

「それにしても、よ。捨て駒として育てていったものだって、懐《ふところ》で温めている間に愛着が湧く事だってあるんじゃない？　貴女、特にそういう『むら』が大きそうだし」

「アラディア」

「失礼、沈黙を選択するわ。貴女の『むら』のひどさを理解しているならなおさらね」

人差し指を己の唇に当て、片目を瞑《つむ》って彼女は笑う。

あらゆる国境をまたいで展開するR&Cオカルティクスは、元来『本社ビル』なんて分かりやすい中心点を作る必要のない組織だった。にも拘《かかわ》らず、そうした。何故《なぜ》か？　どこかに中心を置いておかないと勝った負けたの判定ができなくなってしまうからだ。

つまり、巨大ITはあらかじめ、わざと撃破されるために用意した国際企業である。

アレイスター＝クロウリーのアレルギー攻撃と同じ。本来、世界にない弱点を勝手に作って埋め込み、悪目立ちで散々に育てて膨らませ、外からの攻撃を誘って見事に破裂させた。

悶《もだ》え苦《くる》しめ、この世界。

そんな風に嗤《わら》うために。

「……これで、誰もが叫ぶ。巨大企業の好きなようにさせるな、あらゆる成功者は国が管理しろ、頭一つ突き抜けた金持ちは得体の知れない裏技で必ず牙を剝《む》く。だから叩《たた》け、潰せ、その髪を摑《つか》んで泥の味を舐《な》めさせろ、安全のため平和のため世界の基準は下流に揃《そろ》えるべきだ」

くすくすと。

アンナ＝シュプレンゲルは歌うように言ってから、こう結論付けた。

「これだけカメラの前で暴れたんだもの。ほんの少しでも出る杭《くい》は残らず打たれる、恐怖政治の始まり始まり。ふふっ、本当はそんな事誰もやりたくなくても、沸騰する民衆に背中を押されてそうせざるを得なくなるわよ、大統領？　あなたの愛する正義が、あなたの守りたい人々をくまなく殺す毒性を帯びる。せいぜい楽しみなさい、管理不能な暴走の時代を」

あたかも世界の頂点のように君臨するアンナ。R&Cオカルティクスや『薔薇十字《ローゼンクロイツ》』を捨て駒にせず適切に運用すればその通りになったが、しかし実際、彼女はそこに固執しない。

というより、上に立って誰かの面倒を見るのにはもう飽きて、疲れている。

そういう世話焼きは世界最大の魔術結社『黄金』の馬鹿騒ぎでもうお腹《なか》いっぱいだ。

全てが灰に帰ったブライスロードの戦いで、懲り懲りだ。

次は自分が面倒を見てもらう番だ。誰かの庇護《ひご》に入り、甘えてすがり、相手の耐久力を気にせずわがままをぶつけたい。が、『表の世界』に彼女を支配するに足る人物はいなかった。

(……メルザベスの頭脳と善性なら、わらわが従ってみるのも面白そうだったんだけど。常人で天才だなんて奇跡のバランスだもの。どこぞの超能力者《レベル5》どもでも見れば分かる話でしょうけど。あー、アインシュタイン以上の人格者は流石《さすが》にもったいなかったなあ)

さて、では裏側はどうだろう。期待に応える何かがなければ、その時はその時だが。

アラディアと呼ばれた女性は不思議そうに首を傾《かし》げて、

「何でも良いけど、その暴れ時代ってわたくし達と関係あるの?」

「ア、アリス辺りに聞いたら? どうせいつも通り退屈しているんでしょう」

「彼女、言っている事が意味不明過ぎて何も読み解けないのよ。おめめぐるぐる、頭の中身がダダ漏れなんだもの。あの不条理トークはもう迷いの森よ、じゃぶじゃぶ。少しはドーパミンだかエンドルフィンだかを抑制するべきだわ」

「不思議の国だもの」

「あれだけの極彩色を前にして、本人が一切疑問を持たずに球技大会だの裁判だのに真面目な顔して付き合っていた辺りがいよいよ本物だわ……」

答えて、月と光の魔女は呆《あき》れたように肩をすくめる。

アラディアは、ある魔女術を紹介する有名な魔道書の中に登場する『あらゆる魔女の神』だ。いわく、ディアナとルシファーの娘にして、富める十字教から真に貧しき民を救うために肉の体に宿って現世へ降り立つ、昏《くら》き夜に輝く女神。この説によれば、世界中で行われるサバトは全て彼女を拝み、富める者の迫害から抗《あらが》う術を授かるための儀式的学習集会とされている。

アリスについては言うに及ばず、世界的な知名度を誇る童話にその名が出てくる。……ちなみに誰もが慣れ親しむこの童話、ゴーティアや金枝篇《きんしへん》などと共に『あの』変人クロウリーが魔術への理解を深める上での必読の書として勧めた一冊、という事実はご存知だろうか。特に、カバラを十分に習熟した者が改めて目を通せば全く違った意味に見えてくるのだとか。

では問題。アンナ＝シュプレンゲルという名は、そもそもどこに出てくるものだったか。

世界最大の魔術結社『黄金』を生み出した三人の創設者の一人ウェストコットの完全捏造説《かんぜんねつぞうせつ》、あるいはウェストコットやメイザースの女師匠アンナ＝キングスフォード説などなど。仮説だけならいくらでも並べられているが、さて明確な答えは出ていたか。

『薔薇《ばら》』と『黄金』。

世界的に有名な新旧二つの魔術結社の間を自在に渡り、そのどちらにも不可欠な神秘の女性。しかしその実像を知り、断言のできる者など、一体この世のどこにいるというのか。

「……みんなが待っているわよ、ニュルンベルグの乙女さん？」

「それで全身くまなく貫かれた絵本の魔女が何を言っているの」

◉鎌池和馬著作リスト

「とある魔術の禁書目録《インデックス》①〜㉒」（電撃文庫）
「とある魔術の禁書目録《インデックス》SS①②」（同）

「新約　とある魔術の禁書目録《インデックス》①〜㉒　㉒リバース」（同）
「創約　とある魔術の禁書目録《インデックス》①〜④」（同）
「とある魔術の禁書目録《インデックス》　外典書庫①②」（同）
「ヘヴィーオブジェクト」シリーズ計18冊（同）
「インテリビレッジの座敷童①〜⑨」（同）
「簡単なアンケートです」（同）
「簡単なモニターです」（同）
「ヴァルトラウテさんの婚活事情」（同）
「未踏召喚：//ブラッドサイン①〜⑩」（同）
「とある魔術のヘヴィーな座敷童が簡単な殺人妃の婚活事情」（同）
「最強をこじらせたレベルカンスト剣聖女ベアトリーチェの弱点①〜⑦」（同）
「その名は『ぶーぶー』」（同）
「とある魔術の禁書目録×電脳戦機バーチャロン　とある魔術の電脳戦機《バーチャロン》」（同）
「アポカリプス・ウィッチ①〜③　飽食時代の【最強】たちへ」（同）
「神角技巧と11人の破壊者　上　破壊の章」（同）
「神角技巧と11人の破壊者　中　創造の章」（同）
「神角技巧と11人の破壊者　下　想いの章」（同）
「マギステルス・バッドトリップ」シリーズ計3冊（単行本　電撃の新文芸）

本書に対するご意見、ご感想をお寄せください。

ファンレターあて先
〒 102-8177　東京都千代田区富士見 2-13-3
電撃文庫編集部
「鎌池和馬先生」係
「はいむらきよたか先生」係

本書は書き下ろしです。

電撃文庫

創約《そうやく》　とある魔術《まじゅつ》の禁書目録《インデックス》④

鎌池和馬《かまちかずま》

2021年5月10日　初版発行

発行者　青柳昌行
発行　株式会社KADOKAWA
〒102-8177　東京都千代田区富士見2-13-3
0570-002-301（ナビダイヤル）
装丁者　荻窪裕司（META＋MANIERA）
印刷　株式会社暁印刷
製本　株式会社ビルディング・ブックセンター

●お問い合わせ
https://www.kadokawa.co.jp/（「お問い合わせ」へお進みください）
※内容によっては、お答えできない場合があります。
※サポートは日本国内のみとさせていただきます。
※ Japanese text only

※定価はカバーに表示してあります。

ISBN978-4-04-913730-9　C0193　Printed in Japan

電撃文庫　https://dengekibunko.jp/

電撃文庫創刊に際して

文庫は、我が国にとどまらず、世界の書籍の流れのなかで〝小さな巨人〟としての地位を築いてきた。古今東西の名著を、廉価で手に入りやすい形で提供してきたからこそ、人は文庫を自分の師として、また青春の想い出として、語りついできたのである。

その源を、文化的にはドイツのレクラム文庫に求めるにせよ、規模の上でイギリスのペンギンブックスに求めるにせよ、いま文庫は知識人の層の多様化に従って、ますますその意義を大きくしていると言ってよい。

文庫出版の意味するものは、激動の現代のみならず将来にわたって、大きくなることはあっても、小さくなることはないだろう。

「電撃文庫」は、そのように多様化した対象に応え、歴史に耐えうる作品を収録するのはもちろん、新しい世紀を迎えるにあたって、既成の枠をこえる新鮮で強烈なアイ・オープナーたりたい。

その特異さ故に、この存在は、かつて文庫がはじめて出版世界に登場したときと、同じ戸惑いを読書人に与えるかもしれない。

しかし、〈Changing Times,Changing Publishing〉時代は変わって、出版も変わる。時を重ねるなかで、精神の糧として、心の一隅を占めるものとして、次なる文化の担い手の若者たちに確かな評価を得られると信じて、ここに「電撃文庫」を出版する。

1993年6月10日
角川歴彦

電撃文庫DIGEST　5月の新刊

発売日2021年5月8日

創約　とある魔術の禁書目録《インデックス》④

【著】鎌池和馬　【イラスト】はいむらきよたか

ついにR＆Cオカルティクスに対する学園都市とイギリス清教の大反撃が始まるが、結果は謎の異常事態で……。一方、病院送りになった上条当麻のベッドはもぬけの殻。――今度はもう、『暗闇』なんかにさせない。

学園キノ⑦

【著】時雨沢恵一　【イラスト】黒星紅白

「みなさんにはこれから――キャンプをしてもらいます！」。腰にモデルガンを下げてちょっと大飯喰らいなだけの女子高生・木乃と、人語を喋るストラップのエルメスが繰り広げる物語。待望の第７巻が登場！

俺を好きなのはお前だけかよ⑯

【著】駱駝　【イラスト】ブリキ

ジョーロに訪れた史上最大の難問。それは大晦日までに姿を消したパンジーを探すこと。微かな手がかりの中、絆を断ち切った少女たちとの様々な想いがジョーロを巡り、葛藤させる。最後、物語が待ち受ける真実と想いとは――。

娘じゃなくて私《ママ》が好きなの!?⑤

【著】望 公太　【イラスト】ぎうにう

私、歌枕綾子、３ピー歳。仕事のために東京へ単身赴任することになり、住む部屋で待っていたのは、タッくんで――！えぇぇ！　今日から一緒に住むの!?

豚のレバーは加熱しろ（4回目）

【著】逆井卓馬　【イラスト】遠坂あさぎ

闇躍の術師を撃破し、ひとときの安寧が訪れていた。もはや想いを隠すこともなく相思相愛で、北へと向かう旅を楽しむジェスと豚。だがジェスには気がかりがあるようで……。謎とラブに溢れた旅情編！

楽園ノイズ2

【著】杉井 光　【イラスト】春夏冬ゆう

華園先生が居なくなった2学期。単独ライブ・そして11月の学園祭に向けて練習をするＰＮＯメンバーの4人に「ある人物」が告げた言葉が、メンバーたちの関係をぎこちなくして――高純度音楽ストーリー第2幕開演！

隣のクーデレラを甘やかしたら、ウチの合鍵を渡すことになった2

【著】雪仁　【イラスト】かがちさく

高校生の夏臣と隣室に住む美少女、ユイが共に食卓を囲む日々は続いていた。初めて二人でデートとして花火大会に行くのがきっかけとなり、お互いが今の気持ちを考え始めたことで、その関係は更に甘さを増していく――

となりの彼女と夜ふかしごはん2
～ツンドラ新入社員ちゃんは素直になりたい～

【著】猿渡かざみ　【イラスト】クロがねや

酒の席で無理難題をふっかけられてしまった後輩社員の文月さん。先輩らしく手助けしたいんだけど……「筆塚マネージャーの力は借りません！」ツンドラ具合が爆発中!?　深夜の食卓ラブコメ、おかわりどうぞ！

グリモアレファレンス2
貸出延滞はほどほどに

【著】佐伯庸介　【イラスト】花ヶ田

図書館の地下に広がる迷宮を探索する一方で、通常のレファレンスもこなす図書隊のメンバーたち。そんななか、ある大学教授が貸し出しを希望したのは地下に収められた魔導書で――!?

午後九時、ベランダ越しの女神先輩は僕だけのもの2

【著】岩田洋季　【イラスト】みわべさくら

ベランダ越しデートを重ねる先輩と僕に夏休みがやってきた。二人きりで楽しみたいイベントがたくさんあるけれど、僕たちの関係は秘密。そんな悶々とした中、僕が家族旅行に出かけることになってしまって……。

新作　恋は双子で割り切れない

【著】髙村資本　【イラスト】あるみっく

隣の家の双子姉妹とは幼なじみ。家族同然で育った親友だったけど、ある一言がやがて僕達を妙な三角関係へと導いていった。「付き合ってみない？　お試しみたいな感じでどう？」初恋こじらせ系双子ラブコメ開幕！

新作　浮遊世界のエアロノーツ
飛空船乗りと風使いの少女

【著】森 日向　【イラスト】にもし

壊れた大地のかけらが生みだした島の中で生活をしている世界。両親とはぐれた少女・アリアは、飛行船乗りの泊人を頼り、両親を捜すことに――。様々な島の住人との交流がアリアの持つ「風使い」の力を開花させ――。

ソードアートオンライン
SWORD ART ONLINE
川原 礫
イラスト／abec
「これは、ゲームであっても遊びではない」
《黒の剣士》キリトの活躍を描く
究極のヒロイック・サーガ!
電撃文庫

アクセル
ワールド
川原 礫
イラスト／HIMA
accel World
もっと早く……
《加速》したくはないか、少年。
第15回電撃小説大賞《大賞》受賞作！
最強のカタルシスで贈る
近未来青春エンタテイメント！
電撃文庫

絶対ナル孤独者《アイソレータ》
THE ISOLATOR
realization of absolute solitude
「絶対的な、《孤独》を求める……
だから僕のコードネームは孤独者《アイソレータ》です」
Reki Kawahara
川原 礫
illustration»Simeji
イラスト◎シメジ
『AW』と『SAO』に続く、川原礫の描く第3の物語！
電撃文庫

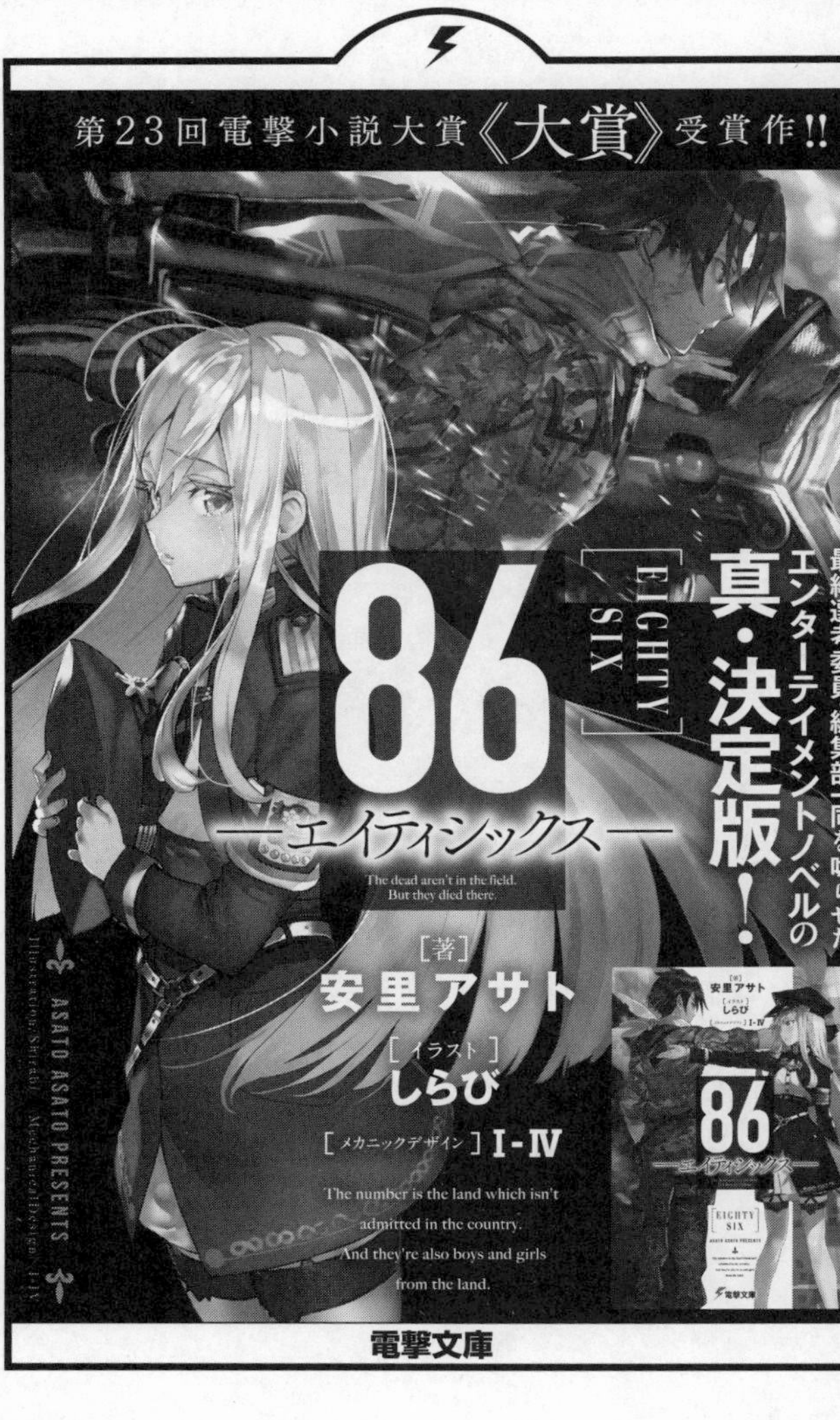
第23回電撃小説大賞《大賞》受賞作!!
最終選考委員・編集部一同を唸らせた
エンターテイメントノベルの
真・決定版!
86
[EIGHTY SIX]
—エイティシックス—
The dead aren't in the field.
But they died there.
[著]
安里アサト
[イラスト]
しらび
[メカニックデザイン] I-IV
The number is the land which isn't
admitted in the country.
And they're also boys and girls
from the land.
ASATO ASATO PRESENTS
Illustration: Shirabi Mechanical Design: I-IV
電撃文庫

豚になった俺が、異世界で美少女といちゃラブ(!?)するファンタジー
逆井卓馬
Author: TAKUMA SAKAI
[イラスト] 遠坂あさぎ
Illustrator: ASAGI TOHSAKA
豚のレバーは加熱しろ
Heat the pig liver
the story of a man turned into a pig.
純真な美少女にお世話される生活。う～ん豚でいるのも悪くないな。だがどうやら彼女は常に命を狙われる危険な宿命を負っているらしい。
よろしい、魔法もスキルもないけれど、俺がジェスを救ってやる。運命を共にする俺たちのブヒブヒな大冒険が始まる！
電撃文庫

運命の魔剣を巡る、
学園ファンタジー開幕！

春——。名門キンバリー魔法学校に、今年も新入生がやってくる。黒いローブを身に纏い、腰に白杖と杖剣を一振りずつ。胸には誇りと使命を秘めて。魔法使いの卵たちを迎えるのは、満開の桜と魔法生物のパレード。喧噪の中、周囲の新入生たちと交誼を結ぶオリバーは、一人に少女に目を留める。腰に日本刀を提げたサムライ少女、ナナオ。二人の、魔剣を巡る物語が、今始まる——。

電撃文庫

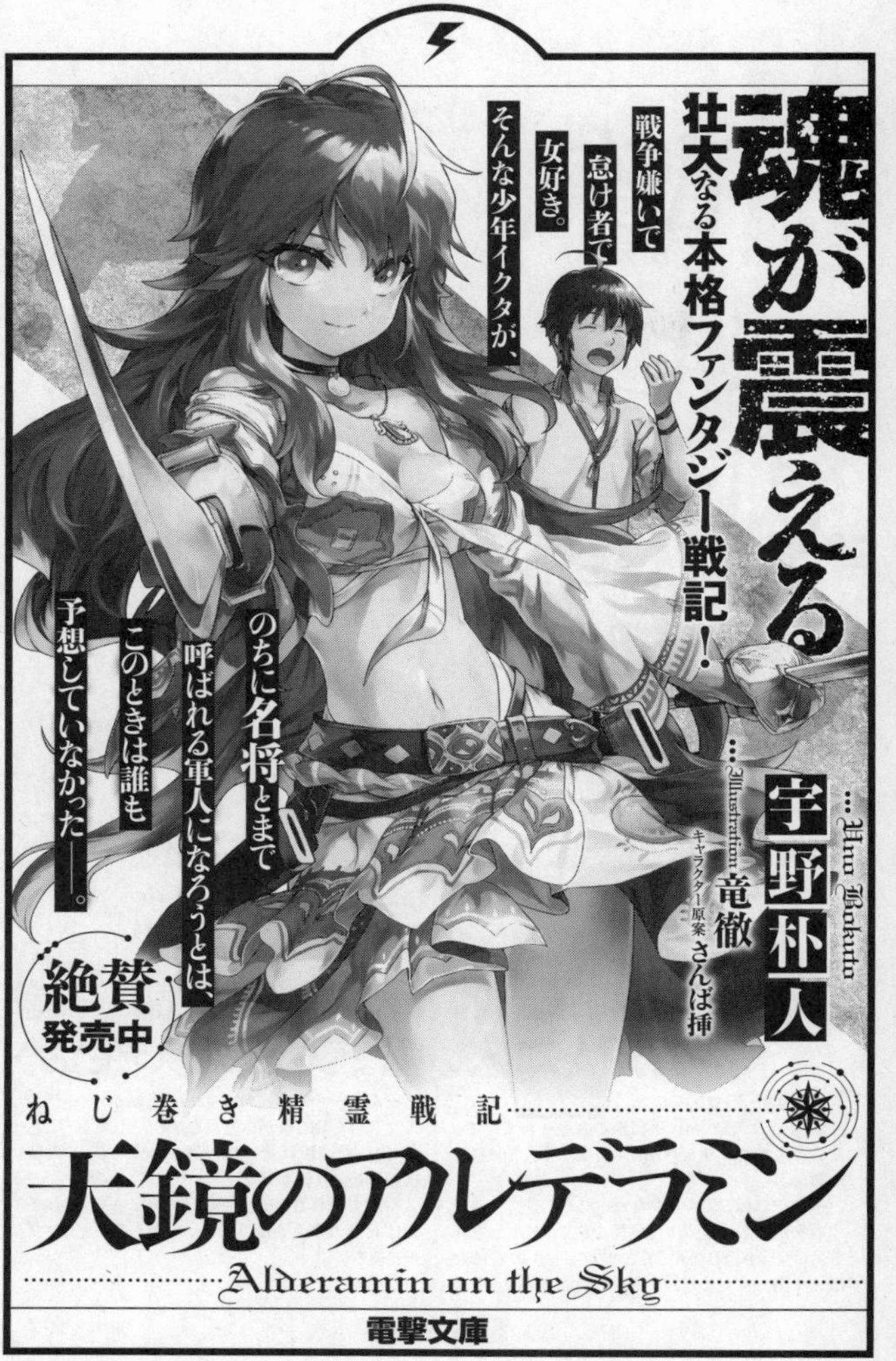

魂が震える
壮大なる本格ファンタジー戦記！
戦争嫌いで
怠け者で
女好き。
そんな少年イクタが、
のちに名将とまで
呼ばれる軍人になろうとは、
このときは誰も
予想していなかった──。
Uno Bokuto
宇野朴人
Illustration 竜徹
キャラクター原案 さんば挿
絶賛
発売中
ねじ巻き精霊戦記
天鏡のアルデラミン
Alderamin on the Sky
電撃文庫